JN000153

マリティエラ
ビィクティアム

ライリクス
タクト
ガイハック
ミアレッラ

もしかして、俺、
すっげー舞い上がって
いないか？
「本当に……ありがとう。
タクトくんが、
いてくれて良かった……」
ぽつり、と呟く彼女が
まだ少し怯えているような気がしたので、
俺は公園でちょっと休んでいこうよと
ベンチに座った。

目次
contents

L'histoire d'Isgloriest

キャラクター紹介

タクト／鈴谷拓斗
なんだか解らないうちにこの世界に転移してきてしまった日本人。
【文字魔法】使いで本編の主人公。こちらの暦では朔月の17日が誕生日。

ガイハック
シュリィイーレの鍛冶師。
南・青通り3番に日用品修理の店を構えている。タクトの養父になった。

ミアレッラ
ガイハックの妻。
南・青通り3番で食堂を営んでいる。タクトの養母。

ビィクティアム
シュリィイーレ衛兵隊長官就任。
ガイハックと……昔からの知り合い？

ファイラス
シュリィイーレ衛兵隊副長官就任。
商人から毒を押収した時に吸い込んで、症状が出た人。

ライリクス
シュリィイーレ衛兵隊隊員。看破の魔眼持ちで審問官。
めちゃくちゃ甘党。

ミトカ
親と暮らしていない子供達のひとり。
木工工房で修行していたが、ガンゼールの口車に乗って
タクトに突っかかってきた。

ラドーレク
魔法師組合の組合長。
ガイハックの知己。食堂の常連客。

リシュレア
タクトのランニングコースで手芸店をやっている。
早寝早起きのおばあちゃん。

タセリーム
珍しいモノばかりを売っている商人。
タクトに燈火や電気ケトルを修理してもらった。結構調子のいい人。
身分証入れをタクトブランドで売り出した。

ルドラム
夏場は碧の森と錆山で護衛とポーターをしている。
食堂の常連客。タクトのお守りを持っている。

トリセア
リシュレアの孫娘。タセリームの店で働いている。

レンドルクス
シュリィイーレでも指折りの石工工房の工房長。

トリティティス
シュリィイーレ楽団所属の音楽家。

マリティエラ
西地区で医師をしている。

セイン
教会の関係者のようだが……。金属アレルギーで甘党。

ゼルセム
春になると人参を売りに来ている隣町レーデルスの農家。

バーライム
レーデルスの農家で、ゼルセムの友人。

エイドリングス & **アーレル**
妻のアーレルと一緒に西の畑で
タクトが依頼した小豆を含む輪作をしている。

マーレスト
竹も扱っている木工工房の腕利き職人。

ベルデラック
コデルロ商会の金属加工錬成師。
タクトが燈火作りを直接伝授したひとり。

メイリーン
タクトファンの女の子のひとり。
プロトタイプケースペンダントのNo.5を買った。
いつもひとりで食堂に来ていた、『ぼっち系女子』は彼女である。

設定資料集

シュリィイーレ地図

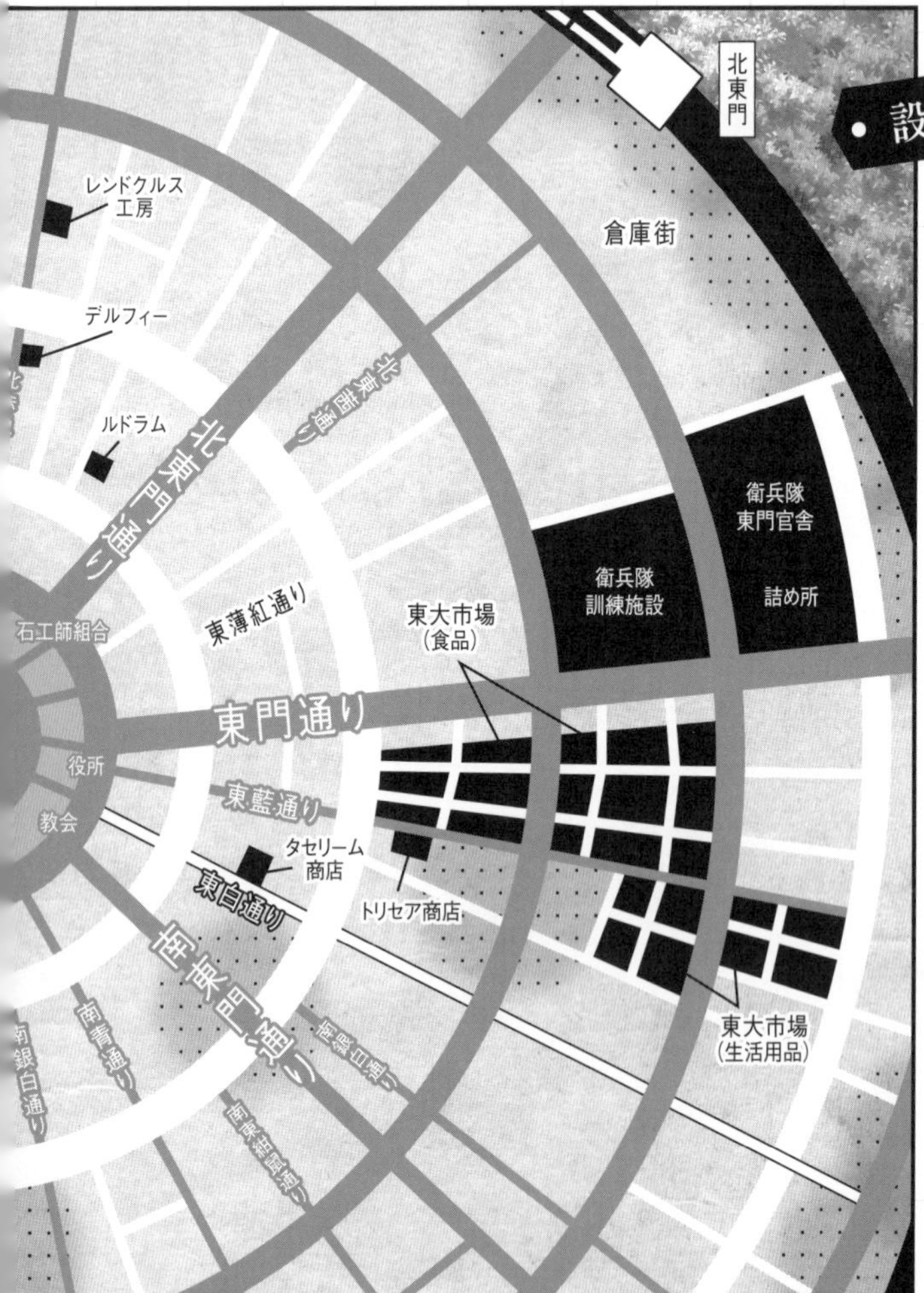

北東門
倉庫街
レンドクルス工房
デルフィー
ルドラム
北東茜通り
北東門通り
衛兵隊東門官舎
衛兵隊訓練施設
詰め所
東薄紅通り
石工師組合
東大市場（食品）
東門通り
役所
教会
東藍通り
タセリーム商店
東白通り
トリセア商店
東大市場（生活用品）
南東門通り
南銀白通り
南青通り
南銀白通り
南・青通り三番食堂
南山吹通り
衛兵隊南官舎
南萌葱通り
南東白鼠通り
南東市場
南東茶通り
南東門

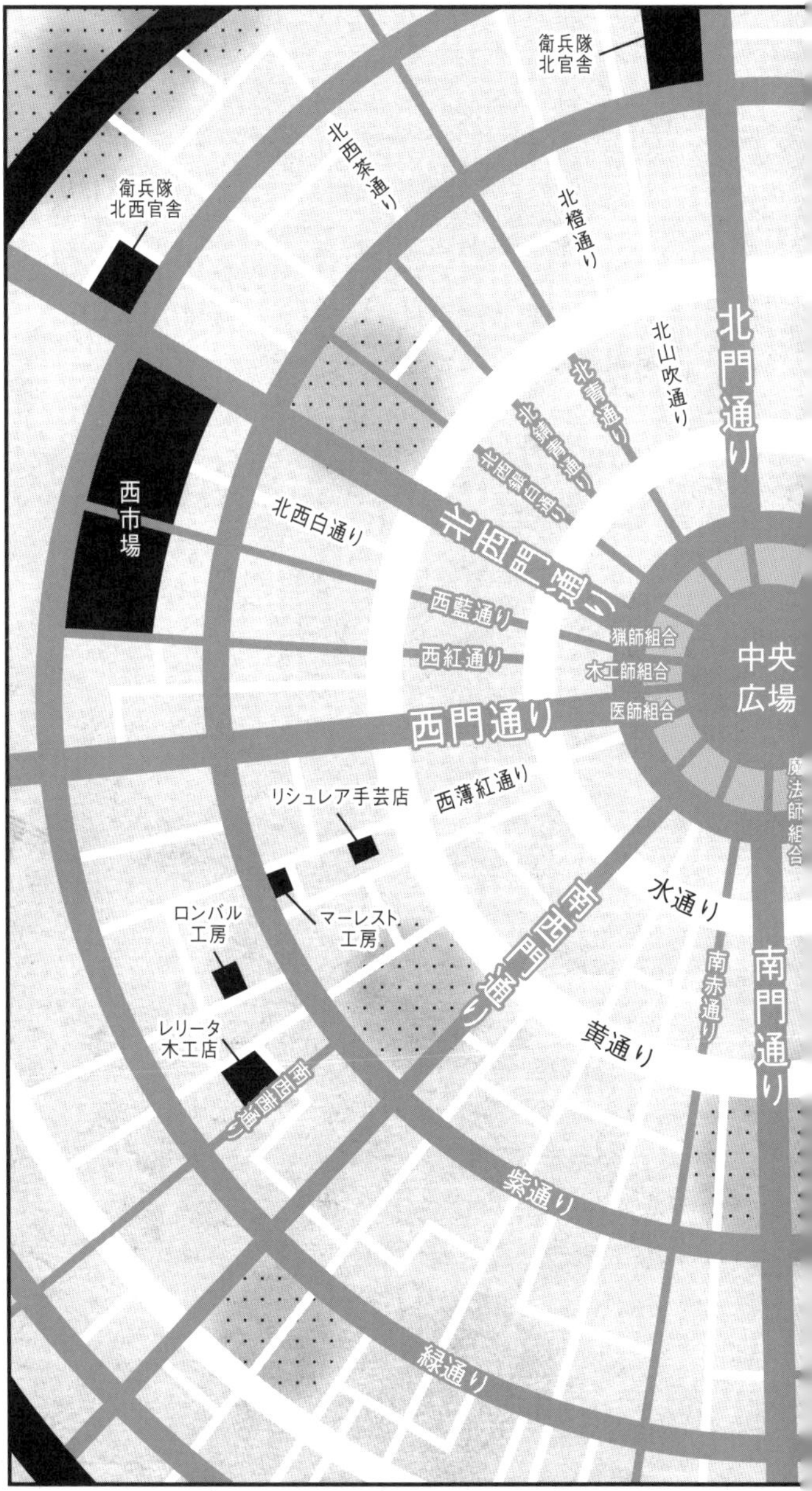

衛兵隊
北官舎

衛兵隊
北西官舎

北西茶通り

北橙通り

北山吹通り

北門通り

北青通り

西市場

北西白通り

北西門通り

西藍通り

西紅通り

猟師組合

木工師組合

医師組合

中央
広場

西門通り

魔法師組合

リシュレア手芸店

西薄紅通り

マーレスト
工房

ロンバル
工房

南西門通り

水通り

南赤通り

南門通り

レリータ
木工店

黄通り

紫通り

緑通り

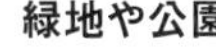

緑地や公園

＊表示されているのは
馬車通りのみ。
＊この他に、脇道や小道もあり。

五章◆紅茶と薔薇と収穫祭

すっかり秋も深くなった、ある日の昼下がり。

スイーツタイムでまったりとしていた食堂に、ルドラムさんがやってきた。長引いていた坑道の整備がやっと終ったのは、初夏だった。その後の素材集めラッシュで荷物運びの仕事をしていたためか、なかなかうちに来てくれていなかったのだ。

「いらっしゃい。久し振りだね、ルドラムさん」

「ああ、やっとこの店の菓子が食えるよ……忙しくて北側から離れられなかったから」

嬉しいねぇ。楽しみにして来てくれたんだ。じゃあ、ちょっとサービスしちゃおうかなぁ。

今日のスイーツは母さんお気に入りのココアケーキ。たっぷりの生クリームで、ほろ苦いケーキをいただく絶品である。試作品の紅茶のシフォンケーキも載せてあげよう。

「おっ、このふわふわのやつ、旨いなぁ！」

「そう？　今度作ってみようって母さんと相談している試作品なんだ。甘さとかどう？」

「いい、すっごく俺の好みだ。ちょっと苦くて旨い！」

「よかった！　紅茶のケーキなんだよ」

「えええええっ？　紅茶だって？」

え？　紅茶ってそんなに驚くもの？

「紅茶……これが紅茶かぁ……流石、貴族の飲み物だなぁ。初めてだよ」

えええ――――？　お貴族様のものなの？　紅茶って……

公園のテントで売ってたよ？　そんなに高くなかったよ？

「俺も見たことはあるんだけどな、どうやって使うのかさっぱりわかんねぇものだったぜ。こう……ちりちりって、しててよ」

そっか……お茶の文化って、まだ庶民のものじゃないのか。

そういや、テントで会ったお爺さんが、入れ方知ってるのかって……

ん？　俺、飲んだことあるって言っちゃったよね？

しかも、人に入れてもらったって……言っちゃいましたよね？

そんなお貴族様的アイテムだとは知らなかったから、軽ーく答えちゃったよね！

変な勘違いされていないといいんだが……まぁ、この町の人じゃないっぽかったし、大丈夫かな？

暫く（しばら）の間は、紅茶のケーキは家族だけで楽しむことにした方がいいのかな。

でも折角美味（せっかくおい）しいんだから、みんなに食べてもらって……あー、仕入れ先が問題か。

この町には『貴族』という身分の人は、住んでいない。シュリィイーレは皇王陛下の直轄地で、貴族の『領主』という人はいないのだ。

まぁ、こんな資源の宝庫と腕利きの職人の町が、一貴族のものだったら大変なんだろうね。

紅茶が貴族の飲み物だというなら、その貴族がいない町にはコンスタントに入ってこないのではないだろうか。

俺が安く買えたのは、この町でずっと売れ残っていたからだったり？

うーん……でも、今年の茶葉みたいなんだけどなぁ。

夏は結構暑いし、冬は雪に覆われるほど寒いので、別荘地としても向かないせいか訪問者も貴族どころか、定期的に来る商人や市場と契約している人達以外、いないような町だ。

あ、研修で秋の終わりから春先までは、毎年三十から四十人ほどの新米騎士さん達が来るけどね。

衛兵隊での研修の合間に、町の整備や雪かきなんかもしてくれるありがたーい若人達なのだ。

「あ、そうだ、タクト。これ」

「ん？　あっ鉱石っ？　錆山の？　うわぁ！　ありがとうっ、覚えててくれたんだね！」

おお！　七個も入っている！

「こんなに沢山、いいの？　売ったら高く売れるんじゃないの？」

「いや、これはタクトにお礼として持ってきたものだから、受け取ってくれよ」

お礼……ああ、お守りのか。義理堅いなぁ。

「実はよ、あんまり知られてねぇけど、坑道の中で変な所から空気が吹き出して、少し壁が崩れたんだよ」

「えっ、何それ……怪我人とか出たの？」

「うん、何人か。でも、俺だけは無傷だったんだよ。崩れた一番手前にいたのに」

うっわー、よかったぁ！　何が起こるか解らないものだよな、やっぱ。

土系の魔法で土や壁を固めても、気体までは固められないもんなぁ。それに周りを固めたことで、一カ所に集中して何かのガスが噴出したのかもしれない。でも……現場でひとりだけまるっきりの無傷って、めっちゃ目立ってたよね？　ルドラムさん……

「絶対に、タクトのお守りのおかげだよ！　本当にありがとうな！」

「いやいや、ルドラムさんの強運だよ。でも、気休め程度が役に立ってよかった」

「気休めなんかじゃねぇって！　絶対に効いたんだって。だから、これからもずっと身に着けてようと思ってよ」

あ、いやいや、効果は一ヶ月設定なので、もう効力がないはずですっ！

「お守りってね、無事に行って帰ってきたらもう役目を終えたことになっちゃうんだよ。だから『お焚き上げ』をしないとダメなんだ」

「ええー？　そうなのかぁ……じゃあ、これ、そのオタキアゲってのしないとどうなるんだ？」

「役目が終わってるから、効き目なくなっちゃってるよ、きっと。俺がやっとくから預かろうか？　お守りはまた新しいの作るよ」

「そっか……じゃあ、頼むよ。あ、今度はちゃんと金を受け取ってくれよ？」

「うん、出かける前に寄ってよ。用意しておくからさ」

よかった。ルドラムさんにはこれからも採掘の時にお世話になるから、ちゃんとしたお守りを作っておくよ。お焚き上げは……この世界に日本の神様はいない気がするから、やっても意味ないかもしれない。

部屋に戻って、貰った鉱石を眺める。大きさは同じくらいの石なのに、重さがかなり違うものがある。これは含有しているものが違うんだろうな。

うー、楽しみ――っ！　今晩から分解するぞーっ！


分解に数日かかったが、大収穫であった。

ルドラムさんが持って来てくれた鉱石から少量ずつではあったが、今までこちらでは単一素材として扱われていない、多くの種類の鉱物の抽出に成功したのである。

小さな欠片ではあるがオパール・琥珀なども見つかっている。このままでは到底使えるものではないが、ここで見つかって俺が手にできたということが大切なのだ。

これで俺はいつでも、その素材を【文字魔法】で出すことが可能になったのだから！

鉄や銅、少量の銀、そしてなんとタングステンやアルミまで取り出せた。勿論すぐには使えないが、ここぞという時に……って、いつになるか判らないけど、きっとそういうタイミングはあるはずだ。鉱石・鉱物コレクションが一気に増えたぜ、ふっふっふっ。

それにしても、錆山ってどういう地質しているんだろう？　植生もよく判らないし、魔力を帯びているというし、不思議な場所だ。


その日は、母さんに頼まれて野菜を買いに朝市に行った。

こっちに来てから、朝がつらくないのは本当に嬉しい……身体が若返ったせいっていうのもあるんだろうけど、やっぱり心理的なものだと思うんだよね。

沢山の新鮮な野菜を買い込んで、人目につかないところで例によってコレクションに鞄ごと放り込んでから、少し散歩がてら他の店を見て周る。

野菜の他に香辛料やハーブなんかも売っているし、小さめの食器とか雑貨も少しはある。

いつもは行かない端の方の店で、なんと紅茶が売られていた。

「紅茶って、この店では毎朝売っているんですか？」

店番のお婆さんは優しい笑顔で、そうですよと微笑んでくれた。

知らなかった……そんなに高くないな、やっぱり。

「いつもこの値段なんですか？」

「今の時期だけね。もう少し寒くなると手に入りにくくなってしまうから高くなるわ」

そうか、保存が難しいのかもしれない。金属製の缶なんてそうそうないし、空気を遮断できなければ紅茶の香りを損なってしまう。そうなったら、折角の紅茶の楽しみは半減だ。よし、今のうちに買えるだけ買っておこう！　やっぱり、あの紅茶シフォンは作りたいし！

持っていた金額で、紅茶の大袋を四つ買えた。お婆さんは本当にそんなに買って大丈夫かと心配そうだったので、うちの食堂で菓子にして出すから是非食べに来てくださいよ、と勧めた。


ウキウキしながらの帰り道。どうやって紅茶をみんなに楽しんでもらおうか考えながら歩く。

どうせならちゃんとお茶としても飲んでもらえるように、ティーポットを作ろう。

ポットは、茶こしと一体化しちゃえば楽かな？　でも加工が面倒か……フレンチプレスよりは陶器のティーポットの方が好きだから、やっぱり茶こしは別にしようかな。ソーサーとカップも、専用の綺麗な形のを……あ、でもこっちには受け皿を使う文化ってないんだよな。砂糖とかティースプーンを置く小皿ってことでいいか。

お貴族様のものだってことだけど、ここで広めちゃえばこの町では日常になる。

そうしたらもっともっと、色々な茶葉だってシュリィイーレに集まってくるかもしれない。

美味しい入れ方も調べなくちゃな。それに『あなたも貴族気分』みたいにちょっと洒落た感じの特別メニューにしたら、うちに来てくれる女の子達も喜んでくれそうだ。

うちに帰って母さんに野菜を渡したら、俺はすぐに自分の部屋で紅茶の保存缶を作った。

鉄も錫も手に入っているから、ブリキ製の四角い缶だ。円筒型でもよかったのだが、俺のイメージとして筒型は日本茶なのでどうしても四角くしたかったのである。

缶には湿気防止と、劣化防止の魔法付与をするのも忘れずに。ラベルを作って、紅茶の詰まった缶は十二個できた。うん、これならこのまま店の中に並べても綺麗だぞ。インテリア用に、空の缶も作っとこうかな。

ティーポットやカップなんかは、以前父さんに連れていってもらった焼き窯のある工房で相談してみよう。見本を持っていけば、ティーセットとして作ってもらえるかもしれない。

……値段次第だけど……無理なようなら工程だけ教えてもらったり、見学させてもらえるか交渉だな。ケーキと一緒に、お茶も準備できたら最高だもんなぁ。

そして、コデルロさんが約束していた竹を持ってきてくれて、思っていたよりもの凄く安くしてくれた。下心でもあるのかなと思ったが、特に条件提示もされていないので甘えることにしよう。

長いままだったので、取り敢えず裏庭に入れてもらってカットだけしておいた。あとは乾燥させてから、竹細工用に細く裂いていく作業だがそれは後回し。

今日は、紅茶が先である。紅茶の図鑑やら、ハウツー本を持っててよかった。紅茶缶のラベルなんかの文字も、カリグラフィーで頼まれたりするからね。

資料として色々な本を買っていたことが、今の俺をもの凄く助けてくれている。

コレクション認定されているから、今後も本が買えるってのも本当にありがたい……！


さて、付け焼き刃だが本の知識通りに紅茶を入れてみる。

ちゃんと水は、軟水に変えてから沸騰させた。シュリィイーレの水はミネラル分が豊富な硬水なのだ。硬水か軟水かは……俺の好みを重視で軟水なのだ。

丸いポットがないので、今回は仕方なく鍋で。熱湯を注いでからしっかり蒸らして、カップもないから水用ゴブレットだ。仕方ないよな。今日のところは、この茶葉の味見だからな。

茶こしもまだできていないので、魔法で綺麗にした布を使って漉（こ）した。

濃い金色の透き通った紅茶を、温めた器に注ぐ。うん、いい香り。母さんに飲んでもらうと、もの凄くほっとした笑顔になった。お茶は心を和ませるんだね。うん。

「すっごくいい香りですねぇー」

「うわっ！　びっくりした……ファイラスさん？」

「あらあら、こっちは厨房（ちゅうぼう）だよ」

「すみませぇん。もの凄くいい香りがしたもので、つい……おや、これ、紅茶だね？」

「はい。衛兵隊でも飲んだりするんですか？」

「あんまりここの隊では、飲まないなぁ。それにしてもこれは、見たことない入れ物だね」

「あ、それは紅茶の茶葉入れです。俺が作ったので……昔、見たものを真似（まね）してみたんですよ」

ファイラスさんは余程うちの菓子が気に入ってくれたのか、毎日のようにスイーツタイムの一番最後まで、ゆっくり菓子を楽しんでくれている。

ビィクティアムさんに怒られないのかね？　副長官殿。

そして、ファイラスさんは絶対に母さんに一言声を掛けてから帰るので、他のお客さんがいなくなった合図になっているのだ。

「もう食堂には、ファイラスさんしかいないんですね。じゃあ、夕食時間まで閉めるね、母さん」

「ああ、そうだね。ほらほら、ファイラスさん、食堂に戻るか帰るかしておくれ。準備があるからねぇ」

「すみませんー。今日も、とっても美味しかったです」

そうだ、ファイラスさんにも紅茶を飲んでみてもらおう。

こっちの他のものと味が違うなら、その茶葉の販売元も知りたいし。

「え？　いいのかい？　僕までいただいちゃって……」

「ええ、ちゃんとした道具で入れていないから、味がおかしかったら教えてください」

ファイラスさんは紅茶を飲んで、やっぱり母さんみたいにほっとした顔になった。

うん、これなら合格なのかな。

ポットを作ったら、もっと美味しく入れられるかもしれない。

ファイラスとライリクス

「今日もお楽しみだったようですねぇ、副長官殿？」

「ヤダなぁ、そんな言い方しないでよ、ライリクス。はい、お土産（みやげ）」

「最近タクトくんの所では、菓子の持ち帰り用も売り始めたのですか？」

「うん、中で食べた人が買うだけで売り切れちゃうけどね。今日のは、蜂蜜の焼き菓子だよ」

「これはありがたくいただいておきますが、もう少し早く戻ってくださらないと仕事が溜（た）まりますよ？」

「そろそろ長官に怒られそうだから、ちゃんとやるよ」

「……」

「なーに？」

「何かありましたか？」

「本当に凄いね、ライリクスの魔眼は」

「最近なんだか精度が上がりまして。喋（しゃべ）りたくて堪（たま）らない隠し事があると、判るようになりました」

「うわ、やっかい」

「話してください。どうせタクトくんのことでしょ？」

「……紅茶を入れていた」

「え？」

「タクトくんは確実に、紅茶の正しい入れ方や道具がどういうものか知っている」

「なるほど……やっぱりただの臣民ではないのですね、彼」

「多分ね。あんなに旨い紅茶を入れられるなんて、皇宮の侍従でも殆（ほとん）どいないだろうね」

「そんなですか？」

「ああ、しかも『ちゃんとした道具じゃないから味がおかしくないか』と聞いてきたよ……僕のこともお見通しだったら……怖いねぇ」

「あなたが貴族の傍流家系であることを知っていたとすれば、どこかで見かけたことがあったという可能性もあると考えられますね」

「その上、紅茶の茶葉を途轍もなく美しい入れ物に入れ替えていたよ。自作だそうだが……『以前見たものを真似てみた』と言っていたね」

「その入れ物、あの食堂に行けば見られますか？」

「ああ、余分に作った空の物を飾ると言っていたから見られるだろう。驚くよ、きっと。あんな精巧で均整の取れた美しい入れ物は初めて見た。しかも、湿気は入らないし劣化もしない魔法付与がされていた」

「保存方法まで知っているとは……常時生活の中にあったということですね……」

「……今度、紅茶を使った菓子も作るそうだよ」

「えっ？　紅茶で、菓子ですか？　甘いんですか、それ？」

「解らないね。想像がつかないよ」

「いつ……？」

「そこまでは決めていないようだったけど……てか、行きたいの？」

「当たり前でしょう！　あの食堂の菓子は、どれもこれも絶品なのですよ？　新作なんて、紅茶じゃなくても食べたいに決まっているでしょう！」

「じゃ、溜まっている書類、手伝ってくれたら一緒に連れて行ってあげよう」

「毎日有無を言わせず手伝わせているんですから、今の書類くらいはご自分で何とかしてください」

「えぇぇぇ、ライリクスくぅん、手伝ってよぅ！」

俺の二十二歳の誕生日が終わり秋本番、そして父さんと母さんの誕生日と秋祭りが過ぎると、シュリィイーレは冬を迎える準備に入る。

空気が冷たくなり、錆山と碧の森が閉ざされて、町の中から商人達が減っていくこの時期にやってくるのは、新たに騎士位を獲得した若者達だ。

若者……といっても二十五歳以上であるから、今の俺よりは年上ってことになる。彼らは屈強で皇国随一と評判のシュリィイーレ衛兵隊と、筋肉自慢の自警団の訓練を受けるのである。マジで強いからね、この町の衛兵隊は。自警団には衛兵隊を勇退した方々も多くいるし、まぁ衛兵隊のＯＢ会みたいな一面もあるようだ。

毎年この時期になると男の子達は騎士に憧れ、女の子達はイケメンお兄さんに夢中になるのだ。制服ってさ、三割増しくらいで格好良く見えるよね？　濃紺に金釦のシュリィイーレ衛兵隊の制服は結構人気があるし、色違いだが新人研修騎士用の制服も、結構カッコイイのだ。

うちの食堂にもたまに彼らが来るので、スイーツタイムの女の子達もソワソワしている。

……別に、俺は凹んでなんかない。そうとも、全然、なんとも思ってなんかいない。

「その席を空けろ」

ん？　なんか嫌な感じの声が聞こえたぞ。

厨房にいた俺が食堂に出ると、新人騎士と思われる四人が食事が終わってもいない女の子達に向かって、脅しをかけているように見えた。

「お客さん、満席なんだ。悪いけど待っててよ」

「なぜ待つ必要があるんだ？　我々が来たら、席を空けるのが当然だろう！」

「うちの食堂で、そんなことが通用する訳ないだろ。待つのが嫌なら他に行けばいい」

たまにいるんだよね、こういう『騎士は庶民を護ってやっているんだから偉いんだぞ』的で横柄なやつ。

しかもそういうやつらは、大抵『下位貴族』とかいう人々だ。

「ごめんね。ゆっくり食べてていいからね」

俺は怯えている女の子達にそう言って、彼らに向き直った。

「待つの？　出てくの？」

「きさま……っ！　たかが臣民の分際で！」

「偉いのはあんた達の先祖やご両親であって、あんたはまだ何者でもない。ただの新人騎士だろ？　なにひとつ成していないくせに威張るなよ」

すっかり煽り態勢が身についてしまった……なんて好戦的になってしまったんだろうねぇ、俺は。

案の定、剣を抜こうとする。新人さんって、どうしてこういうやつが必ず毎年いるんだろうなぁ。

貴族の教育って、本当になっていない。躾もできてないなんて、祖先の勇名が泣くってもんだろ。

「無抵抗な臣民相手に先に剣を抜いたら、引き返せないぞ？」

「うるさいっ！　おまえを殺したところで、罪になどならん！」

あーあ……自国の法律も知らないバカが騎士とは……年々、質が落ちるな。

剣を抜かせずに、間合いを詰める。

こいつの剣じゃ俺の持ってるトレーさえ切れないが、お客さん達に迷惑がかかるのでそのまま扉に押し付けて、まずひとりを外に出す。他の三人は当然、追ってくる。

大通りの衆目の前で、なんの武器も持たない俺に対してやつらは見せつけるように剣を抜いた。

終わりだ。

「ここは直轄地だぞ？　その意味が解ってて、その剣を抜いたのか？」

「何を言って……」

「……！　待てっ、しまえっ！　早く剣を収めろ！」

おや、気付いたやつが、ひとりだけいたようだ。では、教えてやろう。

「『直轄地の臣民は全て皇王の直臣であり、皇王の財産である。これを損なわんとする行為は……』」

やつらの顔が青ざめてきた。

「『身分の如何にかかわらず、不敬罪として処罰するものである』」

これは、水源への毒物混入未遂事件の後に発布された、最も新しい勅令だ。

多くの高位の者達から罪人を出したあの事件は、皇王陛下の怒りを買ったのだろう。

俺達シュリィイーレは、皇王陛下直々に守護されることになったのである。

まぁ、所有物扱いされるのは甚だ不本意ではあるが、今は利用できる法律は利用させていただこう。貴族であれば下位であっても『不敬罪』ほど不名誉なことはあるまい。


「そこまでにしてやってくれ、タクトくん」

「最初から見ていたくせに趣味悪いですよ、ファイラスさん」

「まさか本当に剣を抜くとは思っていなくてね……悪かった、許して欲しい」

「ファイラスさんは許しますけど、こいつらを許す気はないです。うちの大切なお客さんに、迷惑かけたんですからね」

　いつものお調子者的な態度から一変したファイラスさんは、青ざめて動けず未だに剣を収めていないやつらの頰に高速平手打ちを食らわせた。

　うっわ、すっげー音……あ、流血してる……やっぱ強いなぁ、衛兵隊副長官。

「貴君らの正式な処分は長官より伝えられるだろうが、それまでは営倉にて謹慎とする。厳しいものになると覚悟せよ」

　お返事もできないですかー、そうでしょうねー。

　彼らは衛兵数人に連れられて、茫然自失といった風情で去っていった。

　めっちゃ逆恨みされそうで嫌だなー……頭悪そうだもんなー、あいつら。

　俺も反省しよう。穏やかに。もっと心に、余裕を持たねば。

「本当に……毎年どうして、ああいうバカが来るのか……すまなかった、タクトくん」

「今年はあの勅令があったから、ああいうのはいないと思ったんですけどね。貴族って教育が行き届いていないんですね」

「返す言葉もない……」

「今日の菓子は、ココアたっぷりの温かい焼き菓子ですけど、どうします？」

「持ち帰りは……できるだろうか？　よければライリクスの分も……」

「しょうがないなぁ……じゃあ、今日だけ特別ですよ。ライリクスさん、大変でしょうしね」

「ありがとう……」

「あ、新人教育ご担当者として、脅された女の子達に謝ってください」

「え、僕？」

「そうです。大人なんですから、部下の責任は上司が取るものでしょ？　謝ってくれたらお持ち帰り菓子、すぐに作りますよ」

ファイラスさんは、もの凄く丁寧に女の子達に謝罪してくれた。きっと、ファイラスさんの株は上がっただろう。感謝して欲しいくらいだ。

さて、スイーツタイムまであと少し、先にファイラスさんとライリクスさんの分だけ作ってあげよう。

お持ち帰りボックス、冷めないようにしておいてあげようかな。

店内

「やっぱタクトくん、強いしカッコイイ！」

「毎年、新人騎士に負けないもんね」

「あの子達、絶対に自慢するわよね『タクトくんに守ってもらったー』とか」

「……あたし達が絡まれればよかったのに……」

「やめてよ、それは嫌よ、あたし」


「相変わらずタクトは、はっきり物を言うなぁ」

「スッキリするぜ。あいつら、毎年ろくなのがいねぇ」


「衛兵隊も大変ねぇ……自警団のおじさん達、滅茶苦茶怒りそうだわねぇ」

「毎年毎年、どうしてああいう騎士が来るんだか……」


「タクトは、衛兵さん達と仲が良いのぅ」

「そういえば毎日、衛兵の誰かしらがここに食事に来とるからなぁ」

「この店は旨いからな。ほれ、甘いものの時間じゃ、わしらは退散するとしようか」

（タクトくん、今年も素敵だった……来年も楽しみ！　どんなバカ騎士を、やっつけてくれるかしら……ふふふっ）

○

新人さん達の件で改めてお詫(わ)びをしたいというので、俺は迎えに来てくれた衛兵さん達と東門の詰め所に向かった。ビィクティアムさんに会うのも久し振りだ。長官になってからも、忙しいみたいだしね。

「本当に毎年すまない……今年は特に質(たち)が悪かったようで、自警団の方々も手を焼いている」

「いえ、うちは今のところ物的損害もありませんし、今年は勅令のおかげで撃退しやすいです」

「態々(わざわざ)来てもらったのは、俺が出られないということもあるのだが……これを渡したくてな」

おおおっ！　これは！　錆山の鉱石では？　に、二十個くらいある……

「これ……こんなに？」

「薬の一件で約束しただろう？　遅くなってすまなかったな。坑道奥まで行くのに、時間がなかなか取れなくて」

「もしかして、ビィクティアムさんが採ってきてくれたんですか？」

「他の者には頼めないからな。坑道に入るのは久し振りで、面白かった」

にっこりと笑うビィクティアムさん。てことは、『鉱石鑑定』持っているのか。

いいなー。俺、まだ出ないんだよなぁ……『貴石判別』が出ちゃったせいで、出なくなっちゃっていたら泣くしかない……

「遠慮なく貰っちゃいますよ？　本当に、全部いいんですか？」

「ああ、そうしてくれ。多分、おまえが一番役に立ててくれそうだからな」

「ありがとうございます。大事に使います」

ひゃっふ――――！

これ、結構レアなの出ちゃいそうだよ？　こんなに沢山貰えるなんて、めっちゃラッキー！


ほくほく顔でうちに戻ると、工房側のカウンターで父さんが珍しく渋い顔をしていた。

どうやら修理で持ち込まれた品が、かなりの難物のようだ。

「……やっぱり、無理ですかねぇ、ガイハックさん……」

「儂は楽器は、直したことがないからなぁ……元を知らんから、どうしていいものか……」

「ただいまー。こんにちは。楽器の修理？　なんでうちに？」

この人は緑通りの音楽家、トリティティスさんだ。

「ああ、タクトくん、久し振り……この楽器、知っているかい？」

見たことがない……いや？　なんかに似ている？　でも羊皮が使われている楽器……あ、ああ！

バグパイプに似ているんだ！

空気を送る管があるし、何本かのパイプも付いてるし。形はもっと袋っぽいけどね、こっちの方が。

「これ……どこが壊れているの？」

「この管の先に口をつけて息を吹き込むのだが、ここと、下の管にも小さい部品があった……はずなのだよ」

「はず？」

「はっきりした記録がなくて……これを直せる職人が王都にいたのだが、高齢になって辞めてしまった上に故郷に帰ってしまって……」

「故郷ってどこなの？」

「……アーメルサスの北、とか」

外国かー。この楽器も、その国のものなんだろうなぁ。

「去年は崩落事故があったからやらなかったけど、収穫祭にはこの楽器の演奏があるのだよ。豊穣の感謝の曲だから外せない楽器なんだ」

なるほど……でも俺もバグパイプなんて全然知らないしなー。写真で見たくらいで、音も聞いたことないし、これがそもそもバグパイプと同じようなものなのかも判らない……

「これ、ばらしても平気？」

「うーん、組み立てられるなら。予備がもうひとつあったのだけれど、そっちも壊れてしまっていてね」

「壊れてるのは、同じ箇所？」

「同じ所と、他にもこの管が割れていて、空気が抜けてしまうのだよ」

「ふたつとも預かってもいいなら……ちょっとやってみるけど、できるかどうかわかんないよ？それでもいい？」

「ああ！　もう他のどこに行っても門前払いだったのだよ。ここが最後だから、直らなくても仕方ないよ」

「父さん、やってみていいかな？」

「そうだな、面白そうなもんだし、ここで修理ができるようになりゃ、毎年困らねぇからな」

トリティティスさんに、もうひとつの楽器も持って来てもらい使い方を教えてもらうと、やっぱりもの凄くバグパイプに近かった。だが、やはり問題の部品は双方ともなかったので、ばらしてみて最悪元に戻すだけ……という了承を取って預かることにした。

音楽家にとって毎年使う大切な楽器は、俺にとっての万年筆みたいなものなんだろう。

誠意を持って、臨まねばなるまい。

まず……自室に戻って、こっそり【文字魔法】で複製を作った。壊れたものの複製だから、当然壊れたままだ。何かあった時のための保険だね。

そして、工房に戻ってひとつひとつ綺麗に分解していく。ここで……俺ひとりでは、到底無理なことに気付いた。

「父さん……このばらしていった部品の絵、描いてもらえないかな……？」

そう、ばらしながらスケッチして、順番通りに組み立て直せるマニュアルを作るのだが、なんといっても俺に絵心がなさ過ぎるのである！

父さんが修理工として滅茶苦茶腕がいい一因に『細密画を描いて状態を記録できる』という才能がある。最初の状態を緻密に記録できているからこそ、直した後にどこがどうだったかを後からでも確認できる。仕上がった後も勿論全部記録しているから、次に同じものが修理に持ち込まれてもどこが不具合なのかがすぐに判るのである……俺には絶対に、真似できないことだ。

俺が完品を一度でも手にしていれば、簡単に複製ができる。

でも、それじゃあ意味がないんだ。技術も知識も受け継がれていかない。『記録』は絶対に必要なことだ。

「おまえは……本当に絵だけは、ぜんっぜん駄目だからなぁ……」

仕方ねーなぁと言いつつも、どこか嬉しそうなんだよね。ありがとう、よろしくお願いします。

そしてひとつ、ひとつ、ばらしながらその順番通りにパーツを描き、番号を振って並べていく。

ひとつの管を外した時に、部品がないと言っていた箇所と似た構造になっていることが判った。

「ここって、さっきトリティスさんは、音の出る管だって言ってたよね？」

「そうだな……なるほど、こいつと似たようにものがこっちで不足してる部分ってことか！」

きっとそうだ。

口を付ける部分はただ空気を吹き込むだけだろうから、特に変わった構造ではないと思う。

音を出すというここの構造部分が欠損しているから、楽器が鳴らないのだろう。

これって……管楽器と似ているな。そっか、クラリネットなら見たことあったっけ……ああ！

リード、だ。その部分がない。リードを支える部品ごと割れてしまっているみたいだ。

うーん……リードの素材ってなんだろう？

俺が以前見たクラリネットは、合成樹脂だったと思う。これに使われているのは……木？

いや、確か、リードって『葦（よし）』って意味だったはずだ。

でもこの辺には自生していないなぁ……あ！　あるじゃないか！

とっておきの素材が今、手元にある。竹が使えるはずだ！

口を付ける部分とリード部分は俺が竹から作ることにして、その他は父さんに頼もう。

接合部も木製だからか、削れて緩みが出てしまっているせいで空気が漏れるようだ。

ここも金属製に替え、リードを支える部分は壊れていないもう一方のパイプと同じ形で作ってもらおう。

竹もシュリィイーレにはないけど、コデルロさんのおかげで取り寄せることは可能だ。

それならここで、毎年メンテナンスもできるようになる。

ここまで青写真が描ければ、後は技量の見せどころ。楽しい工作のお時間だ。


俺も父さんも興が乗って、ガッツリと作り込んでしまった……

羊の皮で作ってあった袋部分も傷みが酷かったので新調、俺の個人的好みでタータンチェックにしてしまった……これは、やり過ぎたかもしれない。

取り替えられるように、もうひとつ取り付け金具付のプレーンな袋部分も用意した。

リードの予備も作っておいたので、不具合があってもすぐに取り替えられる。

そうして、その日のうちにふたつとも直してしまった俺と父さんは、達成感と満足感に充たされたが、夕食の時間を大幅に遅らせてしまい、母さんにめっちゃ怒られた。

こういうのやってる時って、空腹を感じないいんだよねぇ……


「……という訳でね、直ったんだけど、ちょっと派手にし過ぎちゃった……」

二日後、取りに来たトリティティスさんに、調子に乗って改変してしまったことを謝った。

赤地のロイヤルスチュアートタータンは、そりゃ派手だよね。

こういう柄ってシュリィイーレでは見たことないし、祭りに合うかどうか……

「いや、素敵だ！　とっても素敵だよ、これは！」

「ちゃんと直ってると思うけどよ、儂らには楽器が使えん。今、試してみてくれねぇか？」

「ああ、こんなに綺麗な楽器、初めてで興奮するね……！」

俺が新しい万年筆に高まるのと、一緒だよね。解ります。

トリティティスさんが楽器に息を吹き込み、演奏が始まる。

おおっ、思ったよりでかい音だ。野外で聞かせる楽器だからかな？

民族音楽って感じの旋律が、心地よい。トリティティスさん、流石プロ奏者だなー。

あ、もう終わりか。もう少し聴いていたい演奏だったなー。

「素晴らしいよ！　こんなに大きく音が出て、とても正確だ！　どこからも漏れている感じがしない！」

「それならよかっ……」

俺が安堵の言葉を言いかけた時、食堂の方から『わぁっ』という歓声と拍手が聞こえた。

あ、音が聞こえちゃっていたのか。消音の魔道具を使っていなかったよ、そういえば。

突然トリティティスさんが食堂の方に入って行き、一礼した。さっすが、音楽家さんはスマートだね。

「皆様、この演奏の続きは収穫祭でご披露いたします。是非、南東通り公園舞台までお越しくださいませ！」

今年の祭り、ますます楽しみだ。

収穫祭まであと三日。

祭りが終わるとシュリィイーレは完全に冬に入り、どの店も工房も活動が少なくなる。まったく出歩くことができなくなるほど雪が降る日も多いので、隣町からの馬車は全てストップしてしまう。その前のこの時期は、春までの食材などの買い出しで大わらわだ。

冬は食堂も、随分と客足が遠のく。家の中で仕事をする時期なので、外に出かけて食事をする人の数も減るからだ。なので、冬場はすぐに用意ができる在庫があっても困らないものを大量に準備する。

うちの地下に設置してある冷凍庫や冷蔵庫は【文字魔法】で整備した最高品質だから、食材を無駄になんてしないぜ。

「タクトのおかげで、冬場の食べものの保管に困らなくなったわねぇ」

「本当だよなぁ、外に出しときゃ腐ることはなくても、カッチカチで不味くなっちまうし、部屋ん中じゃ保存が効かなかったからなぁ」

「ふっふっふっ、魔法付与なら任せてよ。どの食材も一番良い状態で保管できるからね！」

本当なら保冷や保管の状態維持のためには、大量に魔力を充塡した『魔石』が必要だ。でも俺の付与なら要らないし、チルドもパーシャルも絶対零度も思いのままだぜ。

そして、冬だからこそ、特別なスイーツタイムをお越しいただいた方々に楽しんでいただくべく、紅茶のシフォンケーキと温かい紅茶のセットメニューを展開するのだ。

収穫祭前に一度テスト的にやってみようと思って、本日、初披露である。

他に何種類かのケーキも用意して、簡易アフタヌーン・ティーにする。

母さんのケーキはどれもとんでもなく美味しくできたので、俺の入れる紅茶が一番の問題だ。

入れ方の練習もしたし、少々パフォーマンス的な要素も取り入れてみた。

砂糖も特別なものを小皿にご用意、カップとミルクピッチャー、ティーポットもバッチリ！

実は何軒かの陶器工房で聞いてみたのだが、やはりセットで作るとなると途轍もなく高額になってしまうので、工房見学でやり方と材料の割合などを盗……じゃない、ご教授いただいた。

前の世界での、なるべくシンプルだけど綺麗目の白いカップやポットを参考に【文字魔法】を使ってこちらの素材で成形、焼成、金の縁取りを施した。

実はビィクティアムさんから貰った鉱石の中に、金が入っている物があったんだよねー。金鉱脈ってほどじゃないらしいけど、たまーに出るんだとか。

底に俺のマークまで入れちゃって、はしゃいでしまったけど結構可愛いのができたと思うんだ。

カルチャースクールで、隣のクラスの陶芸教室に顔を出しておいて本当によかった。

今度、磁器も作っておこう。

「あれ？　珍しいねライリクスさん。この時間に昼食に来られるなんて」

「やっと副長官付から異動になったんだよ。これでようやく、君の所の食事とお菓子にありつける！」

ははは……よっぽど大変だったんだなぁ。

「そうだよー、前副長官は仕事は溜めなかったけど、平気でポコポコ外出するし、今の副長官は仕事を僕に丸投げで、出てったら戻ってこないし！」

副長官って……自由人が多いのかな？

「この間だって、長官がいきなり三日間も休みを取って行方不明になってしまってね。仕事が溜まる溜まる……」

それ多分、錆山坑道に行っていたんじゃないかな……俺のために。ごめんね、ライリクスさん。

「ところで、タクトくん、今日のお菓子が表に書いてなかったけど？　あるよね？」

「勿論ありますよー。ふっふっふっ、今日は新作なので、態と書いていないのですよ」

「ぃよっし！　ツいてるぞっ！」

「でもこの時間は昼食ですから、召し上がるなら奥のお席にどうぞ」

ライリクスさんは、ウキウキと一番奥の席に座った。本当に甘いもの、好きなんだなぁ。

「はい、今日はイノブタの甘辛焼きでーす」

「これ大好物なんだよ。嬉しいなー、今日は最高の日だ」

「パンとこっちの野菜は、おかわりできますからね」

「いいのかい？　この時期に葉物野菜は高いだろう？」

そう、付け合わせは千切りキャベツ。キャベツは今の時期はとんでもなく高価格だけど、うちでは春先から大量のストックがあるのですよ。

しかも、俺の魔法で劣化知らず。旨味も鮮度も、旬の時期そのままですぜ。

「うちの保存技術を舐めてもらっては困りますよ、お客さん」

「ははは っ！　流石、付与魔法師だ」

実は、付与魔法師のかき入れ時はこの時期なのだ。

冬の間の暖房、燈火(とうか)、保存用の冷凍庫や冷蔵庫、なんでもかんでも魔法で動いているので【付与魔法】が弱くなったり切れたりしたら、夏場以上に一大事なのだ。

魔法というのは、あちらの世界の発電所をも凌(しの)ぐ稼働率なのである。

質の高い付与魔法師でも、家全体にかけるとなると三ヶ月くらいしかもたない魔法も多いので、みんなギリギリにかけ直してもらうのだ。

雪で動けなくなった時に暖房がなくなったら……なんて、考えるだけで泣きそうだからね。

俺はまだ未成年だからそんなに需要はないけど、デルフィーさんやルドラムさんの家はまるっと俺の【付与魔法】だ。俺の魔法は春先にうちに付与したものがまだ問題なく使えているので、現時点で七ヶ月保証なのである。言わないけどね、保証期間なんて。

「タクトくん、この入れ物……どこで買ったんだい？」

ん？　ああ、あの紅茶缶か。

「俺が紅茶の茶葉入れとして作ったんです。それは飾り用だから中身は空っぽなんですよ」

「君が作ったのかぁ……もしよければ、ひとつ買わせてくれないか？　僕も紅茶を入れるものを探してて、なかなかいいのがなくてねぇ」

おや、ライリクスさんは、お茶仲間か？

「ファイラスさんは衛兵隊では飲まないって言ってたけど……」

「ああ、なかなかゆっくり飲む時間が取れないいんだよ。だから余計にちゃんと保管したくてね」

忙しかったもんなぁ、今年の衛兵隊は……そっか、そういうことなら魔法付与済の缶をお譲りするのも吝かではない。

「んーと、この缶ならいいですよ。値段は……このくらいかな」

「安過ぎるよ、もっとちゃんと取りなさい」

「でも、材料費と俺の手間賃でこんなものですよ。元々、売るためには作ってないし」

「……解った。じゃあ、これで」

倍額以上だよ……金持ちだなぁ、衛兵隊。

「多いよ」

「これでも安いくらいだ。これだけのものを、あまり安価で売ってはいけない」

他の職人さんの迷惑になる……とか？　そっか、技術の安売りは確かによろしくないな。

「解りました。じゃあ、遠慮なく」

ホント、シュリィイーレは技術者の町だね。

ここの人達はもの凄く、技術や技能に対してリスペクトがあるんだろうなぁ。

さてさて、本日の俺的メインイベント、スイーツタイム。

「今日は焼き菓子の盛り合わせと、紅茶のご提供です。新作なので感想、聞かせてくださいね」

ケーキスタンドは残念ながら無理なので、ティーセットと揃いで作った大きめの平皿に三種のミニケーキとクッキーを載せてある。ベリーのジャムと栗のクリーム、生クリームも。ミニケーキはミルクケーキと蜂蜜ケーキ、そして紅茶のケーキである。

皆さんに説明しながらテーブルにセットしていく。おお、皆様のお顔が輝いている。

そうだよねー、甘いものの盛り合わせなんて、高まるよねー。

「すぐにお茶をつぎますので、ちょっとだけそのまま待っててください」

そう言って予め蒸らしておいた紅茶のティーポットをワゴンで運び、温めたカップに少し高い位置から注ぐ。流石にチャイみたいなパフォーマンスは無理だけど、練習したから六十センチくらいの高さなら大丈夫。

わぁっ

女の子達の声が上がる。うんうん、こういうエンタメ性もたまにはいいよね。

「熱いのでお気をつけくださいね。渋みが強いと思ったら、こちらの砂糖をどうぞ」

お砂糖は薔薇の形に固めてみた。こういう演出もいいかなーって。


皆さんに紅茶のサーブが終わり、どうぞごゆっくりと厨房に戻ろうとしたところでライリクスさんに呼び止められた。

「タクトくんは……この入れ方、どこかで習ったのかい？」

「いえ、以前見たものの見よう見真似ですよ。本当は、もう少し格好いいんですけどね。まだ練習不足で」

「紅茶は……どこで買ったの？　高かっただろうに」

「そんなことありませんでしたよ？　朝市で、端っこの方に店を出していたお婆さんが売ってました」

ライリクスさん、買い足したいのか。そうだよなぁ、冬場は温かいお茶が飲みたい季節だ。

「朝市かぁ……盲点だったなぁ……」

「あ、でももう出てないですよ？　春になるまで仕入れないって。でも店が出てても、次に買うなら春の方がいいですよ」

「そうなのか……でもどうして、春の方がいいんだい？」

「茶摘みは春から秋までですから、冬は仕入れ価格高くなるだろうし。俺は秋摘みの茶葉を買えて幸運でしたけど、春の一番摘みも美味しいですからね」

「この紅茶は、秋の茶葉なのかい？」

「多分、そうですよ。だって、薔薇の香りがしますから」

「……薔薇の？　へぇ……僕はあんまり花には詳しくないから、薔薇の香りってよく知らないんだけど……こういう香りなのか」

「この香りに合わせて、砂糖も薔薇の形で固めてみました」

「そうなんだねー……うーん、旨いなぁ、この紅茶」

お客さん達はみんな、ほんわかした表情だなぁ。うん、うん、お茶とケーキは心を和ませるよね。

紅茶の香りが店中に漂って、ほわほわの幸せムードだ。スイーツ万歳。

皆さんが興奮気味に感想を聞かせてくださり、ご好評のようで安心した。

新しく来てくれたお客さんにも同じように説明したり、サーブしたりとちょっと時間がかかる。これはなかなか楽しいが、ホールひとりは厳しい……アフタヌーン・ティー形式はやっぱり無理があるなぁ。次はケーキ、一種類にしよう。

ライリクスさんは、じっくりとスイーツを味わってくれている。そんなに食べたかったのかぁ。最後までゆっくりと、お皿の上をきれ――いに食べきった後、笑顔で息をついて紅茶を飲み干している。カップには保温効果を付与してあるから、温かいままなんだ。

「タクトくん、ほんっとうに美味しかった……！　最高だったよ、全部」

「ありがとう、ライリクスさん。どれが一番お好きでした？」

「紅茶の菓子があんなに旨いなんて予想外だったし、蜂蜜のもよかった。見た目の美しさも、抜群だったよ」

セットで食器を揃えた甲斐（かい）があったというものです。

「どこの工房の食器だい？」

「俺が作ったんです。少しだけしか作らないと、高くついちゃうから頼めなくって。使いづらくなかったですか？」

「いや、とても使いやすかったよ。紅茶茶碗（ちゃわん）がもの凄くよかったんだが……そうか、君が……」

欲しかったのかなー。まぁ、紅茶好きなら欲しくなるよねぇ。

ごめん、これは余分に作ってないんだ。

帰り道・女子達

「美味しかったし、綺麗だった……あんな飲みもの、初めて……」

「紅茶って貴族のものでしょ？　あんなに綺麗で美味しいのね」

「タクトくんて、本当になんでもできるんだね。素敵だった……！」

「あのお砂糖、すっごく可愛かったわ。売らないのかしら？」

「あれもお菓子みたいだったよね」

「紅茶に入れた時のあの砂糖がすっごく綺麗ね。本当に花が溶けたみたいで素敵」

「あたし、砂糖使わないで持って来ちゃった。うちで飾っておくの」

（信じられないわ……紅茶が、あんなに美味しくなるなんて……しかも焼き菓子にまで使うなんて！　天才過ぎない？　あの砂糖とか！　神の造形じゃないの？）

「冬場は紅茶の焼き菓子、多く出してくれるって言ってたよね？」

「……通う。雪でも通う」

ライリクスとビィクティアムとファイラス

「おや、長官と副長官がお揃いで、いいがなさいましたか？」

「おまえの報告が早く聞きたくてな」

「美味しかった？　タクトくんのお菓子」

「ええ、とんでもなく旨かったです……何から話していいか、整理がつかないんですよ」

「長官室の方がいいか？」

「そうですね。他に聞かれるのはちょっと……」

「楽しみなような、怖いような」

「結構、怖い話だと思いますよ？」

「……げ……」


「まず……昼食に、生の葉野菜が出てきました」

「この時期に？　凄いな、大盤振る舞いじゃないかぁ」

「いや、最近買ったものではないのではないか？」

「ええ、葉が柔らかいままでしたし、甘みが強かった。春のものですね」

「……よくその状態で保てるね。とんでもない【付与魔法】だなぁ」

「付与に関しては、一流なのは承知済だが……」

「量と種類が尋常じゃありません……多分、冬の間中春のものが食べられますよ、あの店。乳も、蜂蜜も、肉も、とんでもない鮮度です。こんなに全く違う食材に対応できるなんて、どれだけの知識量か怖(おそ)ろしいです」

「ははは……こりゃあ、予想以上の魔法師ですね、タクトくんは」

「魔法の精度は、知識量に影響されるからな。どれほどの教育を受けたのか……」

「紅茶についても、かなり詳しいようです」

「あ、紅茶、出してたのかい？」

「はい。新作の紅茶を使った焼き菓子だけでなく、何種類かの菓子をひとつの皿に纏(まと)め上(あ)げ、まるで絵画のようでしたよ」

「ひとつの皿でって……そんな大きな皿なら、高価なんじゃないのかなぁ？」

「タクトくんの自作だそうです。真っ白に金で縁取りされた大皿や茶碗、砂糖を置く小皿、茶器、どれを取っても一級品ですね。しかも紅茶茶碗の薄さといったら……献上品でもおかしくない品でした」

「本当に、全て知っていて作ったのだろうな」

「はい。紅茶の茶摘みの季節まで知っておりました。今、出しているものは秋摘みの茶だと説明された時には、倒れるかと思いましたよ」

「え？　紅茶って、そんなに違いがあるんですか？」

「ああ、皇家で最も好まれるのは秋摘みだな。次は、春一番のものか」

「次に紅茶を買うなら、春にしろとも言われましたね。その知識をまるで、知ってて当然というように語られました。彼の価値観は、我々とあまりに違い過ぎる」

「それは、僕も同感ですね」

「ああ……そういうところも、育ちなのだろうな」

「これが、彼の作った茶葉入れです。『カン』と言っていました。この口を見てください。ほぼ正円です」

「ああーこれこれ、これですよ、長官！　うわぁ……やっぱり綺麗だねぇ……蓋がこんなにちゃんと閉まるなんて、凄いなぁ」

「二種の金属を合わせて作っているのか？」

「乾燥と衝撃耐性、そして劣化防止まで付与されていて、価格が銀貨五枚と言ってきました」

「はぁっ？　桁が違うんじゃないのか？」

「ムカついたんで大銀貨一枚……千五百で買い取ってきましたが、多過ぎると不満を言われましたよ」

「本当に、常識が違うのだろうな……タクトにとっては、これはただの日用品なのだろう」

「タクトくんは、絶対にどこかの国の王家の……しかも直系です」

「断言したね、ライリクス」

「根拠を聞こうか」

「『この紅茶は薔薇の香りがしたから秋摘み』と言っていました」

「うわ……」

「はー……なるほどな。薔薇か……」

「薔薇なんてどこの国でも王宮……それも国王か、王太子の宮くらいにしかない花です。これもご覧ください」

「ん？　なんだい、これ？」

「砂糖です。紅茶に入れやすいように固めてあるのですが、彼は『薔薇の形に固めた』と」

「……長官、薔薇ってこんな形なんですか？」

「ああ……確かにこんな風に重なった花弁の花だな。あああー、確定かー！」

「でっ、でも、どこにも彼の出身の『ニッポン』なんて国はありませんでしたから、亡国なのでしょう？　でしたらそんなには……」

「副長官、彼の国はかなり皇国語と発音が違う言葉があるようです。彼の会話には意識的に、こちらの言い回しに変えている言葉がいくつかあります」

「え、そう？　気がつかなかったなぁ」

「焼き菓子のことを、時々『けーき』とか『くっきー』などと口にして、言い直しています。つまり、同じものを指す全く違う言葉が存在すると考えられます」

「発音の違いだけでなく、名称そのものが違うということか……」

「はい、ですから彼の言葉で『ニッポン』というのは、もしかしたら、我々の知る国の別名である可能性も否定できません」

「なるほど、この国ではミューラと言うが、ミューラ人は自国のことを『マイウリア』と言っているな」

「それと同じようなことかもしれないと思いました」

「すぐに調べます！　ライリクスっ、後は頼むね！」

「それは、あなたの新しい補佐官に言ってください。私は、別の調査があります」

「……ケチ……」

「ファイラス、極秘だぞ？」

「了解しております、長官。では」


「警護の段階を引き上げた方がいいな……」

「はい。あの食堂近くに、空いている区画があります。買い上げてください」

「何に使うんだ？」

「兵の官舎兼避難所を建てます。周りに、常に衛兵がいてもおかしくない状況を作った方がいいでしょう」

「確かに、それならば問題ないか。解った。手配しろ」

「はい。それと……朝市で、紅茶を売る老婆がいるようです。春になったら、また売り始めるとタクトくんから聞きました」

「……あの方々か……まったく、道楽が過ぎる爺(じい)さん達だな」

「タクトくんに気付いた可能性もありますが、そちらはまだ心配ないかと思います。もし接触するとすれば春でしょう」

「タクトは、二十二だったか？」

「はい」

「あと三年か……」

「ええ、成人の儀でどんなことになるのか……そら恐ろしいですよ」

祭りというのは、どこの国でもどんちゃん騒ぎで楽しいもの……と思っていたが、午前中は祭祀やら伝統的な祈りの時間とかで厳かに神妙に行われた。

そうだよね、神様達への感謝がメインだもんな。騒ぐだけが祭りではない。うん。

そして午後になって音楽ががらりと変わり、明るく楽しい民族音楽のような演奏があちこちから響いて楽しげな雰囲気になった。

露店も店を開き、縁日と祭り囃子のような風情だ。

うちも店頭で焼き菓子を袋詰めにしたものと、アルミパックに入れた煮込み料理を売っている。

寒い季節の甘いものは心の安らぎ、そしてひとり暮らしでも安心のレトルトパックの再現である。

本当なら樹脂製の内袋とアルミを貼り合わせてパッキングするのだろうが、俺の【文字魔法】ならアルミだけでも食品に影響なく真空パッキングが可能なのだ。魔法、本当に便利。

料理ができなくても鍋でお湯さえ沸かせれば、パックのままお湯に入れて温められる料理はとても便利なものである。ひとり暮らしだった俺は、もの凄くお世話になっていたものだ。

いや、ひとり暮らしの人でなくても、どうしても料理がしたくない時だってあるだろう。そういう時にこれがあれば、ささっと用意できるのである。

ご家庭でうちの食堂自慢の煮込みが食べられると宣伝し、試食販売したところ大盛況。

値段も店内で食べるより、安めなのもよかったようだ。冬場の便利食品として、実はうちでも大量にストックしているのである。

俺の【文字魔法】で劣化も酸化も防止できているし、殺菌消毒も完璧。食べた後の空き袋を洗って、うちに持ってきてくれたら次回購入割引のサービス付である。

アルミは俺の魔法で無駄なく再利用できるからね。うーん、エコロジー。

「タクト、これを返したら割引って本当なのかい？」

「ああ、勿論だよ。食べ終わったら簡単に水で中をすすいだのを持ってきてよ。一枚につき一個、次に買うものを一割安くするよ」

「じゃあ、十枚だったら……」

「一個につき一枚分だから、新しいもの十個は一割引。つまり、九個分の値段で十個買えるってこと」

「そっか、ただで一個貰える訳じゃないのか」

「そこまで優しくないよ、俺」

「はははは っ」

ルドラムさんは、ヘビーユーザー候補である。

まだ結婚していないらしいし、冬場は荷運びの仕事も警護の仕事もなくなるから外に出る機会も減るのに、食事にだけ寒い中外出するのが億劫(おっくう)だと以前から溢(こぼ)していたのだ。

「今回はお祭り特典で十個買ってくれたら、こっちの焼き菓子をひとつ付けるよ」

「二十個くれ」

「毎度ありー！　沢山買ってくれたから、この袋に入れてあげるねー」

布の袋もサービスである。お祭りなんでね。このやりとりがいい宣伝になったのか、用意していた三百個はあっという間に完売だ。あとはお菓子を何度か補充しながら、夕方まで販売する予定だ。

これで冬場の食堂の減収に対して、少しでも補塡(ほてん)ができるだろう。

陽(ひ)が傾いて、焼き菓子もなくなり、うちの店頭販売は店じまい。店内で今日は少し豪華な夕食が食べられるので、お客さんの入りも上々だ。忙しいのはいいんだけど、俺も外に出て祭りを楽しみたいなぁ。

「やあやあ、今日は特別なご馳走(ちそう)と聞いて食べに来ましたよ！」

「お久し振りです、ラドーレクさん」

「久し振りタクトくん。君も随分忙しくやっているようだね」

「お陰様で魔法付与の依頼も増えてきて、嬉しいですね」

「君は指名依頼の顧客がかなり付いているから、これからはもっと忙しくなっちゃうかもしれないねぇ」

「だといいんですけどねー」

俺の【付与魔法】はなかなか切れないから、リピーターが増えてもスパンが長いんだよなー。

まぁ、質が悪いって言われるよりはいいか。

「こんばんは！　お夕食をお楽しみの皆様！」

「えっ？　トリティティスさんっ？」

「今宵の祭りでこの楽器が演奏できるのも、全てガイハックさんとタクトくんのおかげです！　まずはこちらで演奏させていただきたいのですか、よろしいですかな？」

「おおーぅ！　大歓迎だぜ、トリティティス！」

「あら、嬉しいねぇ！　聴きに行きたかったんですよ！」

父さんと母さんは大歓迎のようだし、俺もすっごく聴きたい！

「では景気よく参りましょう！」

楽器が一斉に音楽を奏でる。なんて楽しい曲だろう！　バグパイプなのにラテンっぽいけど。

でも演奏付の食事なんて、すっごく『祭り』って感じでいいぞ！

バグパイプだけじゃなくて縦笛とか弦楽器もある楽団の演奏で、食堂内は大盛り上がりだ。

母さんも俺も演奏を聴きに行くのを諦めていたんだよね、お客さんいっぱいだし。

「ありがとう、トリティティスさん！　凄く嬉しいよ！」

「なんの、あなた方のためなら、私はいつでも音楽を奏でに参りますよ！　この楽器達の恩人ですからね」

こんな風に好意が返ってくると、本当に引き受けてよかったなぁって思うよね。

祭りの夜はみんなみんな笑顔で、楽しくて、美味しくて最高だ。

○

秋の祭りが終わると、気温ががくっと下がる。冬の到来である。あと半月もせずに雪も降り始めるだろう。

祭りの時までは空き地になっていた斜め向かいのブロックの一角で、大きめの建物の建設が始まった。どうやら、衛兵さんの官舎になるらしい。衛兵隊官舎は夏場に人が賑わい出入りの多い東側と、碧の森や錆山への門がある北側だけにしかなかった。

でも冬になると東門も人通りは殆どなくなるし、北・北西・北東の門は完全閉鎖。逆に魔獣が多く棲む山々や西の森と白森がある西門、南西門、南門側は、冬場に食い詰めた獣やそれを狙う魔獣が出る可能性もあるので衛兵の数が増える。

雪の時なんて官舎に帰ることすら困難で、うちの食堂に朝までいていいかと何度頼まれたかしれない。勿論、人助けだから招き入れはするけれど、宿屋的な設備はないから座って眠るなんていう可哀想な事態になってしまうのだ。

だから、この近くに官舎を建ててくれるのは、うちとしても心苦しくなくなるので大歓迎だ。

今年はきっと、大雪難民は出ないだろう。なにせ、とんでもないスピードで建設が進んでいるのだから。

「すげー……もう、壁が全部終わってるよ……」

建築開始から僅か六日で、四方の壁と窓枠が入っている。絶対に、耐熱とか耐震構造じゃないのは明らかだ。でもこの世界の建築技術は基本が石造りだから、日本家屋のような構造は必要ないんだろうな。本当に【強化魔法】様々だ。うちは耐震・耐熱・防かび・防水加工なんかが完璧だけど、どこまでの魔法付与なんだろう。興味あるなぁ……

この建設特需で、うちの食堂は夏場と同じくらいお客さんが来てくれている。大工さん達と衛兵さん達が、沢山いるからね。

もともと大工や石工技師が多く住んでいるのは、木材・石材が入る西の方だ。西側の山の麓あたりの森は、建設に適した木や石が多く産出されている。なので普段は、南側まで来て食事をすることがない人達ばかりだ。

これは顧客の新規開拓とばかりに、持ち帰り用のお菓子やらレトルト食品やらを店内販売もしているのである。案の定、レトルト食品は大人気である。『態々この店で買うために南側まで来る』というくらいになってくれたらありがたい。

スイーツタイムも、女の子達の甘味(かんみ)にかける情熱のおかげで客足が途絶えることはない。

紅茶のシフォンケーキは、大好評であった。冬期限定で野菜のクッキーを持ち帰り用に販売しているのも、大変人気になっている。

しかしこの時期には、面白い品物の修理依頼はあまり入ってこない。来るのは緊急性の高い日用品ばかりで、ややこしくて楽しいものは殆どないのだ。

人が動かないと、物も動かないので仕方ない。

なのでこの時期は、乾燥がすっかりいい具合に進んだ竹を使って、竹細工を作ることにした。

冬の間の手慰みというか、内職というか。小さい小鉢くらいの籠から、四角く組み上げたマガジンラックくらいのサイズのものまで形も組み方も様々な物を作っている。そして前から使いたいと思っていたリシュレア婆ちゃんの店の刺繍糸（ししゅういと）を、細かい目の竹細工に絡ませて模様を作っていく。竹だけでも粋な感じではあるが、暖色系の刺繍糸で幾何学模様を入れながら編んでいくと可愛い小物入れができあがった。

どうせなら、焼き菓子をこれに入れて売りたい。それなら、透明度の高いセロファン紙が欲しい。ということで、木片からセルロースを取り出し、セロファン紙も作製。これなら中のお菓子も籠も見えて、イイ感じのラッピングができそうだ。

そうだ、セロファンは土に埋めたらすぐに分解されるようにしておこう。後始末、大事。

タセリームさんから、ケースペンダント用の新しいデザインを考えて欲しいって言われてたっけ。アクセサリーとしての需要があるなら、季節とか服装によって変えたくなるよね。俺も、自分用にもう一個くらい作っておこうかな。

あ、そういえば最近、身分証を確認していなかった。そろそろ一回、見ておいた方がいいかな。少なくとも半年に一度は、確かめておいた方がいいかもしれない。

俺、やたら魔法使ってるし。まずは表示バージョン。

・・・・・・・・・・・・・・・・・・・

名前　タクト／文字魔法師（カリグラファー）

年齢　22　男
在籍　シュリィイーレ
養父　ガイハック／鍛冶師
養母　ミアレッラ／店主
魔力　2450

【魔法師 二等位】
文字魔法　付与魔法　加工魔法　耐性魔法　強化魔法

【適性技能】
鍛冶技能　金属鑑定　金属錬成　石工技能　鉱石鑑定　鉱物錬成
陶工技能　土類判別

・・・・・・・・・・・・・・・・・・

おおっ、増えてる！　やった！　念願の『鉱石鑑定』が出てるぞ！

これで錆山に……成人したら、入れる。先は長いな。

表示部分だけでも結構高スペックじゃね？　めっちゃできる人みたいじゃね？　俺って。

では、偽装解除。

・・・・・・・・・・・・・・・・・・

名前　タクト／文字魔法師（カリグラファー）
家名　スズヤ
年齢　22　男
在籍　シュリィイーレ
養父　ガイハック／鍛冶師
養母　ミアレッラ／店主
魔力　１２０６３

【魔法師　二等位】
蒐集（しゅうしゅう）魔法　文字魔法　付与魔法　金融魔法　守護魔法　加工魔法
制御魔法　複合魔法　集約魔法　耐性魔法　強化魔法　変成魔法
植物魔法　治癒魔法　雷光魔法

【適性技能】
鍛冶技能　金属鑑定　金属操作　石工技能　貴石鑑定　鉱物操作
錬金技能　身体鑑定　成長操作　木工技能　植物判別　植物操作
大気調整　大気判別　空間操作　陶工技能　土類判別

・・・・・・・・・・・・・・・・・・・

……なんかもう、とんでもないことになっとる。

技能系は思い当たる節があるから、まぁ、仕方ない。

この『貴石判別』が『貴石鑑定』になったことで表示が『鉱石鑑定』になったのかな。

これだけは、かなりありがたい。

だけど『成長補助』が『成長操作』に変わったってのはどう違うんだ？　俺の意志で、成長をコントロールできるのか？

大気系は……アルゴンガスを沢山取り出したりしたからだね、多分。

しかし、魔法系はどういうことなのか。絶対出ちゃマズイもんが、がっつと出ているじゃないか……なんだよ、【治癒魔法】【雷光魔法】って。黄魔法に決まってるじゃん！

なんで回復とか治療系使っていないのに、【治癒魔法】とか出ちゃうの？

この【植物魔法】も、緑魔法系じゃん！

赤・黄・緑＆青の魔法・技能が揃って信号機完成じゃん！

そっか、技能の方も緑系が出てるのか……うーん……緑系は表示してもいいのかなぁ。

いや、やめておいた方がいいな。赤系が俺のメイン属性なら、緑と青は出にくいはずなんだ。

最近、竹とか紅茶とか植物に触れる機会が多かったからなぁ。その加工とかのせいかなぁ。

でも【治癒魔法】って【回復魔法】とどう違うんだろう？　これはもう、永世秘匿事項であろう。

一番謎なのは【変成魔法】だな。石をぎゅって固めて癒着させることだっけ？　それは『編成』か？　固結するだけじゃなくて、岩石の組織が変わるって方だったかな？

んー……なんでこんなのが出たのか、思い当たらない……もしかして、紅茶缶？

ブリキ作ったのを『変成』とみなされたの？　違うよね？　あれ、そういう現象じゃないよね？

とにかく、魔力量だけ表示値をちょっと増やしておこう。あとの表示はこのままかな。

ううう、ワカンナイこと、誰かに聞きたい……でも聞けないことばっかりだ。

○

雪が降り始めた。もう、食堂に来る人も、もの凄く少なくなった。

衛兵官舎が完成したから、大工さんと職人さん達はみんな西側へ帰ってしまったのである。

だが、レトルト煮物の大量買いをしてくれた人が何人もいたので、きっとまた来てくれるに違いない。

官舎完成が、雪に間に合ってよかったよね。これで南門、南西門、南東門の警備の人達がうちを避難所にすることもなくなるだろう。直轄地の勅命以来、この町の衛兵の数は去年より多くなっている。魔獣がうろつく季節じゃなくても、こちら側の門に衛兵が詰めることが増えていた。

通用門の自警団の人達も安心だと喜んでいたし、俺達もお客さんが増えるので歓迎だ。

まだこの官舎に住み始めた人は十人以下だが、なんとライリクスさんが引っ越してきた。

そっか、副長官付じゃなくなったって言っていたっけ。南側担当にでもなったのかな。

……うちの菓子目当てに志願したんだったら……まぁ、そこまで緩くないか、衛兵隊。

「え？　勿論、この店目当てに志願したに決まっているじゃないか！」

ゆるゆるだったよ、衛兵隊。

昼食を食べに来たライリクスさんは、にこにこ顔でそう言ってのけた。

「倍率高かったんだよー？　この店の存在もそうだけど、南東側は市場も充実しているし、南は修理工や魔法師が多いからね」

「確かに、市場は北側よりは……でも東の大市場とか、西の青果市場には、北の方が行きやすいでしょ？」

「……冬は無理。北側は家から出られない。出たら帰れない。もう東門の詰め所に泊まりたくないんだよ、僕は」

あああー、北側は道が凍るからなぁ。いちいち魔法使って、溶かしながら移動するって言ってたなぁ、デルフィーさんも。

教会や組合事務所がある中央を境に、北東側と北側は上り坂が増えて標高が高くなる。

坂道はさほどきつくはないのだが、寒さや風の強さは格段に違う。環状の通り以外だと、北側に行く程階段が増えるから道が凍ると結構危ないのだ。赤属性じゃない人達は、確かに大変そうだね。

「僕は緑属性だからね。火も水も得意じゃない。絶対に、ここの官舎に引っ越すって決めてたんだ」

実際に、こちらに来た人達は、赤属性の人が今はいないそうだ。

うん、暮らしやすい場所で暮らすのは大切なことだよね。

そっか……ライリクスさん、緑属性か……そういえば、医療系の魔法が使えるんだったよね。

「緑の魔法って植物にも使えるの？　鮮度を保つとか、成長を早めるとか」

「……」

「焼き菓子、一個追加」

「それは無理だね。鮮度を保つのは、どちらかといえば耐性とか強化の魔法だ。成長速度の調節なんて魔法では無謀だ。人ひとりの魔力では、圧倒的に足りない」

へぇ……そういうものなのか。じゃあ、鑑定とか加工がメインになるのか。

「君が食材の管理をしているのは、温度なんだろ？　そういう魔法は、緑魔法ではできないんだよ」

「ふぅん……そういうものなのかぁ……」

「君、魔法師だろう？」

「自分の魔法のことだってよく判らないのに、他の属性まで判ると思いますか？」

「本当に知らないんだねぇ……あれほどの魔法が使えてるのに」

あ、また『視て』るな。別に視られてもいいけどね。

スイーツタイムが始まる頃、外はとんでもない大雪になっていた。

来てくれた人達が帰れなくなっちゃうと申し訳ないので、今日の蜂蜜の温かいケーキは、お持ち帰りしてもらえることにした。

テイクアウトボックス、持ちやすいように改良したんだよね。揺らしても中身がずれないようにしてあるし、勿論温かいものを温かいままおうちで楽しめるように保温機能も万全ですよ！

箱を開いたら魔法が切れるようになっているから、再利用はできないけどね。

態々天気が悪い中を来てもらったので、籠入りクッキーをおまけに付けたら大喜びしてくれた。

「……そんな顔で見なくても、ちゃんとライリクスさんにもあげますって」

女の子達だけでもよかったんだけど……まぁ、差別はよろしくない。


食堂を閉めて、俺達は二階で窓の外を眺める。

「雪、どんどん酷くなるねぇ……」

「そうだな、この時期にしちゃ酷く降るな」

母さんと父さんは少し心配そうだけど、この家は大丈夫だよ。

屋根にも壁にも雪を勝手に溶かしてくれるように、常に摂氏二十三度に保つ魔法が付けてあるし、窓も耐熱耐火耐衝撃の上に保温機能も完璧。水が凍らないように、井戸にも水道にも五度キープの魔法が施されている。家の前と裏口側の地面も雪が積もらないようにしてあるから、食堂の扉や裏口が開かなくなる心配もない。

室内空調も乾燥を防ぎつつ温度は常に摂氏二十四度前後だし、床暖房完備で足元ぽかぽか。

地下貯蔵庫の温度湿度管理も完璧です。もう、完全防備ですよ、我が家は。

これは『おうちまるっと魔法付与』を任せてくれたルドラムさんとデルフィーさんの家も同様なので、ふたり共家の中で温々(ぬくぬく)しているはずだ。

うちの料理のレトルトパックも大量買いしているふたりなので、そっちも安心である。

常に非常時に備えるというのは、災害大国育ちとしては常識ですからな！

大雪は四日間も続き、家に閉じ込められた人々の中にはろくに食事が取れなかった人も多く出たようだ。雪が止んだ五日目、人々は自宅前の雪かきと屋根の雪下ろしで大変なことになっていた。

「タクトのおかげだねぇ……全然雪が積もっていないよ」

「本当にスゲェなぁ、おまえの魔法は」

「去年は大変だったからね。早めに準備しておいて、正解だったよ」

これを『南・青通り三番食堂の奇跡』と人々が噂……したかどうかは知らないけれど、いいデモンストレーションになったようで、周りの家や店から魔法付与の依頼が殺到した。

どうやら、デルフィーさんとルドラムさんの家も付近で同じように羨望の的となり、俺のことを話してくれたそうだ。

のんびり竹籠を作って過ごすはずだったのに、あちこち出かける羽目になった。

でも、勿論これは【集約魔法】だから、一文字だけ付与すれば全ての効果が出るので俺的には楽なお仕事なのだ。おかげで、食堂がほぼ稼働しない冬場のいい稼ぎになったのである。


「官舎に……ですか？」

「頼む。なにせまだ八人しかいないのに、あの建物の雪下ろしと敷地の雪かきなんて、到底無理なんだよ」

うちとうちの周りの家々があっという間にこの大雪対策を終えたのを見て、ライリクスさんが官舎への【付与魔法】を依頼してきた。

官舎の収容は二十五世帯くらいらしいから、その広さをたった八人でなんて無理だよな……

「でも、集合住宅だと付与の仕方が変わるんですよね……建物全部の構造が判らないと……」

「全体にかけてもらうだけ、というのは不可能かい？」

「できますけど、そうなると中の各部屋で効果にばらつきが出ますよ？　水が出なかったり、寒過ぎるとか、暑過ぎるとか」

「……それは……困るな」

「俺の【付与魔法】は、現在かかっている全ての【付与魔法】を取っ払う形になってしまいますから、最低でも設計図くらい見せてもらえないと、受けられません」

ライリクスさんは少し考えていたけど、背に腹はかえられないと思い切ったようだ。

建物の設計図を見ながら、内部の案内をしてくれることになった。ちょっと楽しみだな。

この辺は集合住宅がないから、どんな造りになっているのか興味があるのだ。


新しくできた衛兵官舎は、三階建てである。

この町の建物は、だいたいが二階建てなのでかなり大きく感じる。

おかしいよな、四十五階建てとか六十階建てのビルを、日常的に眺めていたはずなのに。

青通りに面した入口から入ったが、反対側は隣の橙(だいだい)通りに面している双方向入口になっている。

真ん中が中庭としてあけられていて、この建物の全世帯を賄う貯水槽が置かれているようだ。

一階は四隅に大きく部屋が取られ、会議室とか集会所的に使われるらしい。

「何かあった時の、避難所としても使うからね」

ライリクスさんが説明しながら案内してくれる。

一階の居住用は、一戸が大きめの住居で四戸。どうやらファミリー向けのようだ。

そして二階、三階は同じ作りで、各十戸。中はキッチンの他三部屋だが、かなり広めだ。

定員は大人二名、子供一名の三名までで、ひとり暮らしでも、妻帯者でも、友人とふたり暮らしでもいいらしい。設計図を見せてもらうと、外壁と内壁の間に空間があることが判った。

どちらも石造りなのだが、間をあけることで外気温の調節をしているのかもしれない。木材は僅かしか使われておらず、殆どが石でできているので正直寒々しい。

風通しがあまり良さそうに見えないから、夏は滅茶苦茶暑そうでもある。

外壁と屋根には何も魔法付与がなく、温度管理や水を室内まで引く魔法も、今、入居済の部屋のみにしか付与されていない。

まだ全部の部屋が埋まっていない今の状況では、廊下なんて寒くて堪らないのも尤もである。

驚いたことに【強化魔法】が途轍もなく弱かったので、俺は外壁、屋根、柱と内壁との接合部はひとまとめに範囲指定して付与、内側は各戸ごとと共用部分とを分けて付与していくことにした。

まずは外壁、屋上、柱と内壁との接合部の温度調節と強化。強化は強さだけでなく粘りもプラス。

現在、シュリィイーレでは地震はないに等しいけど、錆山も東の山も火山だろうし、断層もある。

揺れない保証はどこにもない。ましてや避難所としても考えられているなら、この建物は壊れてはいけないのである。勿論、防水、防かび、劣化防止も忘れずに。

次に共用部分の【集約魔法】を作る。

室内なので快適さが勿論必要だし、耐火耐熱、防汚、害虫除けなども必須だ。各戸内では、居住スペースと台所、水回りで少しずつ付与する魔法を変えて快適且つ不具合のないシステムを作っていく。中庭から水を引くので、中庭全体の温度管理もしておかないと水が凍ってしまう。

「……よしっ！　これで全部確実に稼働するな。ライリクスさん、付与を始めてもいいですか？」

「ああ、よろしく頼む。僕も同行していいよね？」

「してくれないと部屋の中に入れないですから、一緒に来てください」

「一部屋ごとに付与するのかい？」

「はい。各戸の中にも入らせてもらいます。いいですよね？」

「解った。大丈夫だ」

まず室内から。全戸の各部屋に文字を書いていく。そして共用部分と中庭。最後に外壁と屋上や柱など。もらった設計図で範囲指定してあるから、外に出て一カ所に書くだけでカバーできる。

「終わりましたので、皆さん、一度全員表に出てください」

「早いな。もう全部終わったのか？」

「【文字魔法】は最初の組み上げさえできてしまえば、付与自体は早いんですよ」

ライリクスさんが驚くのも無理はない。他の付与魔法師は、付与する場所で文字を書きながら魔法を付けていくのだ。俺の【文字魔法】のように、事前準備ができないのである。

そして表に出てもらった皆さんの前に立って、彼らから見えないように全部の【集約魔法】を書いた紙を一斉に開く。

建物全体を柔らかな光が包み、屋上から、壁側面、中庭、表の扉付近の雪という雪が全て溶け出す。防水効果が発揮され、水滴も綺麗に乾いた上に洗浄・防汚効果でぴっかぴかである。

「はいっ、全部完了です」

そう言って振り返った時、官舎を見上げている衛兵の皆さんの呆然とした表情が見えた。

ふっふっふっ。

これが楽しいんだよねぇ。皆さんの『おうちまるっと魔法でリフォーム』を目の当たりにした時の驚きの表情が。今回は雪が溶けるという演出のせいで、盛り上がる、盛り上がる。

「これ……夢じゃないですよね……？」

「雪がなくなった……信じられない」

おっと、滂沱の涙を流している方もいるぞ。そんなにつらかったのか、雪かき……

「タクトくんっ！」

「はうっっ！」

突然ライリクスさんに抱きつかれた。やめてくれっ！　男に抱きしめられたって嬉しくないいっ！


そして感動が一段落したところで、内覧会&新機能説明会です。

「今回の付与魔法で、使用方法が変わったものがあるので説明します」

みんな真剣だね。そりゃそうか、自分の家だもんね。

「ライリクスさん、全部書いて新しく入居する方に説明書として渡してくださいね」

「うん、了解したよ！　さあ、教えてくれ給えっ！」

おお、やる気満々だ。

「まずは、各戸の鍵ですが魔力認証を使っていますよね？　これの登録者を増やすことができます」

「それは、必要かい？」

「皆さん、一生恋人も作らない気ですか？　親が訪ねて来た時とか、緊急事態に外部の信用できる人が開けられた方がいいでしょう？」

「なるほど……彼女も登録できる……と」

どよめきが起きた。

増やし方はライリクスさんに後で伝えるが、何ができるかを知っておいてもらわないとね。

「台所と風呂場はお湯が出せます」

ざわわっ、と全員が驚きの声を上げた。

「湯……が出せるのか？　火系の魔法とか、使わずに？」

「はい。ここにふたつの文字が書いてありますよね？　青い文字に魔力を通すと、この蛇口から出るのは水です。赤い方に魔力を……流してみてください」

ひとりに実際にやってもらう。おそるおそる文字に触れ魔力を流してから蛇口を捻ると、だいたい四十度ほどのお湯が出てきた。魔力給湯器ですよ。


うおおおおおおっ！


どよめきなんてものじゃない。雄叫びだよ、これは。

「うっうっうっ、これで冬でも湯が冷める心配なく洗える……！」

「朝も、冷たい水で手と顔が痛くならなくて済む……」

あー……冬場のお湯は、絶対に必要だもんなー。

「これは素晴らしい……赤属性がないと、本当に冬の水回りはつらくてね……」

ライリクスさんまで涙目だよ。

そっかー……うちは早々に改造済だったから、このありがたさを忘れていたなぁ。

ここにいる八人は全員赤属性ではないから、感激も一入（ひとしお）なのだろう。


そしてコンロも、魔力を通して火加減が調節できるようになっている。

今までは強火オンリーだったので、こちらもかなり喜ばれた。

「火が他の物に燃え移ったりして炎が上がると、自動的にこちらの火は消えますので、慌てずに燃え移った物だけ消火してください。壁や床は耐熱耐火になっていますから」

「石造りでも、燃えるのかい？」

「壁や床が燃え上がることも隣室に延焼することもほぼありませんが、室内には布製品だって革製品だってあるでしょう？　そういう物が燃えて温度が上がると、場合によっては石だって割れますからね」

「なるほど、熱と火に強くしておけば、室内が全て燃えたとしても建物への被害はないということだね」

「集合住宅ですから、安心のためってくらいですけどね」

そして、次は室内である。

「室内は一番快適な温度に保たれていますが、一日一回はなるべく窓を開けて空気を入れ換えてください」

しなくても平気なんだけどね。自動的に空気清浄機能が働くようになってるから。でも、換気の癖はつけておいた方がいいと思う。

トイレは【浄化魔法】以外の特筆すべきことがないのでスルー。共用部分の防汚などの【耐性魔法】も付けてあるので、その辺の説明をして内覧説明会は終了である。

「それと、今回の【付与魔法】の保証期間は、本日から百五十日間です」

「きっ、君の魔法は、百五十日ももつのかい？」

ライリクスさんも皆さんも驚くが、本当は現時点で二百七十日保証も可能である。

しかし、ここは敢えて短めに言っておくのだ。

「確実なのは百五十日。それ以上もつこともありますけど、いつ切れるか判らないって感じですね。保証期間内にもう一度同じ付与をする場合は二割引になりますが、保証期間を過ぎてからですと全額いただきますので、百五十日以内の再付与をお薦めいたします」

アフターサービスもしておけば、リピーターになってくれるんじゃないかと思って。

再付与は文字が破損していなければ、魔力を流し直すだけなので更に簡単なのである。

最後にもう一度、無言でライリクスさんに抱きしめられて、マジで勘弁して欲しいと慌てて振りほどいた。

その後、ライリクスさんから官舎改造……もとい、魔法再付与の報告書がビィクティアムさんのもとに届いたのか、北と東の官舎にも同じ付与を依頼された。

一度【集約魔法】を作ってあるのでサクッと済ませたら、今度はファイラスさんに抱きつかれてぶん殴りそうになった……感激屋さんが多過ぎるよ、衛兵隊。

ともかく、お世話になっている衛兵隊の皆さんの福利厚生に協力できてよかったってことで。

六章 ◆ 事件のはじまり

今日は二階の居間でお茶を飲みつつ、家族三人まったりモードである。

こちらに来てからもう、五回目の冬が終わろうとしている。

俺も、二十四歳になって約半年経った。つまり、あと半年でやっと成人である。

長かった……

アラサーから十九歳になったのはいいんだが、成人として認められるまでが長過ぎだよ……

「もうすぐ、タクトも大人の仲間入りねぇ……」

「成人の儀用の服を作っとかにゃあ、間に合わねぇな」

この『成人の儀』はこちらでも一大イベントであるようで、晴れ着を新調し教会で神官や司祭様から成人としての訓辞などいただき、そして魔法や技能などを新たに授かる場合があるのだ。

ぶっちゃけ、必要な魔法も技能も既にあるし、これ以上は使いこなせないというか、話せないようなものが増えたら困るというか……怖い。

なので、予め独自魔法や赤属性以外の魔法は表示、鑑定、看破されないように細工しておかなくてはならないのである。希少性の高い魔法や技能が出てしまって注目を集めるだけならまだいいが、やりたいことを制限されたり、この町から移動させられる可能性もあるというからだ。

そうだ、攻撃系魔法も、絶対に表示されないようにしておかなくてはいけない。攻撃魔法や攻撃特化の技能が出ると、近衛付きの魔法兵とか兵団の見習い魔法師とかにさせられちゃうらしいしな。

争い事なんて、絶対にごめんだ。衛兵にだってなりたくない。

俺は、文字魔法師。物作りの町で平和に楽しく暮らす魔法師でいたいのである。

「タクトはもう職業が出てるからあんまり変化はないだろうけど、楽しみだねぇ」

「え？　職業って成人まで出ない人もいるの？」

「今のガキ共は、殆ど出てねぇらしいなぁ……」

ああ、そういえば以前、役所のお姉さんがそんなこと言っていたなぁ……

「そっか、でも成人が二十五歳だから、それからだと技能とか身につけるの大変そうだね」

鉄は、熱いうちに打った方がいいに決まっている。

若い頃の方が物覚えだっていいだろうし、変なプライドが邪魔することもないだろうし。

「でも百歳を越える頃にゃあものになるだろうし、遅いなんてこたぁない」

「そうだよ、成人なんて四十歳ぐらいでいいってあたしは思ってるけどね」

……は？　なんかもの凄く齟齬があるような気が……？

「あのさ、今って……だいたいの平均寿命、どれくらいなんだろう？」

「さぁてねぇ……貴族様達は長生きだろうけど、あたし達は三百歳くらいかねぇ？」

「でもよ、リシュレアさんは確か三百四十歳くれぇだったぞ。長生きになってるんじゃねぇのか？」


さんびゃく？

あれれー？　そんなになが――く生きちゃうの？

あれれー？　俺、絶対にそこまで生きられないんじゃないの？

だって身体は、あっちの世界のまんまだよね？

いや、魔法とか使えるようになってるくらいだから、もしかしたら寿命も延びてたり？

常識が、またしても覆されてしまった……五年目にして。

うん、三百歳まで生きるんなら、成人は六十歳でもいいよね。うん。

「でもタクト、どうして急に寿命なんて……」

「俺、父さんと母さんの年齢、知らないなーと思ってさ。毎年誕生日祝っているのに」

「儂らのこと、いくつくらいだと思っとったんだ？」

平均寿命が俺の感覚の三倍ということは……でも、見た目の倍くらいで言っとけば無難かな？

「んー……父さんが百歳くらいで、母さんがそのちょっと下かなぁ……って」

うん、だいたい、見た目で五十歳くらいに見えたんだよね……

「まぁ！　そんなに若くないよ、あたしは！　もうっ、タクトったらお世辞が上手くなったねぇ」

「そうか、儂ら随分若く見られとったんだなぁ……ふふん」

ふたり共ご機嫌だなぁ……まぁ、若く見えるってのは人によっては怒られることもあるけど、大概は喜ばれるよね。

実年齢は俺の見た目の想像五十歳前後ってより、ふたり共八十歳も上だった……そっかー、百三十歳越えてるのかー。日本だったらご長寿過ぎて、ギネスどころの騒ぎじゃないよね。

昼時、ロンバルさんからも、もうすぐ成人だね、と話しかけられ少し照れてしまった。

大人としての『年齢』になるのは、自分がどうであろうと世間からの見方が変わるってことだ。

今まで許されていた甘さが許されなくなり、今まで駄目だったことが許されるようになったりする。

自由だけど、とても不自由なのも大人。

あっちの世界で既に大人だった頃、もう一度子供に戻れたらって思ったこともあった。しかし子供は許される分、何もさせてもらえなかったと思い出して、大人も子供もつらいよな……なんて黄昏（たそが）れてみたりもしていた。でも、ここで『子供』をやり直して、大人になった時に後悔しないように『子供』を楽しむことができたと思う。だから、そろそろちゃんと大人になろう。

俺はやっと、子供を羨（うらや）む後悔だらけの大人から脱皮できた気がする。

○

最近すっかり季節ごとの新作スイーツがうちの恒例となっていて、来てくれるお客さん達はそれを楽しみにしてくれている。

南宮舎に引っ越してきたカムラールさんの家族とセイムスさんの家族には小さい子供達がいて、その子達もうちのスイーツがお気に入りらしい。この間も、早く次のお菓子も作ってねと言われてしまった。お子様に期待されるのも、なかなか気分がいい。

母さんに相談しながら、新作スイーツを考えることにしよう。

「うーん……ふわふわの焼き菓子もいいんだけど……そろそろ、別の趣向もいいんじゃないかと思うんだよね」

「タクトは何か考えてるのかい？」

「小豆が手に入るようになったから、これを使いたいんだ」

そう、今まで市場で手に入る小豆は南の方で育ったものばかりで、正直あんまり甘みがなく渋みが強くて美味しくなかった。しかも小豆は連作ができないせいか人気がなくて、作っている農家がイスグロリエスト皇国内にはかなり少ないと言われていた。

しかし！　試しにシュリィイーレの西側で少しだけ作ってもらったら、これがめっちゃくちゃ美味しかったのである。

なのでその畑はうちの専属買い取り契約で、小豆→ジャガイモ→小麦→ビーツそしてまた小豆……というように輪作でうちが欲しいものばかり作ってもらっている。去年はもう一区画、畑を増やして同じように輪作を始めてもらった。両方で同じ物を作らず、一年ずらすことで、小豆も他の野菜と小麦も少し多く手に入るようになってきている。

もちろん、畑の方はたまに見に行ってちょっと手伝うくらいで、基本は農家の方に任せている。プロの方が、絶対にいいものができるからね。今年は二回目の小豆の収穫があったので、あんこを沢山作ろうとしているのだ。

「おまんじゅうか……どら焼き？　いや、いっそあんこ玉とか……」

うーん、ピンと来ないなー。

新しいお菓子で、春祭りに店頭売りをしたい。

「まだ肌寒いから、温かいお菓子がいいねぇ」

母さんからそんな言葉を聞いて、やっぱり温かいのならあんこものは悪くないと思ったが、温かくて冷めても美味しいもの……というと……よし。ちょっと冒険してみよう！

「思いついたものがあるんだ。作ってみる！」

「あら、楽しみだねぇ」

そして、俺は父さんと相談してこの菓子を作るための道具を作製するところから始めた。

練習したいから早めに作らなくては！


春の祭りは碧(あお)の森と錆山(さびやま)を開くため、安全と感謝を神に祈る祭りである。この頃が暦的にも新年なので、祭りは今年一年の豊穣(ほうじょう)を願う祭りでもあるのだ。

朝の祈りの時間が終わると、秋の収穫祭より早めに町が賑(にぎ)わい出す。屋台と出店が沢山並び、冬の間に家の中で作った品などを売るのである。うちの食堂の前にはでかいテーブルが置かれ、その上に菓子を作る器具を設置した。

そう！　今年は実演販売である！

できあがりを売るだけではなく、できあがるまでの課程をご覧いただくことによって、購買意欲と食欲を煽(あお)るのである！

更に『できたて』という付加価値。

そして、あんこものスイーツの実演販売と言えば！

今川焼きなのである！

大判焼き・御座候・回転焼き・おやき・太鼓焼き……などなど、地方によって数々の呼び名があった人気あんこスイーツ。俺的には今川焼きがしっくり来るのだが、『今川』とか『大判』が説明できないので、取り敢えず『餡入焼き』と呼ぶことにした。父さんと作ったこの焼き機も、自信作である。

日本では、実演販売が大好きで行くと必ず見続けてしまっていた。そのおかげで、器具の形も仕様もかなり細部まで覚えている。火を使うと危ないし加減が難しいので、丸く窪んだ部分だけがいい焼き加減の温度で保たれるように魔法を付与してある安全設計なのだ。

焼き方もバッチリ練習して、父さんと母さんには合格点を貰っているのである。

そして客が来る前から焼き始め、あんこを入れる頃にちらほらと人が集まり始めて俺の作業をじっと見ている。ぱん、と左右の焼き機を合わせて、別々に焼いていたふたつが重なると、おおー、と声が聞こえた。ふふふふ……食いついてきているぞ。

「さあ、焼き立ての温かい『餡入焼き』ですよ！　歩きながらも食べられるけど、熱いから気をつけてね！」

この町では、食べ歩きをする人はほぼいない。そういう文化が、あまりないのかもしれない。ただ、祭りの時だけは別だ。実演販売は大盛況になった。焼いても焼いてもすぐに売り切れてしまうので、俺も手伝ってくれた父さんも汗だくで焼き続けた。楽しいけど、すっげ疲れる。

祭りならではのイベントなので、前を陣取ったカムラールさんのふたりの息子達とセイムスさんの長男と次女はかぶりつきでずっと焼き上がりを見続けている。

見ちゃうよね、こういうの。子供だったら尚更だよね。

そして材料がすっかりなくなったのは、そろそろ陽が傾きかけた頃。

疲れた……五時間以上ぶっ続けになるとは……まぁ、大人気は予想していましたけどね。

「お疲れ様、父さん……はい、水」

「お、おう……こんなにめちゃくちゃ売れるとは思わなかったぜ。何度か買いに来たやつもいたなぁ」

「そうだっけ？　俺、全然気付かなかった……買ってくれた人の顔、ろくに見てなかったよ」

「ははは、無理もねぇや」

まだ小豆は残っているから、あんこはこれからも食堂のスイーツタイムで使ってもらおう。

今川焼き……じゃない、餡入焼きもたまーに作ろっかな。でも、実演販売は暫く止めておこう。


予定より早く実演販売が終わってしまったので、俺は春祭りの他の店を周ってみることにした。

この祭りでは毎年、冬の動けない時に考案された新商品を試しに売る店も多いから、滅多に出回らない工芸品とかもあって楽しいのだ。

去年と一昨年、うちでは竹籠を大量に編んだので、それに入れたお菓子を売った。

竹籠は評判が良くて、ロンバルさんの知り合いの木工工房にその作り方を教えて販売してもらっている。その工房が竹を仕入れできるルートを持っていた数少ない工房だったのも、そこで扱ってもらう決め手になったのだ。白熱電球の燈火と同じで、最後に俺がちょこっと魔法を付与するだけでお小遣い稼ぎになっているのが大変ありがたい。

コデルロさんがちょっと嫌みったらしくブッブッと言ってきたけど、別に俺は専属契約なんてしていないし誰に頼もうと俺の勝手なのである。

タセリームさんの店の近くに小さなお菓子屋さんがあって、そこの砂糖菓子が俺と母さんの大好物だ。きっとお祭り用の菓子も売っているに違いないと、俺は急ぎ足でその店に向かった。

「よかった、まだ売り切れていないみたいだ」

うんうん、新作が出ているぞ。ドライフルーツに砂糖を塗してあるのか。キラキラして綺麗だし、美味しそうだなー。フルーツは原価が高くて、うちでは諦めたんだよね。きっとこの店は、西側の果樹園農家と契約しているんだろうなぁ。羨ましいが、ここで買えるならうちで作る必要もない。

俺と母さんの分をたっぷり買い込んで、俺はタセリームさんの店に向かうためにいつもとは違う大通り沿いに出た。公園になっている緑地を横切ると近道だが、公園の中には魅力的な屋台が沢山出ている。絶対に誘惑に負けて、色々な食べ物を頬ばる自分が想像できるからだ。

「あら、タクトくん！」

「あ、マリティエラさん、お久しぶりです！」

マリティエラさんは、俺のケースペンダント・プロトタイプ四番のご購入者である。

名前を聞いた意匠付与の時に、もの凄く美人でガッチガチに緊張してしまったお姉様である。

「丁度良かったわ！　あなたの所に行こうとしていたのよ！」

「……マリティエラさんの家って、前に西地区って言ってませんでした？　なんでこんな遠回り？」

わざわざ東に近い所まで来てから南のうちに来るより、真っ直ぐ南に来てくれれば……

あ、もしかして迷ったな？　前にうちに来た時も、すっごく歩いたって言ってたもんなぁ。

「……それは、気にしなくていいことよ。とにかく、あなたに会えたなら問題ないじゃない！」

「まぁ、いいですけど。でも、ちょっと行く所があるんで、そっち寄ってからになりますよ？」

「ええ、構わないわ」


タセリームさんの店では相変わらずケースペンダントを売ってくれているのだが、そろそろ売れ残りが大量に出て困ったりしているのではないだろうか。色々なデザインのものを作ってはいるが、基本は身分証を入れるケースなのである。そんなに、いくつもいくつも買うものではあるまい。

その店の前には流石に祭りだからだろう、割と大勢のお客さん達がいた。

「あああっ！　よかった！　タクト！　いいところに来てくれた！」

「こんにちは……どうかしたんですか？」

「これ！　この前できた分なんだけど、君の所に持って行き忘れてて……頼む！　今、仕上げてくれないか？」

「何、言ってんですか？　そんなこと……」

できるけど。材料は全部コレクションに入ってるし【文字魔法】でなら正直、一瞬だけど……

「すまん、本当に！　でも、なんとかできないかなぁ……」

んー……どーしよっかなぁ。

「ごめんなさい、タクトくん……あたしのせいなの……」

「トリセアさんの、って？」

「あたしがレンドルクスさんから受け取ったものを、うっかり別の場所に置いちゃってて、ずっと……君に預け忘れてて……」

そっか……でも、タセリームさん、いいとこあるじゃないか。

一言もトリセアさんのミスのせいにしないで、俺に頭を下げるなんて。

「わかった。じゃあ、ちょっと場所、借りるよ」

「ありがとうっ！　本当にありがとう、タクトくんっ！」

「すみません、マリティエラさん、ちょっとだけ待っててもらえますか？」

マリティエラさんは笑顔で頷いてくれたので、俺は作業を始めることにした。


「タクト、すまんがここでいいかい？」

「え……作ってるとこ、見えちゃうじゃん」

「今、でかい商品の在庫で、奥がパンパンで……」

くっそー、ここでも実演販売かよ！　よーし、それなら！

「じゃあ、春祭り特別実演販売ってことで！　今回のものは新色の意匠で作ります。今まで使ったことのない色味ですので今回限り、限定品です」

「おおおー─っ！　いいねっ、特別ってのは、すごくいいよっ！」

実はこの間S社の新作インクが出ていたんで、試したくて万年筆に充填したばかりだったんだよねー。もの凄く発色のいい、ピンクゴールドなんだ。

今回の分は全部女の子向けっぽいデザインばかりだから、これは可愛くていいだろう。

流石に鉱石を持ち歩いているなんてのは変なやつ過ぎるので、鉱石はタセリームさんが仕入れていたものを出してもらった。組成分解と抽出で必要なチタンを取り出すだけで、お客さん達からどよめきが起きた。あ、あんまりこういうの、見る機会ってないもんなぁ。今川焼き……じゃない、餡入焼きに食いつくお子様達みたいなものだよね。

それを【文字魔法】の書かれた紙に載せれば、成形完了。サクサクと台座と鎖ができあがる。

成形状態を確認しながら、魔法付与で強化。繋ぎとなる黒曜石がないので、タセリームさんから水晶を提供してもらい、台座にはめてから細工石を表側に貼り付け、ピンクのインクを使って空中文字で意匠付与。

これで全体の一体化と、強化を含んだ全ての作業が完了。


実演販売は思いの外大盛況で、限定ケースはあっという間に売り切れとなったのである。

二十個くらいあったのに、目先を変えると売れるもんなんだなぁ……

いつの間にかマリティエラさんまでふたつも買ってくれていて、恐縮してしまった。

「あら、だって特別って言われたら欲しいじゃない？」

笑顔でそう言われて、なるほどと納得したのである。限定モデルは確かに欲しい。

俺だって万年筆だったら、並んででも買う。うん。

「それにしても本当にタクトくんは魔法の展開が早いし、苦もなく使うわよね。しかも、鉱石からあんな風に簡単に素材を取り出せるなんて」

「あれは、慣れれば誰でも簡単ですよ。まぁ、必要な技能とかを持っていればの話ですけど」

コデルロさんの工房の職人さん達だって、すぐにできるようになっていたしね。

「タクトくんっ！　ほんっとうにありがとう！」

おおぅ……トリセアさんから思いっきりのハグ……いやいや、勘違いは禁物だぞ。

これは、感謝。感謝のハグ。

「いやぁ、助かったよー！　お客さん達も喜んでいたし、全部売れたし！　タクト、またこの販売方法やってくれないか？」

「絶対に嫌です。やらせようとするなら、身分証入れの販売許可しませんからね」

「……嫌だなぁ、冗談だよぅー、ははははー」

間違いなく本気だったよな、この人。

タセリームさんはこういうノリで、平気でとんでもない頼み事してくるから油断できないんだよ。

売れ残り在庫を実演販売で捌こうって魂胆だろうが、そうはいかないからな！

すっかり遅くなってしまったので、お待たせしてしまったお詫びにマリティエラさんに夕食をご馳走することにした。勿論、うちの食堂で、だ。今日は祭りだから、夕食時間前でも忙しいからね。

秋とは違って特別メニューではないけれど、いつもと違いデザートを付けているのだ。

ミニケーキを二個、ここで食べてもいいし持ち帰りでもいいように竹籠に入れてある。

そして、マリティエラさんが食べ終わった頃にはお客さんも落ち着いてきたしすっかり暗くなったので、俺は食堂から工房の方へ移って話を聞くことにした。


「……医療用器具？」

「ええ、手術用の物の製作と、魔法付与をお願いしたいの」

「いやいや、うちじゃあ作ったこたぁねぇぞ？　専門の工房の方がいいんじゃねぇのか？」

父さんの言う通りだ。全くノウハウのないものを作ることは、修理専門のうちでは引き受けていない。それに、今まで医療器具の修理も依頼されたことがないのである。

「頼んだけど……できなかったの。特殊なものだったから」

形とか使い方が？　どういうことに使うための器具なんだ？

「形とかは今まで通りなのだけれど、今までの物ではダメなのよ」

「つまり……今までの素材では駄目って意味なの？」

「そうよ、タクトくん。今までの素材だと……その人達の手術ができないの」

素材……？　多分、使われているのは鉄だろう。もしくはその合金だ。

それが駄目ってのは……鉄がよくないってこと？

「その人達、どの金属でも炎症を起こして腫れ上がったり、酷い時には呼吸困難になってしまうの」

金属アレルギーか！

「でも、その人達がタクトくんの作った身分証入れでは、全く反応が出なかったのよ」

そういえばデルフィーさんも、ビィクティアムさんも使っていてくれたな。

あのふたりも、腫れや痒みがなくなったって言ってくれていた。

「あの身分証入れで助かっている人達が、大勢いるわ。身に着けていなくてはいけないのに、持てない人達がいたから」

そうか、そういう需要もあったのか……作って良かったな。

マリティエラさんは、あの金属で医療器具を作って欲しいとあちこちの専門家に頼みまくったそうだが、まずその金属が手に入らなかったらしい。なんとか別の素材や【付与魔法】で対応しようとしたのだが、使えるものが全くできあがってこなかったというのだ。

「この金属の仕入れ先を君に聞こうと思っていたの。でも、今まで取引したことのない、しかも加工できる工房のあてもない人に、仕入れ先を教えてくれるはずないと思っていたのよ」

「じゃあ、どうして今日、依頼しようと思ったの？」

「……今までは……その器具があったら助かるのにって程度の気持ちだったけど、どうしても必要になったから。普通の器具だと、治療できない患者がいるの」

なるほど……切羽詰まって、うちにダメ元で来たってことか。

チタンは、確かに金属アレルギーを起こしにくい。でも、こちらではおそらく知られていない金属だ。もし知っている人がいたとしても、ここまで普及していないということは、ろくな加工技術がないということだろう。ケースペンダントを作る時に調べた限りでは、技術が進んだからやっと加工ができるようになったが、取り出すことも、切削することももの凄く難しい金属だったはず。

ましてや途轍(とてつ)もない精度が求められる医療器具なんて、絶対に無理だろう。

しかし……医療器具ってかなり種類があるんじゃなかったっけ？　注射針、ピンセット、メスとか鉗子(かんし)とか、縫い針とか。それ全部チタンで作るとなると、確かに他ではできないのだろう。

「父さん、受けてもいいかな？　あの金属なら、鋳山の石からいくらでも取り出せる」

「加工はできるのか？」

「手伝ってもらえれば、多分」

「うむ、おまえが決めたのなら、手伝ってやる。だが……見本がいるな」

マリティエラさんには、必要な全ての器具を持ってきてもらうことにした。

完品があるなら【文字魔法】の『複製』で、急ぎの分は作れるだろう。

ただ【文字魔法】以外の方法では、今後も作り続ける加工技術の確立は難しそうだ。

「マリティエラさん、この素材だと他では、まったく修理や再加工はできないかもしれない。うちでも、駄目になったら取り替える……ってことになるかもしれないから、高くつくけどいいかな？」

「構わない。それで助かる人が増えるなら」

即答だな。医者の鑑だなぁ。


翌日、器具を持ってきてくれたのは……午後だった。また迷っていたらしい。

納品は絶対に、俺が持っていこう。

器具の種類は、思っていたより随分と少なかった。そんなに多くの道具を必要としていないのは【医療魔法】があるからだろう。止血とか縫合などの決まった手順の作業なら、魔法で格段に精度と速度が上がるので、器具の数は少なくていいようだ。

それでも、器具そのものの精度は高くなくてはいけない。

緑属性の魔法である【医療魔法】などでは、回復も回復速度を促進させることもできない。

あくまで、医療技術のサポート魔法なのだ。

工房に移って早速作業。材料は昨日のうちに、充分な量を取り出してある。

見本の器具のサイズを測り、父さんに精密画を描いてもらい、その道具の名前の一覧を作った。

そして【文字魔法】を書いた紙の上に材料を載せ、複製を作っていく。

だが、これで終わりではない。見本の物は完品ではあるが、新品ではないのだ。

刃の部分の加工や、研磨なども魔法を駆使して仕上げていく。【文字魔法】がなければ、これの加工はかなり大変だろう。

全ての品の希望数量を仕上げるのに、三日もかかってしまった。父さんも俺も、流石にここまで気を使う製品は初めてだったのである。

必要な魔法を付与して、全部完了したのは四日目の午後だった。

それでもマリティエラさんは、こんなに早く仕上がると思っていなかったのか、大変感激してくれた。納品に行った時に、わざわざジュースまでご馳走してくれたほどだ。リンゴ味で美味しかった……今度うちでもジュース、作ってみてもいいかもしれない。でも、果実は高いからなぁ。

そして俺が日本で見たことのあるものを参考にした鉗子、剪刀などの試作品も試してもらえないかと渡した。あちらの最先端の医療器具には敵わないと思うけど、少しくらいは使い勝手が良くなったらいいなと思ったんだ。

後日、その患者の手術と治療が無事に終わり、アレルギー反応も出なかったという連絡をもらって、俺と父さんは心底ほっとしたのである。

初めて作る物なのに、命が懸かっている製品なんて責任重大過ぎるよ。

「ああいうのは、荷が重過ぎるぜ……他の医者からの依頼は、受けねぇからな」

なんて、珍しいことを言う父さんは初めてだったが、俺も同感である。

マリティエラとリシュリュー

「素晴らしいお手並みだな、相変わらず」

「あら、副組合長からそんなに手放しで、お褒めの言葉がいただけるなんて珍しいわね」

「私はいつだって君の技術を尊敬しているよ、マリティエラ」

「ありがとう……と、言いたいところだけれど今回の手術の成功は、あたしの腕というよりこの道具のおかげだわ」

「道具……？　ああ、過敏症でも使えるという道具ができていたのか！　【付与魔法】で乗り切ったのかと思っていたが」

「ええ。今までの器具だったらきっと、途中で反応が出てしまって危なかったでしょうね」

「確かに、あの過敏症は魔法でも防ぎきれないし……長時間の施術となれば……」

「剪刀（はさみ）や円刃にあまり強い【付与魔法】をかけちゃうと、材質まで変化してしまってかえって危ないし、弱いとすぐに切れてしまって役に立たない。ずっとそれが悩みの種だったわ」

「どこの工房だ？　私の命の恩人は」

「……ガイハックさんとタクトくんの所」

「え？　あそこは修理工房だろう？　あ……ああ！　タクトくんの【付与魔法】か！」

「はずれ。素材から成形、研磨も全部、よ。勿論、付与されてる魔法も一級品だけど、あれを作り上げた技術と魔法は正に神業ね」

「一から作ったのか？　ガイハックさんが？」

「んー……多分、半分以上はタクトくんね。ガイハックさんが、仕上げの研磨と調整をしてくれてるみたいだけど。あれ、あの身分証入れの金属なの」

「確か、王都の技術者が手に入らないと言っていなかったか？」

「そう。シュリィイーレでしか、手に入らないみたい。あれを抽出して加工できるのはおそらく、今の時点ではタクトくんだけだわ」

「どうやって……」

「吃驚しちゃったわよ！　鉱石に彼が魔力を込めただけで、するするーって抽出されたのよ？　本人は【加工魔法】と『鉱石鑑定』があれば誰でもできるみたいに言っていたけど、もの凄い精度の魔法よ！」

「やっぱり、ただ者じゃあなかったみたいだね、彼は」

「天才ってあいう子のことを言うのね、きっと。この身分証入れを瞬きする間に作れる子が、四日もかけて仕上げてくれたのよ、この器具」

「それでも、たった四日なのか……その道具ができてからと言われた時には、年単位で闘病生活かと覚悟したのだけれどね」

「あたしも、早くても数ヶ月だと思っていたわよ。四日後にここに納品に来た時には、やっぱり無理って言われるのかと思ったくらいだもの」

「とんでもなく大変な作業だったのだろうな……感謝の言葉もない」

「そうね……あれだけ魔力量の多い子が、めちゃくちゃ顔色が悪かったし、今にも倒れそうだったわね」

「……『視えた』のかい？」

「すっごいわよー？　三千二百四っていう保有魔力も破格だけど、うちに納品に来た時は千二百を切っていたんだから。思わず栄養剤、あげちゃったわ」

「半分以下になっているのに、よく動けるものだ……しかし、どれだけ鍛錬したら成人前だというのに、そんなに最大値を引き上げられるんだろう……無理していないといいんだが」

「無理も無茶も、しているでしょうね。でも、本人が望んで頑張っていることだから、ガイハックさんも見守っているんだと思うわ」

「あの人は昔から、人を育てるのが上手い」

「タクトくんは、育ち過ぎな気もするけど。これ、見てよ。剪刀なんだけど、今までの物とぜんっぜん違うの」

「刃の形が少し違うようだが、他に何か？」

「これ『切っている物がずれない』の。二枚の刃を上下から押し当てていれば、普通なら前にずれるわ。でも、一切ずれずに綺麗に切れるのよ。ちょっとこの羊皮紙、二枚重ねて切ってみて」

「……え？　なんで刃先でも刃元でも同じ力で切れるんだ？」

「これ、あたしが持っていった道具を見て作ってみたらしいんだけど、明らかに今までのものが稚拙と思えるくらい精度が高いの。刃と刃の隙間といい、要部分のブレのなさといい、一級なんて言葉じゃ足りないくらいなのよ！　こんな試作品をぽんっと渡されたら、どーしていいかわかんないじゃない！」

「怒っているのか？」

「まさか！　喜んでるに決まってるでしょ！　まだまだ医療器具には、発展と改良の余地があるっていう証明なんだから！」

「わかった……解ったからもう少し声を抑えて、落ち着いてくれ。私は患者なんだぞ？」

「あら、もう大丈夫よ。病巣は全部確実に除去できたし、もうどこを『診て』もなんともないわ。この剪刀のおかげで、全く苦もなく取れたもの」

「君……この剪刀は『試作品』だったのだろう？　私の身体で試したのか？」

「医師組合副組合長ならば、医療の礎となってくださることに、異論はないかと思ったものですから？」

「……いつかかならず、この貸しは返してもらいますからね……」

「まぁ、命の恩人になんてことを仰有るのかしら……ほほほほほー」

春祭りが終わり、今年はあと二日ほどで碧の森と錆山が開く。しかし、俺はまだ山には入れない。今年は錆山の鉱石取りがメインで、俺はまだ成人していないので許可が出ないからだ。

俺の誕生日は秋だから、今年はきっと入れないんだろうな……

うー、悔しいーっ！　春生まれだったら良かったのに——！

しかし、こればっかりは仕方のないことである。夏は父さんの代わりに修理をしたり、母さんと菓子作りをするのだ。

今年も朝市が始まっているので、俺は早速食材を大量買いしてはせっせと倉庫に運んだ。

この時期に市場に並ぶ葉物野菜は、甘みがあって美味しいからね。

うちでは春から秋にガッツリ買い込んでも、冬を越すまで完璧に保存できる。だから、美味しい時期に美味しいものを買い貯めしておくのだ。勿論、紅茶や蜂蜜、ココアなんかも買っておくので、毎朝、市場巡りである。店が毎日同じ物を売っているとは限らないっていうのと、同じ店が続けては出店していないから。色々な物が欲しければ、何度も足を運ばねばならないのだ。

青果は西の朝市の方が断然種類が多く、他領からの食材や嗜好品とか香辛料なんかは東の朝市というように場所によって特徴がある。

南東の朝市は根菜類と、東ほどではないけど香辛料やハーブも多いのだ。今日は根菜爆買いの日なので、南東の市場に来ている。

そして今日、俺はとんでもない宝物を見つけたのである！

「ゼルセムさん……これ、どうしたの？　初めてだよね？　これ、売ってるの……」

春になるとやってくる隣町、レーデルスの農家であるゼルセムさんは、いつもは人参とか玉ねぎを売っているのである。

「ああ、知り合いに頼まれたんだが、レーデルスでも東のロンデェエストでも全然売れなくて、こっちに持ってきたんだよ。でも誰も使ったことがねぇって買ってくれなくてさ……」

「買う」

「え？」

「全部、買う！　ありったけ買うから、在庫全部売って！　そんでもって毎年、この時期に持ってきて！　全部買い取るから！　契約書が要るなら作るよっ！」

「お、おう、解った。けど、いいのか？　使えるのか？　こいつ……」

「ああ！　最高だぜ。ゼルセムさんっ！」

そう！　今までシュリィイーレでは全く食べたことがなかったし、売ってる場所さえなかったのだ。『サツマイモ』である！　煮ても焼いても揚げてもスイーツにしても、何にしても旨いサツマイモが独占のチャンス！

しかも春のサツマイモは、間違いなく『旬』なのである！　収穫時期も確かに旬なのだが、春もまた旬なのだ。

俺はソッコー荷車を借り、ゼルセムさんにも手伝ってもらって全部買い付けたのだ！

お菓子に使えると説明すると、母さんも乗ってきてくれた。

ふはははは！　これでスイートポテトができる！　いも天も食える！　焼き芋だって！　芋ようかんも作れるぞ！　小豆とサツマイモを一緒に煮ても甘くて美味しい！

サイコ――――！　今年のスイーツのバリエーションがまた増えるぜ！

……いかん、喜びのあまり暴走してしまった。

この町だけなのか、他の所でもそうなのかは解らないけど、この芋が売れないということはやはり『馴染みのないものには手を出さない』ってのは共通なのだろう。

おそらく、サツマイモを作っている農家が、レーデルスのあるエルディエラ領やその東のロンデエスト領にはないのだ。南に行けばあるのかもしれないけど、南側の領地の品物はほぼシュリィイーレには入ってこない。カカオだって未だに他国からの輸入物が少量、入ってくるくらいだ。このサツマイモを発見できたのは、素晴らしい奇蹟といえよう！

……衝動買いをしてしまったが、イモの味を確かめておかねば。

家に戻って、二階の家族用台所で試食の準備。

そーだ、石焼きイモにしちゃおっと。厚手の鍋の中に石、その中にふたつ、サツマイモを入れて石を魔法で熱する。蓋をして弱火でじっくり焼いたように仕上げるのだ。

半刻間くらいで焼き上がり、イモを割ってみると、ぽくん、と割れた。

お、俺の好きなホクホク系のサツマイモだ。当たりだな！　食べてみると少し甘みが薄いけど、充分旨い。母さんには大好評だし、うちのお客さん達にもきっと喜んでもらえる。

さて、スイートポテトの試作品を作ろうか！

厨房（ちゅうぼう）でサツマイモを眺める。こちらでは赤芋と呼ばれているだけで、特に名称はないらしい。

やはりイスグロリエストでは、ほぼ作られていないのだろう。この国での呼び名がないのだ。

ならば、俺が勝手に名前を付けてしまおうと考えたのだが……流石に『薩摩（さつま）』は使えない。

赤だけでなく、紫っぽいものもあるので色指定はしたくないし……と、悩んだが結局『甘藷（かんしょ）』で落ち着いた。うん、日本の先人の言葉をそのままいただいただけである。

午後にはスイートポテトができあがり、もう一度ゼルセムさんのもとへ。お名前決定のお知らせである。

「へぇ……『甘藷』かぁ。うん、甘くて旨そうな名前でいいな。よし、じゃあ、この名前だって言って仕入れるよ」

「頼むよ、ゼルセムさん。冬場用に少しは栽培しようと思うけど、やっぱり沢山欲しいから」

「知り合いも喜んでくれると思うぜ。折角（せっかく）作ったんだから、旨く食って欲しいもんなぁ」

今日の夕刻前には、ゼルセムさんは東の町・レーデルスへ戻って、その翌日に生産者さんに会うというので、ゼルセムさんとその人達の分のスイートポテトをお土産（みやげ）として渡した。

生産者さんには『こんな風に美味しく食べてますよー』って、お知らせしたいからね。

テイクアウトボックスは【文字魔法】で温度管理と状態保持魔法バッチリなので、箱を開くまで劣化も腐敗もしないのだ。

「箱を開けると魔法が切れちゃうから、ゼルセムさんが食べる時はこっちの箱だけ開けてね」

「お、俺の分も？　うわぁ、嬉（うれ）しいなぁ！　おまえの店の菓子、旨いんだよなー！　あ、あとで焼き菓子を買いに行くからよ。みっつ、取っといてくれ」

「はいはいー、毎度ありー」

生産者様、ありがとうございます。

この夏の新作スイーツに、甘薯を沢山使わせていただきます！

という訳で、今年の春は『甘薯の焼き菓子（スイートポテト）』。夏は……水ようかん！　小豆と甘薯の二種類。

それと、かき氷を作っちゃおうと思っているのだ。本当は一昨年辺りから作りたかったんだけど、シロップが懸念だったので見送っていた。果実を使うのが理想だったんだけど、原価が上がってしまうし、かといってジャムとかだと焼き菓子のソースと差別化が難しかったのだ。

しかし！　今年は甘薯を緩めのクリーム状にして、氷に掛けることができるのである。

少し硬めのもので細く絞り出したり、小豆のあんこを添えたりしてもいい。抹茶がないから、宇治金時はできないけど。

後日、硝子（がらす）の器をケースペンダントの石細工を作ってくれている、レンドルクスさんの工房で作ってもらった。俺が石工職人育成支援をしていることもあって、もの凄く手間の掛かる美しい器をほぼ材料費だけで作ってもらえたのである。

めっちゃラッキー！　まさに『情けは人の為（ため）ならず』というやつだ。

器には適正温度保持の魔法を付与してあるので、かき氷は口に入れるまで一切溶けない。

氷も魔法で天然氷と同じ状態の物があっという間にできてしまうので、ふわっふわのかき氷が作れるのである。

かき氷機は父さんの力作だ。俺の下手な絵と、身振り手振りを交えた説明だけであんなにちゃんとしたものが作れるなんて、父さんってスゴイ……

今回のかき氷はまず器の一番下に、あまーい甘薯の煮汁を使ったジュレをチャンクして少し入れる。

氷の上に掛けたイモペーストやあんこをうっかり先に食べちゃった人が、味のしない氷で寂しい思いをしないための救済措置である。

これは、俺がよく後悔することだから、間違いなくそういう人も出るはずだ。だって美味しいから、どうしても多めに食べちゃうよね？　そして氷自体にも、透明なすこ――しだけ塩味のあるシロップをちょっとかけておく。その上からとろりとしたイモクリームをかけ、小豆のあんこと細く絞ったイモペーストで飾るのである。ちょっと……コストと手間が掛かり過ぎか。

小豆が足りなくなりそうだし、あんこはナシで……甘く煮たイモのキューブを混ぜ込もうかな。

うん、イモづくしでいこう！　でも生クリームは欲しい気がする……

○

春夏甘薯祭りは、大盛況である。

やっぱりサツマイモは、スイーツとしてスペックが高いのである。小豆もイイ感じでファンを増やしているようだし、これからも大活躍の予感。

本日のスイーツタイムも、皆さんイモスイーツをご堪能くださっている。

「タクトくーん、こんにちはー！　食べに来たわよー」

「こんにちは、マリティエラさん！　今日は甘薯のかき氷ですよ」

「楽しみにしていたのよ。うちの助手をしてくれてる子が、絶対美味しいからって」

「助手の方って……？」

「メイリーンよ。知ってるでしょ？」

ああ！　プロトタイプ五番の、意匠再付与のきっかけをくれた人だ。

うちのスイーツタイムの常連さんでもある。食事にもたまに来てくれるんだよね。

「へぇ……メイリーンさん、お医者さんだったのかぁ……知らなかったな」

「あら、あの子なんにも言わなかったのね」

「いつも黙々と、すっごく美味しそうに食べてくれてて」

なんか声をかけづらいくらい、楽しそうにお菓子を食べているんだよね。

俺も声かけとか、得意じゃないからなぁ。

「……なるほど……あら？　ライリクス？　ライリクスじゃない！」

「やぁ、マリティエラ」

知り合いなのかこのふたり？

「相変わらず、甘いもの好きなのねぇ。あ、一緒の席でもいいかしら？」

「勿論だよ。君がここまでひとりで来られるとは、その方が驚きだ」

「やっと近道を覚えたのよ」

「そうか。それは良かった。じゃあ、新しい僕のうちも覚えてくれているのかな？」

「……ごめんなさい、それはまだ」

「だと思いましたよ……この店の斜め向かいにある、白い煉瓦の官舎の二階です」

「あら、近いのね！　良かったわ、迷わないで済むわね！」

俺を無視して盛り上がるこの感じ、このふたりはもしかして、もしかしなくても……

「おふたりは……恋人同士なんですか？」

「違うよ、タクトくん」

違うの？　じゃあ、この親しさは何？

「ライリクスは私の婚約者なの」

まさかの上位互換。恋人どころか、婚約者がいたのかっ！

しかも、こんな美人の女医さんだなんて許し難い！

「意外かな？」

「はい、とても。ライリクスさんって絶対に、こういう恋愛関係とか面倒だと思う人だと思っていました」

「あら、この人、意外に結構情熱的よ？」

「マリー、あんまりタクトくんに変な情報与えないで」

「うふふ、御免なさい、ライ。でもちょっと自慢したいじゃない？」

愛称呼びかよ、コノヤロウ。羨ましくなんかないんだからねっ！　本当なんだからっ！

結婚式に呼んでくれなかったら、絶対に許さないいんだからねっ！

スイーツタイムが本当にスイートな感じになってしまって、なんだか捻(ひね)くれた気分の俺は買い出しの続きで東の香辛料市場に来た。くっそー、彼女欲しーなー！

あちらにいた頃、一度だけ女の子と付き合ったことがあるけど、つまらないとかときめかないとか訳の解らない理由で振られた。その後別の友人から聞いた話によると、二股をかけられていたらしいってので変に納得した。何に対しても自信がなく『どうせ俺なんか』ってのが当時の俺の口癖だったから、そんなことばっか言うやつはきっと誰も好きになんてならないよなって諦めた。そうやって俺は、実は引(ひ)き摺(ず)ってるくせに諦めたって言い聞かせてばっかりいたんだ。

だから！　こっちでは絶対に自分を卑下したり、諦めたりしないで生きようって思ってるんだけど！　如何(いかん)せん、やっぱり『女の子』は未知の生物過ぎて苦手なんですっ！

まぁ……可愛いなーとか、喋(しゃべ)りたいなーって思う人はいるけどさ。勇気が欲しい……

今、俺が一番欲しい技能は『勇気』と『大胆さ』かもしれない。

お目当ての香辛料を買い込んで、二、三品は使ったことのないものを試してみようと思い、いつもと少し違う店に入ってみた。

あ……すっげ、いいもん見つけた！　ターメリックだ！

この店、カレーに使う香辛料が沢山あるぞ！

赤唐辛子とか生姜(しょうが)の粉はうちでも使うからあるんだけど、シナモンやナツメグ、クローブ、クミンはあんまり使わないから買っていなかったんだよな。ターメリックが手に入るなら、全部買おう！

うん、うん、カレーはいいぞ！　そっか、シナモンはお菓子にも使えるな。

ターメリックを袋に詰めてもらっている時にお店の人から、男の子が珍しいねー、と言われた。

「え？　これって肌に塗るの？」

「そうよー、化粧品になるのよー。あなた、化粧品作るの？」

へぇ……そういう使い道もあるんだ……知らなかった。お店の人と色々話しながら、結構沢山の種類を買ってしまった。スパイスを利かせた夏のカレーもいいもんだしな！

うん、大丈夫、ちゃんと全部使える！

……はず！


市場でもう少し掘り出しものがないかと歩いていると、四つん這いになって何かを探しているような人がいた。落とし物でもしたのかな？

うわ、結構皆さんの邪魔になってるし、あの人自身も蹴っ飛ばされそうになったりしてる。

「あの……どうかしたんですか？　落とし物でも？」

「え？　あ、ああ……大切な物を落としてしまって……この辺だと思うんだが……」

五十歳後半くらいのおっさん……いや、こっちの年齢でいうと百四十歳から百六十歳くらいか？

父さんと同じぐらい……いや、ちょっと上かな。

「どんなものですか？　一緒に探しますよ」

「あ、いや……あの……」

言えないような、ヤバイもんでも持ち歩いていたのか？

おっさんは、急に俺に耳打ちするように小声になった。

「翠玉(すいぎょく)の……付いたものなんだ」

あ、宝石が付いてるから、おおっぴらに探すと盗まれるとでも思ったのかな。

翠玉……エメラルドのことだよな。

俺は『貴石鑑定』を、半径三メートルくらいでかけてみた。

あ、見えた。身分証表示の『鉱石鑑定』は実は俺の場合『貴石鑑定』のことなので、簡単に宝石に反応するのだ。

探す振りをしながらするするっと目的の物に近づいて、転がっていたそいつを拾い上げた。

「……探しているの、これ？」

「ああ！　そうだよ、それだ！　そんな方にまで転がっていたのか！」

なんか不思議な形の物だな。腕輪のパーツかな？

「ありがとう！　良かったよ、見つかって」

「これ、壊れて外れちゃったの？」

「さっき、人混みで引っかけてしまってね。その時に、留め具が壊れてしまったみたいで」

「直そうか？　俺、道具持ってるよ」

「いいのかい？　助かるが……できるかどうか……」

お、俺の腕が信用ならないと？　絶対に直しちゃうもんね。


市場を出て、近くの公園のベンチに座った……公園のベンチで……おっさんとふたり……もの悲しい……いや、修理。修理のためです。

腕輪のパーツはなんと、銀だった。お金持ちさんだー。うーん、銀……か。でも俺の持っている素材と、随分色味が違う。純度の差かな。なら、この腕輪の厚めの部分をちょっと溶かして流用しよう。割れてなくなっちゃったのは、丸カンみたいな小さい部品だからちょっとでいい。

「……凄いな……君は、錬成師なのかい？」

「いや、魔法師だよ」

「魔法師が、金属の加工も？」

「付与魔法師だからね。それに、俺は『鍛冶技能』と『金属鑑定』【加工魔法】を持ってるから」

「素晴らしい……」

パーツを組み上げ、作った新しい留め具の所に強化だけしておっさんに渡した。

あれ？　手首に何か巻いてるけど、その上に腕輪つけるのかな？

このおっさんも、金属アレルギーなのか？　そっか、この銀は二割くらい別の金属が含まれているみたいだから、それに反応しちゃってるのか。

「落とした物が見つかって良かった」

「ああ、ありがとう。君のおかげだよ」

「落としたりなくしたりした物が戻るのは、戻るべくして戻ってきたってだけだよ」

「え……？」

「『そこに在るべきだから在る』って思うんだ。俺は。物品も、人も」

……そうであって欲しいと思う。何もかも、必要だから今そこに在るって思いたい。

「その腕輪を持っていることが必要だから、戻ったんだよ、きっと」

「必要……だと思うかい？　全てのものが」

「うん、そう思うよ」

「どうして？」

「うーん……俺は神様を信じているから……かな」

なんとなく手を合わせちゃったり、空に向かってお礼を言っちゃったり、海に向かってバカヤローとか言ってみちゃったりってのも、誰もいなくても聞いていてくれる何かがあるって思いたいから……のような気がするんだ。

俺は、そういう『いるような気がする』っていう対象も、神様だって思っている。

「……神……君は、神の存在を信じているのか」

「大概の人は信じてると思うよ」

「そうだろうか？　教会や祈りの言葉を蔑(ないがし)ろにしている者が多いと思わないか？」

「あのさ……教会も祈りの言葉も……ただの道具のひとつでしょ？」

「は……？」

「神様ってさ、そんなものに頼らなくたって感じられるものだと思うよ。逆に場所とか言葉とか道具がないと感じられないっていう人の方が、神を信じていないんじゃないかと俺は思うけどね」

あ、やっべ。怒らせちゃったかなー。

まぁ、俺の持論だから、ちゃんと宗教ってのをやってる人には馬鹿理論なんだろうが。

「あー……神様ってさ、完璧だよね？　そう思ってるでしょ？」

「当たり前だ。神々は全てにおいて万能だ」

「なら、神が作ったこの世界も完璧なんだよ。だって、神様が創ったんだもの」

「う……うむ……」

「ここに存在している全てが神の創造物なんだから、今、目に映っているものからだって神様を感じられて当然じゃないか」

うっわー、黙られちゃうと怖いー。

後でドカーンとタワケモノ――っとか、言われちゃうのかなぁ。ま、構わないけどね。

「おっさんは？　神様、感じられない？」

「……おっさん……かね、私は」

「そーだよ。俺まだ二十四歳だもん」

「神は……時々とても遠いと思う。どうして我々は理解できないのか、どうして道を示してはくださらないのか……と」

「うわ、図々しいな」

いっけね、素直な感想を言ってしまった。なんか、歯止め……利かないな？

「図々しい……かね？」

「そーだよ。神様はね、遠くて当たり前なの。理解なんてできるわけないじゃん、人ごときに。それなのに神様を知った風に語る方が、よっぽど神様を侮辱してるよ。道を示す？　神様に人生丸投げしてどうすんの？　なんのために神様が、考える頭を人にくれたと思ってんだよ」

おっさんは、俺の無礼な言い分に特に不快な顔をするでもなく聞いていてくれている。

「君の言い分は……随分と乱暴だな……そんなにも愚かかね、人は」

「愚かだね。この地上で、一番愚かなのが人だよ。他の生き物は、自分たちの生をどう全うすべきか知ってる。迷わないし、悔やまない」

「そうか。そうかもしれないが、神に背くようなことをしてしまうのではないかと、不安にならないかね？」

「そもそも、人は神に背けない」

そうだよ。だって『神様完璧』が、絶対の前提条件なんだから。

「神様が全て創ったんでしょ？　なにもかも完璧な神が、完璧に。だったら、どんなことも、どんな物も、誰も、彼も、全部神の創造物だ。完璧な神の創造物が、神に背けるはずはない。神は全て織り込み済みだよ」

「犯罪や不幸もかい？」

「ああ。人の生きる社会でそれを許さないのは神じゃない。そこに暮らす『人』でしょ。理由を神に求めたり、神を言い訳にする方が間違いだ……って、俺は思ってる」

「だから、何があってもどんなことでも、神様に責任はないし、神様に背いたことにはならない。この世界の全てが、神の認めたもの……と君は言うんだね」

「そうだと思っているよ。だって、必要じゃないものを神様が創るわけがない」

「この石ころもかい？」

「勿論。人に必要な物だけしか創らない訳じゃないからね、神様は。生きとし生ける全てのものに必要な物を創って、必要な場所に配置しているんだ。人に必要ない物だからって、否定したり蔑ろ(ないがしろ)にしていいってことはないでしょ」

いやはや『神様全能』論は、大袈裟になっていかん……

だけどなんか、引くに引けなくなってきたぞ。

「でもさ、たまに平気で『神の思し召しだ』とか『神が許さない』とか言って、他人に物事を強制する人がいるよね。あれ、もの凄い不敬だと思う」

「そうかね？　司祭や神官ならば、神の教えに沿って物事を諮るものだろう？」

「おっさん、理解力低いな……神が全てを創ったんだよ？」

おかしい。なんで俺、こんなにムキになっているんだろう。

「なんでそれをただの人である司祭や神官が、良いとか悪いとか決めつけるの？　それを言っているやつ本人の好き嫌いとか、慣例で判断しているだけなのに、神を騙るのが許せないんだよ。そういうこと言うやつって、一番信用できない」

こんなことを言って何になるんだと思っているのに……止まらない。

「神官を信用できないとは……」

「『神への冒瀆』？　だいたい与えられる職業だって、全部神様がくれるものでしょ？　職種によって信用度が変わる方がおかしいよ。信じるのも信じないのも『その人』であって『その職』じゃないはずでしょ？」

そうだ。どんな職業の人だって、過ちを犯す。そんなことで一括りにされる方がおかしい。ましてや、この世界では神様が適性職なんてものを教えてくれるのだ。この世界の神様、マジ親切。

「神は……全て織り込み済み、か」

「俺はそう思ってるよ」

「こうしたことを、誰かと話すのは久しぶりだ」

「……俺は初めてだな。当たり前だと思っていることは、態々話したりしないよ」

「当たり前に……神が感じられるのだな、君は」

「みんなそうだよ。そんなに特別なことじゃない」

「そうか……そういえば、君は二十四歳だったね。今年成人かい？」

「うん。秋だから、今年は山に入れないんだ……」

落ち込み案件を思い出してしまった……

いいもん、スイーツとカレー作って夏を過ごすんだもん！

「生誕日が待ち遠しいようだな」

「成人しないと、錆山には入れないからね。良い素材が欲しいだけだよ」

「いつだ？　生誕日は」

「朔月の十七日。成人の儀って何をやるのか、ちょっと楽しみ」

「ははは、堅苦しいだけだよ」

「そっか。まぁ、たまにはそういうのも良いな」

なんか見知らぬおっさんと、すっかり話し込んでしまった。

なんでこんなこと言い出してしまったんだろう？　いつもなら、思っていたってここまで言わないんだけどな。だけど、俺の自分勝手な言い分をちゃんと聞いてくれるなんて、いいおっさんだな。

てか、今更名前が聞きづらいんだけど、どうすべき？

結局、腕輪のおっさんとは、そのままお互いの名前を名乗らずに別れた。

俺の家が『南・青通り三番の食堂』とは伝えたから、もし来てくれたらその時に名前を聞こう……


イモスイーツに続き、シナモンを使ったフレンチトースト風もなかなか人気であった。

水分少な目で肉が多めのカレーは……うっかり辛くし過ぎたり、そもそも香辛料に慣れていない人がいたりで反応は区々だが、やたら好きになってくれたのはリシュリューさんだ。

特に辛口のチキンカレーをもの凄く気に入ったようで、何杯もおかわりをしてくれた。

あの細身のどこに入るのか……美形のカレー爆食いというのも、なかなかシュールである。

もちろん、カレーはレトルトにもしているのでリシュリューさんはお得意様である。

ただ……惜しむらくは米がないことだ。やはり、カレーには米だと思う……パンでも麵でも美味しいよ？　でもね、やっぱ米なんだよね。

米を作っている地方はあるんだが、遠方なので持って来てもらうだけでコストがもの凄く掛かる。

シュリィイーレは、水田にはまったく向いていないせいもあって、米が普及していないから食べないんだよね、みんな。もの凄く残念だ……


そうこうしているうちに夏も終わりに近くなり、陽が陰るのが早くなってきた。

もうすぐ俺の誕生日だ……やっぱり儀式的なものって、緊張する。

こちらでの成人式はその年の人が集まってやるわけではなく、誕生日のその日から一年以内に教会に行き二十五歳になったことを告げる。そうすると『加護の祈り』ってのをしてくれて、それが終わると身分証の表示が大きく変わるらしい。全員に職業が表示され、魔法や技能が増えたり減ったり。そして魔法と技能に熟練度、つまりレベルが表示される。

どれだけ鍛錬したか、実経験を積んだかが一目瞭然となってしまうのである。

もちろん、練度は今後も伸ばすことができるし、新しい技能や魔法の獲得も死ぬまで可能である。

それによって、職業が変化することもあるという。

しかし働く時に使うことが多くなるものと使わなくなるものができるため、全く違う種類の新しい技能や魔法は出にくくなるそうだ。

熟練度は第五位が一番初歩、そこから第二位まで上がって一人前。第一位で名人級、特位で達人ということのようだ。

どれくらい鍛えると、どこまで上がるとかの目安が判(わか)らないから、凄く楽しみだが怖い……

学年末の成績表をもらう気分。取(と)り敢(あ)えず、今の自分を確認しておけば差が解るかもしれない。

・・・・・・・・・・・・・・・・・

名前　タクト／文字魔法師(カリグラファー)
家名　スズヤ
年齢　24　男
在籍　シュリィイーレ

養父　ガイハック／鍛冶師
養母　ミアレッラ／店主
魔力　28677

【魔法師 二等位】
蒐集魔法　文字魔法　付与魔法　金融魔法　守護魔法　加工魔法
制御魔法　複合魔法　集約魔法　耐性魔法　強化魔法　変成魔法
植物魔法　治癒魔法　雷光魔法　混成魔法

【適性技能】
鍛冶技能　金属鑑定　金属操作　石工技能　貴石鑑定　鉱物操作
錬金技能　身体鑑定　成長操作　木工技能　植物鑑定　植物操作
大気調整　大気鑑定　空間操作　陶工技能　土類鑑定　土類操作
水質鑑定　水性操作

・・・・・・・・・・・・・・・・・・・・・・・

魔力が馬鹿みたいに増えてるのはいつものことなのだが、またちょっと増えたたなぁ。

この【混成魔法】というのはどのタイミングで増えたのか判らない。いつの間にかあったのである。【混成魔法】は、ふたつ以上の物質を一緒にしても『それぞれの特性を維持したままひとつにする』魔法だ。

それと【変成魔法】は、ふたつ以上の物質を圧縮などすることによって『全く違う物質』にしてしまう魔法。

技能は『判別』だったものが、軒並み『鑑定』になった。

そして『土類操作』『水質鑑定』『水性操作』が加わった。

実はメニューの拡大によって色々な種類の皿が欲しくなったので、粘土を探して磁器を作ってしまったのだ。その時に、多くの種類の土に触れたせいと思われる『土類操作』。紅茶を入れる度に硬水から軟水に変えたり、状態を調べたりしていたせいであろう『水質鑑定』『水性操作』。これがどう変わるのだろう……そうだ、表示偽装を書き直しておこう。


『攻撃系・戦闘系の魔法・技能は全て非表示』

『赤属性の魔法・技能以外で表示されるのは文字魔法・付与魔法・耐性魔法・強化魔法のみ』

『魔力総量は３２５０で表示』

『身分証に表示されないものは全ての鑑定・看破・魔眼でも視ること、記憶すること、記録することはできない』


これを全て『黒』で、太めの文字で書く。実は黒の特性が『強調』であることが判ったのだ。

黒が一番強制力が強く、文字を太く書くことによって持続時間が長くなるのだ。

魔力が沢山入るのかもしれない。ちゃんと発動するか確認。

・・・・・・・・・・・・・・・・・・

名前　タクト／文字魔法師（カリグラファー）
年齢　24　男
在籍　シュリィイーレ
養父　ガイハック／鍛冶師
養母　ミアレッラ／店主
魔力　3250

【魔法師 二等位】
文字魔法　付与魔法　加工魔法　耐性魔法　強化魔法

【適性技能】
鍛冶技能　金属鑑定　金属錬成　石工技能　鉱石鑑定　鉱物錬成
陶工技能　土類鑑定　土類錬成

よし。これなら大丈夫かな。誕生日まであと少し……どう、変わるんだろうか。

・・・・・・・・・・・・・・・

朔月十七日。
誕生日である。今日、やっと、やっと成人である！　長かった……！
でも『子供時間』の大切さをしっかり味わえたので、無駄ではなかった。

朝から父さんと母さんの方がソワソワしてて、逆に俺は落ち着いてしまった。ほら、身近で慌ててる人を見てるとなんか冷静になったりしないか？

まるでどこか遠くへの旅立ちを見送るかのような父さんと母さんを背に、俺は教会に向かった。

教会に入るのは、中央広場へ抜けて噴水の所に行ったあの日以来だ。そろそろ水源と噴水の魔法を確認したいのだが、今日は成人の儀である。いつもよりちょこっといい服装なだけだが、なんだかスーツを初めて着た時みたいな気分だ。

今日はどうやら今、部屋の中にいるひとりと待合室に女の子がふたり、そして俺の四人だけのようだ。このふたりの女の子は、よくうちのスイーツタイムで見かける子達だ。

「タクトくんも、今日が誕生日なんだね！」

「うん……えーと……」

「あたし、ロゥエナ」

「あたしはニレーネよ」

「そっか、いつもうちのお菓子食べに来てくれてありがとうね。ロゥエナ、ニレーネ」

なんとなくふわっとした会話をして、きゃっきゃっしてる感じが大学の入学式みたいだ。いいなー。同世代とこういう、和み系のコミュニケーション。

突然、中から怒鳴り声が聞こえた。どうやら、自分の技能か職業に不満でもあるようだ。

「さぁ、もう君の儀式は終わりましたから」

「待ってくれよ！　こんなはずないんだ！　剣士職か武術系の技能が絶対に……！」

「今のあなた自身のことは、身分証のものが全てです。では、次の方、どうぞ入ってください」

おずおずとロゥエナが入って、扉が閉められた。

文句を言っていたのは……ミトカだった。

え？　こいつ、俺よりいっこ下じゃなかったっけ？　ロンバルさんの覚え違いか？

相変わらずガッツリ俺のこと睨んできやがるので、思いっきり無視する。

「……どうせおまえだって、なりたいものになんかなれねぇよ！」

やれやれ、やつあたりもいいところだ。

「農夫とか坑夫にでもなれって言われりゃいいんだ！」

「おー、農夫も良いなぁ。畑増やして輪作とかしたら儲かるし、母さんの欲しい野菜沢山作ったり、品種改良も楽しそうだ。坑夫なら父さんの手伝いができるし、鉱山の面白い鉱石掘りまくって一財産築けるなぁ」

「……くっ！」

馬鹿なやつだな。どんな職業にだって、良いところと悪いところがある。

好きな職に就けるなんて方が稀だ。

でも。

「適性が出なかったからって、やりたい職業を諦める理由になんてならないだろ」

「なんだと……！」

「ただ、適性がある人より、何倍も、何十倍も、努力しなくちゃいけないっていうだけだ。なりたいものになればいい」

「俺はちゃんと努力したっ！　でも適性が出なきゃ……！」

「足りなかったんだよ。もしくは、努力の方向が間違っていた。ま、どっちもだろうけど」

ミトカは、剣士とか武芸をやりたかったんだろう。戦闘系の技能が欲しかったのに、出なかったんだろうな。

「諦める理由や、できない理由を他人や神様のせいにするなよ。全部、自分のせいだ」

ミトカは相変わらず自分の価値観を曲げないし、俺の言葉など受け入れない。

まぁ、そんなものだよな。同じ誕生日だっていうのに、こいつとはとことん性格違うぜ。

ミトカは、何も言わずに走り去ってしまった。

「あ、ごめんな、ニレーネ。俺、あいつとはホント反りが合わないというか……喧嘩腰になっちゃうんだよ」

「ううん、平気。タクトくんなら、本当に何にでもなれそうだね」

「みんな、誰でも何にでもなれるよ。君だって。ただ……人より大変なことが、多いか少ないかってだけだよ」

「あたしは少ない方がいいな、大変なことは」

「ははは、俺も」

そしてニレーネが中に呼ばれたので次かと緊張していたら、別の扉が開かれて入るようにと促された。みんなは祈りの部屋と呼ばれる西側の小部屋だったのに、なぜか俺は聖堂の方に呼ばれたのだ。時短のためかな？

　まぁ、いいや。聖堂、一度ちゃんと見たかったからラッキー。おお、でかい神像があるなー。

　この世界の神様は主神は男性だけど、女神様が三人と副神に男性がふたりいるんだよね。

　大聖堂には、主神の像だけなのか……台座の細工も綺麗だなぁ。台座に文字が刻まれている。

『汝自らの智を以て扉叩くべし。されば開かれん』

　あ、神典の言葉なのかな？　俺はまだ全部読めていないけど、文字の練習にたまに写しているんだよね。

　おっと、司祭様が来たぞ。

「生誕日おめでとう。成人となる心構えはできていますか？」

「ありがとうございます。そのつもりです」

「君だけは職業が既に出ておりましたので、こちらで加護の祈りが捧げられます」

　あ、なるほど、そういう違いがあったのか。てことは、職業変更はないんだな？

　よっしゃ！


　司祭様の祈りの言葉は、音楽みたいだった。こういう感じ、嫌いじゃない。音が天に昇っていく感じで、とても素敵だ。

「あなたの身分証を開いて。裏返しにしてこの上に置いてください」

　俺は言われた通りに身分証に魔力を通して大きくし、目の前の真っ白な石造りの台に裏返しに置いた。

「身分証に両手を乗せて」

そして、司祭様も身分証に触れながら、また別の祈りが捧げられる。

徐々に身分証のプレートが光り出し、銅色から銀色に、そして金色に変わった。

おおー、ゴージャスな輝き……

「こ、これは……」

え？　なんか、不具合ですか？

「少し……このまま待っていてください」

「はい……」

えー――っ？　めっちゃ不安なんですけどーっ？


暫くして、別の少しお年を召した雰囲気の司祭様がいらした。

「お待たせしました。ここからは、わたくしが説明いたしましょう」

あれ、もしかしてテンプレの交代だったのかな？　焦っちゃったよー、小心者だからさー。

よく響くいい声の司祭様だな……フードで顔が全く見えないのも怖いような、神秘的なような。

「まず……あなたはここに表示させていない事項がありますね？」

……はい？　ありますけど……えっ、全部ばれちゃってるってこと？

もしや【文字魔法】完全敗北ってことですかっ？

「『家名』をお持ちですね？」

「……どうして……？」

司祭様はゆっくりと裏返していた身分証をひっくり返して、俺に向けて見せる。

名前の下に……うっすらと家名が出てしまっている。

そうだ……『家名を表示しない』っていう指示は、五年前から一度も書き替えていなかった！

しかも、あれを書いたのは当時入れていた青インクだ。期限切れ……ってか、魔力切れで表示されてしまったということか！

……俺の魔法、五年はもつってことか……いや、そんな考察をしている時ではない！

「巧みに隠蔽の魔法が掛けられているようですが……この金の輝きまでは誤魔化せませんよ」

「……わかりました。認めます。俺には『家名』がありました」

「『ありました』？」

「はい。今、ここにはない国のものです。もう、なんの意味もない」

「家名は尊いものです。隠す理由がわかりません」

「ここでは必要ないから、です」

「身分を保障するものですよ？　貴族であるという証です」

やっぱり、貴族だと家名があるのか。面倒だから非表示にしていたのは、正解だったわけだ。

「俺のいた国には、もう身分制度はありません。昔は……あったけど、既になくなっているので俺は平民です」

「……それでも、継ぐべきものでは？」

「俺は……全部なくして、何もかもなくなって、死んで当たり前だったのをシュリィイーレの方々に救われた」

そうだ、この世界に来たあの日、父さんに会えたから俺は生きている。

「ここに来て、ここで生きていていいと言われた。ここでの生活に『それ』は要らないものなんです」

司祭様は少し黙っていたけど、わかりました、とだけ言ってくれた。

「あなたはどこででも生きていけます。王都でもあなたは歓迎されるでしょう」

「俺は、シュリィイーレで生きていきたいです」

「よろしい……では、その他の項目を確認して解らないことがあったら聞いてください」

「はい」

なんとか、家名の件は大丈夫みたいだな。よし、表示確認だ。

・・・・・・・・・・・・・・・・・・・・

名前　タクト／文字魔法師（カリグラファー）
家名　スズヤ
年齢　25　男
在籍　シュリィイーレ　移動制限無
養父　ガイハック／鍛冶師
養母　ミアレッラ／店主
魔力　3250

【魔法師 二等位】
文字魔法・極位　付与魔法・極位　加工魔法・極位　耐性魔法・極位

強化魔法・第一位

【適性技能】
〈最特〉
鍛冶技能　金属鑑定　金属錬成　鉱石鑑定　鉱物錬成
〈第一位〉
石工技能
〈第二位〉
陶工技能　土類鑑定　土類錬成

・・・・・・・・・・・・・・・・・・・・・

……あれ？　一番上って『特位』じゃないの？

何？　『極位』って？　『最特』って？　どっちが上？　なんなのこれ？

エクセレントとかスーパーとかマーヴェラス的なことなの？

俺はおずおずと司祭様に尋ねる。

「あの……これ、意味がわかんないんですけど……？」

「どれど……れ……は？」

司祭様も初見っぽいー。こういうヤバさもあるのか――――っ！　想定外だぜ――っ！

「……初めて見る段位です……ここまでの技能や、魔法が使えるとは……皇族の方でも見たことはありません」

やっべ――――っ！

そのトップオブトップですら、ここまで行っていないっていう事実、やっべーっ！

「俺は！　普通に暮らしたいので！　このことはどうか、どうか、ご内密にっ！」

「ああ……これは、言えん……流石に。しかし凄いものだ……ここまでの研鑽をなされているとは」

いや……頑張ったけど、頑張っていないというか。

えーと、どうしてかわかんないというか……でも、家名以外は無事に隠蔽できてて良かった……

そっちもバレていたら、マジでなんも説明できなくて詰んでたかもしれん。

フツウサイコー！

聖堂を出て、中央広場で気分を落ち着けてから帰ろうと、噴水近くに来た。

ここにはベンチがあるので、ちょっと座って【文字魔法】で隠蔽工作である。

『家名は表示されない』

『特位以上の段位は全て『特位』で表示』

『身分証の色は銀』

よし。身分証が金だと貴族っぽいらしいから、銀なら父さん、母さんと一緒だ。

……なんで、家名、そのままなんだろうなぁ。成人したら、消えるかと思っていたんだけど……

あ、身分証の裏に成人の儀をしてくれた司祭様の名前が入るのか。えーと『聖ドミナティア神司祭』……もしかして割と偉い人なのかな？　神職の役職とか階位は、全然わかんないや……

偽装を書いた紙をしまって、噴水に付与済の魔法の紙を取り出す。

おまとめ魔法の【集約魔法】で、一文字だけ使って付与してあるものの内容が書いてある紙だ。

こちらも五年前のものだから、そろそろ文字の効力が切れるのではないかと思ったのだ。

噴水に空中文字を付与した文字も、紙の文字もやっぱり少し色が薄くなってきている。

文字に触れて、魔力を入れ直したらどうなるだろう？

俺は紙を手で覆い、身分証に流すみたいに魔力を込めてみた。すると、文字色がくっきり鮮やかになって、まるで今書いたばかりのようだ。

「完全に灰色になったり、紙が切れたりしない限り復活するのか……ん？」

噴水の水が……輝きを増したような……？

よくよく『水質鑑定』で見ると『浄化水』と表示された。付与した魔法は、まだ生きている。

そしてもう一度噴水下部辺りも鑑定してみると、文字色がはっきりとしていた。

もしかして【集約魔法】で付与したものは内容の方に魔力を入れ直せば、付与した文字はそのままでいいのか？　付与した文字そのものに魔力を入れ直さなくても連動しているというなら、管理が相当楽になるぞ！

そうだ、家名非表示の昔の文字に、魔力を流し直してみよう！

まず、新しく書いた方を二つ折りにして、身分証オープン。

家名が出ている。古い方に魔力を流す……おおおーっ！　家名が表示されなくなった！

つまり【集約魔法】だけじゃなく、紙に書いたものは全てこれで復活するのか。

うーむ……俺の魔法の耐久年数が長過ぎて、気付かなかったぜ……


俺は家に戻って、父さんと母さんに新しい身分証を見せた……勿論、隠蔽済の。

ふたりは『特位』と『第一位』がいっぱい出ていることにビックリしつつ、もの凄くお祝いしてくれた。そして『在籍シュリィイーレ』を何よりも喜んでくれたのだ。

俺は、これからもこの町で暮らせる。父さんと、母さんと一緒に。

「それにしても……移動制限なしか。確かにあの段位なら、どこでもやってけるだろうが……」

「何、言ってるのよ。この技能と魔法を一番生かせるのはこの町よ、ねぇ？　タクト」

「そうだよ。ここほどの適所はないよ。俺は、この町を出る気なんかないからね」

こんなお宝だらけの町を出るなんて、以ての外だ。

来年は、錆山でガッツリとレアメタルと貴石を採ってやるのだ！

お祝いの夕食も、毎年恒例イノブタの生姜焼きであった。めちゃ旨で幸せだった……

そして、いつもの生クリームたっぷりのケーキに、今日は栗が載っていたのだ！

あまーいグラッセみたいになってて、超絶旨かった……甘いものは正義だ。


ささて、寝る前に身分証の完全表示バージョンを確認しておかねばならない。

段位がものすっごく気になる！　もう、本当に成績表だよ、これは。
・・・・・・・・・・・・・・・・・・・・

名前　タクト／文字魔法師（カリグラファー）
家名　スズヤ
年齢　25　男
在籍　シュリィイーレ　移動制限無
養父　ガイハック／鍛冶師
養母　ミアレッラ／店主
魔力　28680

【魔法師 二等位】
蒐集魔法・極位　文字魔法・極位　付与魔法・極位　加工魔法・極位
集約魔法・極位　複合魔法・極位　耐性魔法・極位
金融魔法・最特　守護魔法・最特
治癒魔法・特位
制御魔法・第一位　強化魔法・第一位　変成魔法・第一位　混成魔法・第一位
彩色魔法・第一位
植物魔法・第二位　雷光魔法・第二位
精神魔法・第三位

【適性技能】

〈最特〉
鍛冶技能　金属鑑定　金属操作　貴石鑑定　鉱物操作
〈特位〉
錬金技能　成長操作
〈第一位〉
石工技能　身体鑑定　木工技能　植物鑑定　植物操作
〈第二位〉
陶工技能　土類鑑定　土類操作　大気調整　大気鑑定　空間操作
液体調整　液体鑑定
〈第四位〉
魔眼鑑定

・・・・・・・・・・・・・・・・・・・

ん？　んんん？　何か知らない項目増えてるぞ？

この【彩色魔法】とは……もしかして、文字色を復活させたからですかね？

それとも、最近多色で付与しているせいか？　まぁ……これはいい。

……【精神魔法】？　ナニコレイミワカンナイ。

使い方も効果も判らないし、何か怖くて使えない。

そんで『水質鑑定』『水性操作』が『液体鑑定』『液体調整』に変わっているということは、水だけでなく『液体』全てが対象になったということなのかな？

そして何故、全く使っていない【治癒魔法】が『特位』？　俺は誰も治していないぞ？

技能の『成長操作』も絶対に使ってない！　どうして段位が高いのか、理由がわからない。

その上……何ですか？　なんか『魔眼鑑定』が出ちゃってますけど？

いやいやいや、今、俺、何にも見えていないよ？　特別なもの、全然見えてませんでしたけど？

何を鑑定してるの？　対象が判らないよ！


成人の儀から数日が経った。

もー、解らない魔法や技能は、取り敢えず放置することにした。

必要な時が来れば解るだろうってことで、保留にしたのだ。魔眼と言われても全く何も見えないので、こいつも保留。ぜーんぶ棚の上だ。


秋も随分深まり、色々と美味しいものが沢山出回る時期になってきた。木の実系と茸系は、この時期の買い溜め商品である。

しかし、今年は茸は買っていない。実は地下の貯蔵庫を少し広げてもう一部屋作り、何種類かの茸栽培を始めているのだ。天然物より安全だし、沢山取れるし、【文字魔法】で全部管理できるからコスト安いしサイコーである。

と、いうわけで、今日の昼食は茸づくしだ。

「美味しいねぇ……この焼いた茸もいいが、肉と一緒に煮たものもとてもいい……」

「セインさん、パンは四個までなら無料でおかわりできるからね」

「ああ、ありがとう」

セインさんは、あの公園でうっかり語り合ってしまったあのおっさんだ。

態々うちを探して、食べに来てくれたのだ。なんていい人なんだろう……

「あの時買った香辛料は、あまり使っていないんだね？」

「うん、あれは別の料理用だよ。明日か……明後日辺り出すけど……辛いものは平気？」

「そうか、辛いのか……」

あ、あんまり得意じゃないんだな。

「今日のお菓子は、あの時買った香辛料と玉子を使った焼き菓子だから、良かったらそっちも食べていってよ」

「香辛料が菓子に使われているのか。それは……食べてみたいね」

「じゃあ、食事の後、そのまま待ってて」

本日のお菓子は、フレンチトーストのプリントッピングなのである。

玉子とシナモンを使ったお菓子の定番だ。


さてさて、お待ちかねのスイーツタイム。お菓子目当てのお客さんも来てくれてるね。

「こんにちはーっ！　タクトくーん」

「いらっしゃい、ファイラスさん、ライリクスさん」

「……！」

ん？　ライリクスさん、どうかしたのかな？

「副長官、やはり僕は、仕事に戻りますから……！」

「まあまあ！　大丈夫っ、付き合い給えよ、ライリクス！」

あー、仕事中に無理矢理、ファイラスさんに引き摺られて来たのか……急ぎの仕事とかあるんだろうなぁ。ファイラスさんにがっちり肩を摑まれて、店の奥の方に座らされちゃったよ。

なるべく早めに出してあげるからね、ライリクスさん。


「はい、お待たせ、セインさん」

「……ありがとう。君も甘いものは好きなのかね？」

「勿論、大好きだよ」

「甘さ……というのは、堕落の始まりだとは考えたりしないのか？」

相変わらずお堅いなぁ、セインさんは。

「この世に甘いものがあるのは必要だから、です。神が創ったものだからこの世界に甘味が存在するんですよ。堕落なんてことは、絶対にありません」

「絶対と、言い切れるのかい？」

「だからー、前にも言ったじゃないですかー！　物覚え悪過ぎですよ、セインさん」

あ、ファイラスさんもライリクスさんも、吃驚した顔してる……

そっか、流石に俺みたいな若造が、おっさんに何言ってんだって思うよね。

うん、丁寧に、言葉を改めよう。

「『絶対』です。神様は間違えない。人がその甘さを感じ、素晴らしいと思うのは神を讃えることです」

「神を讃える……？」

「だって、神様は必要のないものは創らないって言ったでしょ？　甘さを感じられるように人を創ったってことは、人にそれが必要だからです。それを与えてくれた神様に感謝するのは当然です」

「ほう……なるほどな」

「甘いものを食べて罪悪感を感じるのは、きっと『自分だけがこんなに素晴らしい神の恩恵に与っていいのか』って、考えちゃうからじゃないかと思うんですよ。だから、甘いものを食べることがよくないんじゃないかって思う人は、とても優しくて他人を思いやる人だと思うんです。しかし、食べないという選択は、寧ろ神への冒瀆です！　甘いものは、正義なのです！」

「相変わらず、君の独自理論の展開は強引だねぇ」

「極論も暴論も論理の一端であると考えています……なんてね？　さぁ、温かいうちにどうぞ。桂皮たっぷりで美味しいですよ」

　シナモンがいい香りで、蜂蜜の金色がキラキラしてる。トッピングのプリンも最高のできあがりなのだ。屁理屈だろうと暴論だろうと、食べたら間違いなく幸せになるのだ。

「ああ、しかしその罪悪感はどうしたらいいと思うかね？」

「簡単ですよ。他の人にも食べさせてあげればいい。『持てる者は持たざる者へ分けあたうるべし』です」

「……君は……神典も読んでいるのか？」

「ええ、好きな言葉しか覚えていないですけどね」

カリグラフィーにも聖書などの知識はあった方がいいし、写経もいい文字の練習になったからね。

こっちの神典も、いろいろとあちらのものと同じような教えがあって面白いんだよね。

「他にはどんな言葉が好きなんだね？」

「ああ……あと『汝自らの智を以て扉叩くべし。されば開かれん』ってのが好きですね」

「それを……誰かに教わったのか……？」

「この間行った、教会の大聖堂にある神像の台座に刻まれていたんですよ。神典からの引用でしょ？」

おそらく、だけど。全部読み終わっていないから解らないけど、教会の大聖堂に神典以外の言葉が刻まれたりしないと思う。

「大聖堂の……台座」

「はい。いい言葉ですよねー」

「どういう意味が込められていると思う？」

「『自分の知恵と知識で物事に挑んでいけば未来は開かれる』……かな。格好良く言うと。ぶっちゃけ『てめーで勉強して考えろよ、自分のことだろ！』って感じでもありますけどね」

「……は、ははは……！　本当に、君の意見は暴論だな」

「いいんですよ、受け取り方なんて主観なんですから」

セインさんはこういう禅問答的なの好きなのかな。おっさんとの作麼生（そもさん）・説破（せっぱ）もたまにはいいか。

どうやらセインさんは、このスイーツをとても気に入ってくれたようだ。全部綺麗に食べてくれて、また来るよと笑顔で帰っていった。うん、やっぱり甘いものは正義だ。

あ、ライリクスさんが走って出て行った……そんなに急ぎの仕事があったのかぁ……

頑張ってくださいねー。

ライリクスとセインドルクス

「まっ、待ってくださいっ！」

「おや、ゆっくり食べてくれれば良かったのに」

「どういうおつもりですかっ！」

「ふむ……衛兵に追いかけられるというのは、衆目を集めていかんな。話せる場所はあるか？」

「……では……僕の部屋へ」

「近いのかね？」

「その白い建物が官舎です。二階ですし、遮音の魔法も施されています」

「よかろう」


「……狭いな……」

「あなたの屋敷や聖堂と比べないでください。人の営みには、この程度で充分なのですよ」

「良い魔法が付与されているな。いい住まいだ」

「全部、タクトくんです。彼の魔法は、この町で最高位と言えますから」

「なるほどな……道理で心地いいわけだ。これほどの魔法が付与されていながら、全く住人に影響せずに展開できるとは……」

「あなたの狙いはタクトくんですか？　どういう意図であの店に……」

「ああ、安心しろ。彼をどうこうする気はないし、この町から連れ出すつもりもない」

「……」

「信用されていないな、私は」

「そもそも、あなたがタクトくんと、あんな会話をしていたこと自体が信じられませんよ」

「そうかね？」

「ええ、あなたが人の話をちゃんと聞くなんて、天変地異と同義です」

「彼の話は突飛で面白くてね……なのに、神の真理の一端を見せてくれる」

「どうして、あの店に？」

「タクトくんに招待されてね」

「は？　どこで……知り合ったのですか？」

「東の市場で、私が落とした腕輪を探してくれたんだよ」

「……落とし物……相変わらず、天才的な出逢(であ)い運だな、彼は」

「腕輪の留め具が壊れてしまってね……直してくれたんだよ」

「腕輪って、その腕輪ですか？　直した？　これは……法具でしょう？　加護の魔法の付いた法具を、彼が直せたっていうんですか！」

「ああ、しかも欠けた材料の銀をこの腕輪の裏の部分を少し溶かして作ったのだよ。恐れ入ったね」

「法具の加工なんて……できるんですか？　聖魔法の加護を超える魔法なんて……」

「それでどうしても彼のことを確かめたくて、成人の儀で立ち会いをした」

「はぁっ？　あなたが……国の最高位である聖神司祭のひとりであるあなたが、一臣民の成人に立ち会ったんですか！」

「……衛兵隊(おまえたち)も、彼については色々摑んでいるのだろう？」

「推測なので言えません」

「彼は警戒対象かね？」

「いいえ、警護対象です」

「うむ、それならば、それは正しいだろう」

「……ご覧に……なったのですか？　彼の身分証を」

「口止めされておるからなぁ……私からは言えん」

「タクトくんにですか？　なんで……たかが一青年の頼みなど、あなたが守るとは」

「彼には……嫌われたくないのだよ。あの店に行きづらくなる。おまえならば『視える』だろう？

私の瞳に映った物が」

「よろしいのですか？」

「私は絶対に話す気はないが、視られてしまったのならそれは不可抗力というものだ」

「……………」

「おまえの魔眼は『噓(うそ)と隠したいものを視る』魔眼だ。彼の身分証が見えるのは、そこに『噓』か『隠し事』があるからだろう」

「そうですが……何を隠したいかまでは判りません」

「では、おまえが以前『視た』ものと比べてみればいい。どうせ『視た』ことがあるのだろう？」

「あなたのそういうところが、僕は嫌いなんですよ……」

「『視えた』だろう？」

「……やはり金なんですね……家名が出ていたということは、隠していたのは家名ですか」

「ああ、そうだろう。聖魔法で初めて見えるなんて、とんでもない技量の【隠蔽魔法】だ。鑑定でも魔眼でも視えないだろうな」

「それに……なんですか？　『最特』とか『極位』なんてあるんですか？」

「あったのだろうな。私も知らなかった。今まで到達した者がいなかっただけだろう」

「どれほどの……知識を得て研鑽を積めば、ここまで到達するのでしょう……？」

「『汝自らの智を以て扉叩くべし。されば開かれん』」

「さっき……タクトくんが好きだと言っていた言葉ですね」

「確かにこれは神典の言葉だ。『至・神典』の……な」

「どこで……そんなもの、どこで読めるっていうんですか……？　王都教会の神書司書館にだってありませんよ！　残っていたとしても一部ですし、表記は古代文字で……あ……」

「出典を知っていて、古代文字が読める……シュリィイーレ大聖堂の神像台座の文字は古代文字だ。彼はあれを読んだと言っていた。あり得ない知識だ」

「彼の出身国は……いったい、どれほどの叡智(えいち)を有していた国なのでしょうか」

「今はもう亡い、と言っていたな」

「そうですか……やはり亡国なのですね」

「おそらく、その国は革命で王家が瓦解している」

「革命……？　なぜ？」

「かつて身分制度があったがなくなった。だから自分は平民だと、亡国の家名は要らないと言っていた」

「……」

「彼は革命の後、幼かったから殺されなかったのかもしれない。だが、完全に平民として育てられたわけではないだろう。あの知識と魔法には、師がいるはずだ」

「いつか……再興のために、ですかね？」

「かもしれん。ただ彼に、生きる選択肢を与えたかっただけかもしれないが。それ故、彼は……絶対に家名を名乗れなかったのだろう」

「どうして……そんな目にあって恨みもなく、復讐も考えずに生きられるのでしょうか？」

「なにもかも必要だからそこにある、と言っていた。革命も亡国も必要なことだったと……彼は納得している」

「それは……！」

「おまえが感じるものは、おまえの感情だ。彼と同じではない。我々に理解できずとも彼自身がそれを受け入れ、今の生活を守ろうとしているのだから我々の考えることではない」

「あなたの言葉とは思えませんね……ご自分の考え方が絶対だと、思っていらっしゃるくせに」

「彼は神を信じているから、全てを受け入れていると言っていた。神は完璧であり、絶対であるからこそ、必要のないものなどこの世界にはないと」

「……」

「だから、全てが、今この世界にあるもの、起こっていること全てが必要なもので、それがたとえ人を不幸にするものでも『神にとって』必要なのだ」

「あなたが受け入れやすい考え方ですね」

「だが、彼には図々しいと怒られてしまった」

「……は？」

「神のことを理解しようとか、道を示して欲しいなんて人ごときが図々しい考えを持つな……とね」

「タクトくんは、怖いもの知らずというか……なんというか……」

「神に責任をなすりつけるなんて不敬だとか、神の名で人の行動を縛るのはただの『騙り』で信用がおけないとも言われた……」

「……全部あなたへの非難に聞こえますね。口癖でしたものね『神の思し召し』」

「人が決めたことを、あたかも神が決めたことのように言うなと……こんなにはっきり否定されるとは思わなかった」

「タクトくんは、嘘のつけない性格なので仕方ないです」

「『汝自らの智を以て扉叩くべし。されば開かれん』……考えてみたのだよ、私も。何故(なにゆえ)私は彼の話を遮らなかったのか、何故否定できなかったのか」

「……？」

「私にはきっと、彼の話を聞く必要があった。『神は必要な場所に必要なものを配される』と言った彼の言葉が、私には必要だった。神をいつでも感じられると断言した彼の言葉が」

「あの……よく解りませんが……なにを……？」

「おまえは、タクトくんと違って勘が鈍い」

「彼と比べられたって、当然としか思いませんよ」

「今までと違う考え方が必要だったのだ……言い訳に。ライリクス、もう一度だけ聞く。帰る気はないのだな？」

「ありません。僕には、ドミナティアの名は必要ない」

「……これも『神は織り込み済み』なのかね……」

「は？」

「なんでもない。判った。もういい。おまえをドミナティアから除名とする」

「え……？　そ、それでは……」

「好きな所で好きに生きるがいい。誰と結婚しようと、もうなんの関係もない」

「………」

「何を呆けている。私の気が変わらぬうちに、全て済ませろ！」

「はい……はいっ！」

「私は弦月の二十日までシュリィイーレにいる……早くしろよ」

「はい！　ありがとうございます、兄上！」

「こらっ！　私をここに置いて行くな！　まったく……貴族が、家名を取り上げられて喜ぶなんて信じられん……」

ライリクスさんが走り去ったすぐ後に、マリティエラさんが来てくれた。

惜しかったですね、ふふふふふ。すれ違いですよ。

おっと、ちょっと意地悪な気分になってしまったぜ。

「今……走って行ったのって、ライリクスよね？　どうしたのかしら」

「何か急ぎの仕事があるんですかね？」

「あら……凄く美味しそう！　温かいのね！」

「はい、冷めませんからゆっくり食べてくださいね」

「……凄いわね……お皿に魔法が付与されてるなんて」

「あれ、よく判りましたね」

「あなたの魔法って、均一で綺麗だから判りやすいわ」

……前にも誰かにそんなこと言われたなぁ……俺の魔法が、均一に入るって……誰だっけ？

「んーっ、美味しいーっ！　メイリーンの言った通りだわ」

「メイリーンさん、今日は来てないんですよね」

「ああ、今日はどうしても実家に帰らなきゃいけないみたいで、朝からいないのよ……戻ってくるのは明日か明後日かしら」

「……そうですかぁ……」

「あら、気になるの？」

「えっ！　いや、いつも来てくれる常連さんが来ないと、心配になるってだけですよ」

「……ふふーん……？」

本当にそれだけですっ！　それだけ……ですよ、多分。

スイーツタイムが落ち着く頃、ゆっくりとお茶を飲んでいたファイラスさんが、いい紅茶を売ってる店を知らないかと聞いてきた。朝市のお婆さんは今年はもう来ないと言っていたので、今の時期なら東市場の奥の方がいいと勧めておいた。

あのターメリックのお店の近くに、紅茶を出している所があったんだよね。セインさんの落とし物を拾った時に見つけたので、今度行こうと思っているんだ。

その時、突然ライリクスさんが走り込んできた。なんだ？　緊急事態か？

「マリティエラ！　ここにいたのですか！」

「ど、どうしたの？」

「さっき、病院と家に行ったら、いなかったんで……ああ、そんなことはどうでもいいんです」

「ライリクス、ちょっと落ち着いて？　ね？」

「マリティエラ、結婚しましょう！　今すぐに！」

……は？

「……ライ？　どうしたの……突然……」

「兄が、やっと、兄が結婚を認めてくれました！　だから一刻も早く……兄の気が変わらないうちに！」

「ライ……本当？　本当なの？」

「はい。僕は君に嘘はつかない。結婚……してくれますよね？」

「……ええ！　ええ、勿論よ！」

おおっと、おふたりとも抱き合って大喜びの劇的大団円的な感動シーンですけどね。

ここはしがない町の食堂でして、そこでこんなスポットライト独占のプロポーズとか見せられてるおいてかれちゃった感満載の店員はどう反応すべきなんすかね？

「ファイラスさん……あのふたりって、婚約者同士なんですよね？　婚約してるのに、反対されていたんですか？」

「うん……まぁ『婚約』が当人同士だけの約束でね。マリティエラの家族は渋々ながらも了承していたんだけど、ライリクスんとこはお堅くてね」

「そっか……」

「よくもまぁ、あのお兄さんが許可したもんだ」

そうだったのか……まぁ、いろいろあるんだな。なんにしても、上手くいったのなら良かった。

「ええっ？　それじゃあ、あなた、家門から除かれてしまったってことじゃない！」

「ああ。だがそんなものは要らない。家名なんかより君の方が大切だ」

「ライ……私のために……ごめんなさい……全部、なくしてしまうなんて……」

「違う、マリティエラ。僕は全てを手に入れたんだ。元々家名など継ぐことができない立場だったのだし、ただ枷が外れただけだ。僕の全ては君なのだから……」

「愛しているわ、ライリクス……」

「僕も愛している。君だけだ、マリティエラ」

マジで情熱的なロマンス大劇場が……ああ……お客様の女子達が瞳をウルウルさせて……

そうだよなー、愛する女性のために全てを捨ててプロポーズだもんなー。

ひゅーひゅーカッコイイねーおにーさんー。

……しかし、ひねくれ者の店員は、ここで水を差してやるのだ。

「んんっ、んっ！　あー、おふたりさん、盛り上がっていらっしゃるところ、たいっへん申し訳ないのですがぁ……」

「ああっ！　タクトくんっ！　君のおかげだ！」

えっ？　うおぉっ？　急にライリクスさんに抱きつかれたぞ！

なんでっ！　なんで？　巻き込まれ事故発生っ？

「君とこの店の菓子のおかげなのだよ、兄が折れてくれたのは！　ありがとう！　本当にありがとう！」

「まぁ、そうなの？　よく解らないけど、ありがとう！　タクトくん！」

よく解らない人からのよく解らない感謝を、よく解らない人が一体どう受け取ればいいんですかっ？　俺のおかげってどういうことっ？　てか、放せ、ライリクス！

ああああーっ、お客さん達！　なんですか、その拍手と歓声は！

「はいはーい、感動の場面だけど、落ち着こうねぇ、ライリクスぅ」

ううっ、ファイラスさんがこんなに頼もしいと思ったのは初めてですよ……

「あ、すみません、絶対に早いところ結婚してしまわないと、いつまたあの兄に意見を翻されるかと……」

「でも、そんなに急いで式なんて……なんの準備もないし……」

「あ、マリティエラの分なら、多分大丈夫だよ？」

「ファイラス……どうして？」

「君の兄君は毎年、いつ結婚となってもいいように衣装から何から何まで揃えて待機してるから」

「まぁ……お兄様が……！」

「うちの兄に弦月の二十日までになんとかしろと……暗に言われまして。間に合いますかね」

「うん。平気だと思うけど……式、教会で挙げてくれるって？」

「挙げさせます」

「それは頼もしい。じゃあ、今日のところはこの辺でお暇しようか。タクトくん、俺からもお礼を言うよ」

いや、だからなんのお礼か解りませんって。

「皆さーん、ここのお菓子がこの劇的な結婚の立役者です。皆さんもここの美味しいお菓子を召し上がって、幸せになってくださいねー」

ファイラスさん、なんですかその怪しい煽り文句は！

お客さんの女の子達が、異様に盛り上がっちゃってますよ？　あ……男性陣もなんか……あれ？

このスイーツタイムがカップル御用達になってしまったら、俺の虚しさが倍増するのでは？

くっそー！

ライリクスさん、マリティエラさん、ご結婚おめでとうございますっ！

○

「魔法師一等位検定……ですか？」

俺は魔法師組合でここのところこなした依頼の完了報告と、報酬の受け取りをしていた。

その時にコーゼスさんから魔法師一等位になるには、検定に合格しないといけないということを聞いたのだ。道理で、なかなか二等位から上がらなかった訳だ。

「魔法師一等位にはこの試験が必須なんだけど、成人していることと、独自魔法以外で第一位以上の魔法が使えることが条件なんだよ」

年齢制限と、練度制限があったのか。未成年では受けられないってことなんだな。

「タクトは特位が出ているから、問題なく受験できるよ。どうする？」

「希望者だけなんですか？」

「うん、二等位でも仕事に不自由はしないからね。それに君は指名依頼がもの凄く多いし、定期依頼もあるから別に焦らなくていいんだけど」

魔法師一等位を持っていることは信用になるらしく、質のいい仕事の保証になるから依頼をされやすくなるということらしい。

「お客さんの中には『一等位魔法師に付与してもらった』っていうのを自慢したい人もいるから、

取っておくとお客は確実に増えるね」

「うーん……でもそういう権威主義の人は、面倒くさそうで嫌だなぁ」

「あははは、そうだねー。でも一等位になればお客も選べるし、嫌な客からの指名依頼も断ることができるようになるよ」

そう、基本的に指名依頼は、断れないのである。二等位以下で指名依頼が入ったら、全部引き受けなくてはいけない。そのでき具合で、魔法師としての格が決まっていくのだ。

修行中はいろんなことをやれという意味なのかもしれないが、これが結構厄介だったので断れるようになるというのは悪くない。

「じゃあ、受けてみます。一等位取れたら、それはそれで嬉しいし」

「解った。じゃあ、申請しておくね。試験は弦月（つるつき）十一日だよ」

おっと、ライリクスさんとマリティエラさんの結婚式三日前じゃないか。

……落ちたら俺は、素直にあの二人を祝福できないかもしれない……


弦月（つるつき）十一日。魔法師一等位検定試験当日がやってきた。

試験は東隣の町・レーデルスで行われる。初めての旅である。

エルディエラ領になるレーデルスの町は、殆どが畑ばかりの農家の町だという。ただ、三カ所の町に接しているので、ここに集めて試験を行うらしい。

野菜を買っているゼルセムさんがいる町なので、試験が終わったら一度挨拶に行こう。

シュリィイーレからは馬車で一刻間……だいたい二時間ほどで、一緒に試験を受ける人達と乗合馬車で行く。

集合は朝市が立つ時間より早く、現地に着く頃に朝市が始まるくらいの時刻だ。

なので馬車の中では殆どの人が眠っており、会話することもなかった。


レーデルスに着いてすぐに、試験会場に向かった。

試験は午前中に行われ、その日の夕方には結果が出るのだ。各地で日をずらして試験を行っていて、審査官があちこち行かねばならないからなのかスピード試験、スピード審査なのである。

きっと明日には、別の町の審査官をやらねばならないのだろう……大変なことだ。

試験会場は、各属性ごとに部屋が違う。

赤・青・黄・緑……あ、白がないのは独自魔法とか【付与魔法】だからか。

白だけしか適性が出ていない人はその他のどれかひとつ、得意なものの部屋に行くようだ。

俺は、赤属性部屋である。今回の赤属性受験者は二十一人。多い方らしい。

部屋は攻撃魔法系十五人と、補助魔法系六人に別れた。

……そうか、赤といえば炎の攻撃系が多いのか。シュリィイーレでは攻撃魔法なんて役に立たないから、自分が少数派だとは思わなかったぜ。

俺達六人は、屋内の部屋で試験を受ける。補助系は年齢が高い人が多いみたいだ。俺が一番……ガキっぽい。仕方がない。新成人なのだから。

「まずは、試験資格の確認をいたします。身分証を出して、大きくはせずに目の前の石板に置いてください」

これは以前、魔法師組合で身分証を確認した時のやり方だ。

審査官の持つプレートにだけ、俺のデータの一部、名前と年齢、在籍地、魔法のみが見えるようだ。どうやらふたりでひとりずつ受験生を確認するみたい。

「……彼は……二十五歳？　成人になったばかりで、補助系が受けられるのか？」

「見てください、特位が出ています」

「信じられん……誰だ？　成人確認司祭は」

おいおい、司祭様が間違えたとか、言い出すつもりじゃねーだろうな？

審査官ふたりは身分証の裏書きを読んで驚いたような顔をしたが、問題ないと納得してくれたようだ。やっぱりあの司祭様は、シュリィイーレで一番上の人だったのかもしれない。


そして確認終了後、試験官ふたりが概要説明を始めた。

「今回の試験はいつもと少し違うものもありますので、今まで落ちていた方も得意の魔法である可能性があります」

「ある商会の方々にご協力いただき、より実践に即したものとなっていますので、是非頑張ってください」

実践経験重視というやつか。うーん、俺には不利なのかな？

でも、そこそこいろんな仕事してるから、上手くできるといいなー。

「第一に、武器と防具への魔法付与または強化。どんなものをどのように付与するかはお任せしますが使用者が使いやすく、強いものであることが要求されます」

ふんふん、【強化魔法】でいいのかな。

「第二は、いくつかの素材から指定された形のものと同じものを魔法で作製してもらいます。数量と正確性が求められます」

加工・錬成か。いつもやってることだな。素材次第だけど、これは大丈夫だろう。

「第三は、お渡しした鉱石からなるべく多くの種類の単一素材の抽出です。最低でも五種類以上を取り出してください。純度と量が求められます」

組成分解か。なるほど、確かに基本だね。うん。

「第四は、金属の硬度調整。三種類の金属の硬度のみを変えてください。その他の特性が変わってしまわないように」

これは簡単だが……こんなのでいいのか？　一等位だろ？

「第五は、違う素材同士の結合。全く異質な素材同士を結合させ違う素材にする、またはふたつの特徴を備えたものにしてください」

変成か混成ということだね。うん、得意得意。

「以上五項目のうち、三項目以上を行ってください。勿論、全てに挑戦していただければそれが一番ですが、魔力切れなどの無茶をしないように。では、始めてください」

試験は、俺的には楽勝であった。

いつもやっていることばかりだったってことは、俺の実践経験はとても有意義であったということだ。なんて言ってて、他の人と比べた訳じゃないから実は未熟ですとか言われたら目も当てられないが。まあ、いい。終わったことだ。

とにかく腹が減ったので、近くの食堂で昼ご飯にした。

ジャガイモとベーコンの炒めものが凄く旨かったが、パンが堅くてつらかった……うちのは、元々柔らかい方だったんだな。

そして驚くほど、甘いものを出している店がない。あまりにもなくて、こっそり魔法でクッキーを出して食べちゃったくらいだ。うちは甘いもの天国だからなぁ……

でもシュリィイーレには甘味を出したりしてる食堂は多いし、お菓子屋さんも沢山ある。甘党ばかりなのだろうか……そういえば衛兵隊の人達も、甘党が圧倒的だな。


暫く歩くと田園風景に変わってきた。

確か東側にゼルセムさんの畑と家があるって……あ、あったあった！

「ゼルセムさん！」

「お！　おおっ、タクトじゃねーか！　どうしたんだ？」

「魔法師の試験を受けに来たんだよ」

「ああ、そっか、今日だったのかぁ！　まぁ、おまえなら絶対受かるだろうな」

「だといいけどねー。あ、今年は色々ありがとう！　甘薯はもの凄く人気になってるから、来年も頼むね！　あと、人参も」

ここで念押しをしておかなくては。来年はクッキー以外の野菜スイーツも視野に入れているのだ。

「そうだ。まだ時間あるか？　甘薯作ったやつに会わせるよ！」

「それは嬉しいな！　直接お礼も言いたいし」

甘薯の生産者は、ちょっと南側に行った所の小さな畑の主だった。

バーライムさんという方でとても……子沢山だ。五人ものちびっ子がいて賑やかなのだ。

バーライムさんからは、めちゃくちゃに感謝された。

「ありがとうございます！　君が全部買ってくれたおかげで、今年は冬が越せる。それに、あんなに美味しいお菓子にしてもらえるなんて思ってもみなかった」

「こちらこそ、甘薯は大人気になりましたよ。来年も是非、よろしくお願いしますね！」

ん……？　なんかイマイチ元気がないのは、どうしてだ？

「実は……僕はまだ畑を継いだばかりなんですが、うちの畑は小さいし、収穫量も少ないので、すぐに採れるあのイモを作ったんです……」

「もしかして……耕作していない期間があったり？」

「はい……あのイモを採った後、すぐに冬になってしまいますので、春まで何もできなくて」

なるほど……畑が空いてしまうってのはよろしくないな。休ませてもいいのかもしれないけど、土に栄養をあげながら別の作物を育てたら収入が上がるはず。

このお子様達の数からすると、あの程度のサツマイモだけでは苦しいだろう。

「ちょっと……机を借りてもいいですか？」

「ええ、何を？」

「できることがあるかもしれないので、少し待っててください」

俺はコレクションから農業関連の本をいくつか出して、サツマイモの後作ができないかを調べた。

いきなり覗き込まれないように、袋などで手元を隠しつつ……だ。日本語の本だからね。

ジャガイモや玉ねぎは、他の農家も沢山作っているから競合が多過ぎる。大根……は、俺は好きだが、あんまりこちらでは食べられていない野菜だ。ほう……エンドウ豆とか空豆……落ち葉を混ぜたりすると畑にいいのか。エンドウ豆なら、うちで全部買い上げてもいい。

俺はエンドウ豆の栽培を勧め、春になったら収穫できるのでサツマイモと一緒にうちで全部買ってもいいと持ち掛けた。

もちろん、今の時期に先にサツマイモを入れてくれてもいいのだが、運んでくれるゼルセムさんがこの時期はシュリィイーレに来ないのだ。

「ありがとう……！　これなら、僕にでも作れそうだ。何から何まで……本当にありがとう！」

いえいえ、うちとしてはよく使うエンドウ豆を確保できて、願ったり叶ったりでございますよ。

「タクトぉ、ありがとうなぁ！　うちの人参も、おまえんとこに沢山持っていくからな！」

「それは嬉しいな！　ゼルセムさんの人参は甘くて美味しいから、いろいろ使えて助かるよ」

いい商談がまとまった俺は気分良く、試験結果を聞くために町の中心部に戻った。

まだ結果が出ていなかったので、取り敢えず町をぷらぷらしていたのだが、出店なんかも殆どないのですぐに飽きてしまった。シュリィイーレって、なんでもある町だったんだなぁ。

暫くして、結果が出たというので受付に行き、身分証を鑑定板に載せると合否が表示された。

無事に合格である！　よかったー！　まぁ、得意分野ばかりだったんでね！

受かったから言えるけど、簡単でしたよ。はっはっはっ！

更新してもらった身分証にはしっかり『魔法師 一等位』と表記されている。

さて、帰ろうっと。


「君、タクトくん……だね？　ちょっとこちらで話ができないかね？」

「はい、構いませんけど……」

審査官のひとりに呼び止められ、俺は試験が行われた部屋に入った。

なんか……嫌な予感がする。待っていてくれと言われたので、この隙に【文字魔法】で『全魔法防御』『状態異常無効』『全攻撃完全無効』を書き直し、改めてコレクションにしまった。

「実はね、君の魔法付与した剣と盾を、譲って欲しいという方がいるんだが……」

「……剣と盾？　どなたですか？」

「それは……言えない」

「では、お断り致します。自分の作ったものが、どこの誰かも判らない人に使われるのは嫌です。ましてや武器は、絶対に使用して欲しくありません」

誰かを傷つけるためのものは、使わせたくない。

試験じゃなかったら、俺は絶対に武器に【付与魔法】など施さない。

「……どうしたんですか？」

「いや……君は、なんともないのか？」

やっぱり、なんかしてやがるな。

「なぜ、逆らうことができるのだ……？」

「他に御用がないのでしたら、俺はもう帰ります。失礼します」

そう言って部屋を出ようと扉を開けた時、大柄の男が俺の前に立ちふさがった。

短髪の赤毛が鮮やかで真っ黒の鎧（よろい）を身に着けた、いかにも強いですよって感じの大男だ。

「おまえは、これから王都に行くんだ」

「行きませんよ。俺は自分の家に帰ります」

「……やはり効かない。おまえ、何かしたのか？」

「何かしているのは、そちらでしょう？」

男が手を伸ばしてきたので、なんとかすり抜ける。勿論、身体強化発動済であるからするりと抜け出せた。審査官達の顔が驚きに変わり、大男は怒りの表情に変わった。

「きさま、武術の心得があるのか！」

「ありませんよ。俺は魔法師ですから」

こいつはまずい。危険だ。かなり。

万年筆を取り出し、空中文字で『絶対服従（透）』と書いて接近してきた大男の額に付けた。

人体への付与は初めてだが……どうやら発動している。これ、ヤバイやり方だな……

「俺のことを全て忘れろ。二度と俺に近寄るな。あの審査官達には「もういい。諦めた」と言え」

男にだけ聞こえるようにそう囁（ささや）くと、俺はすぐに男から離れた。

少しの間、男は焦点が合わない目をしていたがすぐに歩き出し、なんのことか解らないといった顔のまま審査官達に向かって口を開いた。

「もういい。諦めた」

このやり方は、良くない。もう、これをやってはいけない。

人を操るなんて、絶対にやってはいけないことだ。これは、禁忌だ。

俺は振り向くことなく試験会場を後にし、制止を促す声を無視して走り出した。


町外れまで来て一息つき、後ろを見たが追って来ている気配はなかった。

とにかく、あの剣と盾を無力化しておこう。全部【集約魔法】で付与しておいてよかった。

俺はその魔法を書いた紙をびりびりに破いて燃やした。あの剣と盾に付与した文字は、これで全くなんの効果も持たない文字になった。

「……つまり、やり過ぎたってことなんだろうな……」

独り言を言い、天を仰ぐ。試験での付与も、今の……魔法も『過ぎたるは猶及ばざるがごとし』ってやつか。

嫌な気分のまま乗合馬車乗り場に向かうと、そこで待っていたのはさっきの審査官だった。

面倒なことになったものだ……とにかく俺はその馬車には乗らず、町中へ戻った。

裏通りの、人がいない行き止まりの道で少し考える。

歩いて帰れないわけではないけど、そんなことしたらシュリィイーレに着くのは夜中になってしまう。当然門も閉まっているから、東門か南東門の前で野宿だ。流石にそれは嫌だ。

ゼルセムさんやバーライムさんに頼めば、もしかしたら泊めてくれるかもしれないけど、ずっとこの町で暮らす人達に俺のことで迷惑が掛かるような事態は避けたい。

それに、今、俺はこの町にいたくない。

「うー……試したことはないけど……準備はできているんだよなぁ。やってみるか……」

ぶっつけ本番はいつものことだ。空間操作、まだ二位だったからなぁ……くっそー、もっと試しておけばよかったー！

そう、空間移動、所謂『転移魔法』だ。

実はこの魔法、最初は青魔法かと思ったのだが、青では発動しなかったのだ。となれば黄色だろうと、黄色で転移目標を複数箇所指定してある。

あ、いつでもここに来られるように、ここにも書いておこう。

『転移目標・レーデルス（透）』

よし。それじゃあ、やりますか。

俺は黄色い文字で書いた転移魔法の紙を開いて、転移目標を唱える。

「魔法師組合・表門！」


「……着いた？」

目を開けると、見慣れた魔法師組合の門の前にいた。

よかった。成功だ。持っていた黄魔法の札からは、色が完全になくなっていた。

一回で文字色が消えるとは……かなり魔力を使うんだな。

転移目標の方は……消えていない。こっちは複数回いけそうだ。

誰かに見られた可能性はあるけど、特に今俺に注目している視線はなさそう。

……ん？　何でこんなこと、解るんだ？　ま……いっか。そんな気がするってだけだ。

早くうちに帰ろう。なんかすっごく嫌な気分だ。


俺はなんとか家の前まで歩いて、扉を開けたところで動けなくなった。

そしてそのまま、翌日の夕方まで眠り込んでしまった。魔力切れ……だったようだ。

倒れた後、母さんが医者を呼んでくれて、診てもらったら魔力が二百を切っていたらしい。

あの試験の後だって、俺の魔力は二万は残っていたはずだ。

それが転移一回で、二百にまでなるって……転移魔法、燃費悪過ぎ。


起きた時は少しぼーっとしていたけど、温かい野菜スープと蜂蜜たっぷりの焼き菓子でなんとか元気になった。

うん、甘いもの、最高。

「まだ寝ていなくて大丈夫なのかい？」

「ごめんね母さん、心配かけて……もう平気だし、少し動いた方がスッキリしそうだから」

そう言って、夕食時の食堂を手伝った。もう成人だからね。陽が落ちてから店に出ていても、怒られないのだ。

「タクト、おまえ試験だからって頑張り過ぎちまったんじゃないのか？」

あー、そうか、そう言っておいた方がいい……かな。

「うん……そうかも……ちょっと、やったことないことまで、やっちゃったから」

「まったく、頑張り過ぎて倒れるなんて、おまえらしいっちゃおまえらしいが、もっと気をつけろよ？」

「……反省してるよ、父さん。やり過ぎは良くないよね」

そう、やり過ぎたのだ。なにもかも。

はー……レーデルスには、ネガティブイメージが付いてしまったなぁ……

ん？ ライリクスさんがちょっと睨んでる……？

「なんです？ 赤シシの蕪煮込み、美味しくない？」

「そんな訳ないでしょう。この料理は、僕の大好物です」

「じゃあ、なんで睨んでるの」

「ここで聞いても平気ですか？」

くっそ、この人の魔眼、マジでよく視えるんだな。

俺の魔眼は、未だになんにも見えないっていうのに。

「……あとで、ライリクスさんの部屋に行ってもいいですか？ 聞いて欲しい……というか、確認したいことがあって」

「……」

「焼き菓子、持っていきます」

「いや、そういうことじゃない……けど、お菓子は大歓迎です」

そこは遠慮しないんだよね、この人。まぁ、ギブアンドテイクになれば、俺も話しやすいけどな。

夜の外出は、大人の特権である。子供だと咎められるが、もう大丈夫。

でも心配させてしまうので、ちゃんとライリクスさんと披露宴のお菓子を決めてくると理由をつけて外出した。斜め向かいの官舎なので、大した外出ではないのだが。

二階の青通り沿いの角部屋が、ライリクスさんの部屋。

そして、明後日の式の後からマリティエラさんもここに住むようだ。

「いらっしゃい、タクトくん。紅茶は用意してあるよ」

「ありがとう、ライリクスさん……お邪魔しまーす」

おおー、ティーセットだー。綺麗だなぁ……こういう柄の入ったカップもいいなー。

今度作ろうかな。

あ、いい香りだ……

「そっか、もう秋摘みの茶葉が出ているんですね……俺も市場行こうっと」

「君は結構、香りに敏感だね」

「薔薇の香りは好きなんですよ。祖母がよく使っていた香水が、淡い薔薇の香りだったんで」

ばあちゃんは、紙に香りを染み込ませたもので手紙を書くのが好きだったんだ。

だから薔薇の香りは、ばあちゃんを思い出す。

「おお、美味しそうな焼き菓子だねぇ」

「母さんの自信作ですよ。披露宴の時にも出しますから、味見に持ってきたんです」

絞り器で出した形のクッキーを皿に出して並べる。所々にドライフルーツが入っているのだ。

「嬉しいなー。君のところにお菓子を頼んでよかった。美味しいなぁ」

「じゃあ、俺も。『いただきます』」

手を合わせてそう言うと、ライリクスさんが不思議そうな顔をする。

ああ、そっか、こっちの人は食べものに手を合わせたりはしないんだっけ。

祈りのポーズも、手を合わせたり組んだりしないいんだよね。

「ははは、前にいた所の習慣が抜けないんですよ」

「習慣？」

「そう、全ての食べものは、その命をいただくものだから、感謝しましょうっていう習慣」

「……小麦とか……植物だろう？」

「何言ってるんですか！　植物だってみんな生きているのですよ？　俺達が食べるために、その命を貰っているんです。だから、感謝して絶対に無駄にしないで残さず食べる！　これが捕食者の基本です」

「なるほど。なかなか深い……えーと『いただきます』？」

「そうです。で、食べ終わったらまた、作り手にも感謝を込めて『ごちそうさまでした』」

「習慣というより、宗教っぽいね」

「ああ、そうかもしれませんね。生まれた国では当たり前みたいに、神様が全てのものに宿っているって思っていたから、なんにでも手を合わせちゃうんですよね。手を合わせるのが……まぁ、感謝の表明みたいなもので」

「全てに神が……か。面白い考え方だ」

どうもこういうものの考え方って、習慣付いて抜けないものがあるよねー。

お茶とお菓子で落ち着いて、本題だ。

「さて……聞いた方がいいかい？　それとも、君から話してもらえる？」

「じゃあ、整理しながら、順に話していいですか？」

俺は試験会場で、結果発表の時に呼び止められたところから話し始めた。

「試験で魔法付与した剣と盾を、見知らぬ人に譲れと言われて断ったんです」

「なんで？　使ってもらえるくらいの、素晴らしい付与だったということなのに」

「だから……ですよ。剣を使うなんて絶対に何かを、誰かを殺すために使うって意味じゃないですか。俺は……武器は嫌いなんです」

「どんな魔法を付与したんだい？」

「えーと……確か、全体を軽量化して振りやすくして、剣の中央部は折れにくく粘りが出るように、刃の部分は刃こぼれなどしないように堅く強く強化の魔法を入れて……で、力を入れた方向に重力が働いて、斬り抜けるようにした……んだったかな」

上から斬りつけると下に向かって、下から斬り上げたら上に向かって剣が抜けやすくなるよう、重力方向が変わるようにした。そして突いた時には、刺さった身体から抜けやすくもなる。

あ、ライリクスさんが顔を引き攣らせている……

「わかってますよ……やり過ぎたと思っているんです。試験だって言われたんで色々試しながら、一番効率よくこの道具を使うならこうだろうなーって……思ってしまって」

「やり過ぎなんてものじゃないだろう……そうか、そんな魔法使ったから倒れたんだな」

いいや、多分、倒れたのはそれじゃないんだけど、そういうことにしておこう。

「忘れていたんです。剣が、殺すための道具だってこと」

「その剣は？　まだ向こうの手元にあるんだろう？」

「あ、魔法はもう切れているので、おそらくあの剣はなまくらに戻っているはずです」

切れてるっていうか、切ったんだけどね。

「なら……譲ってしまってもよかったのでは？」

「凄いと思っていたものが実は凄くなくなっていたら、手に入れた人が俺を逆恨みしないって言えますか？」

「言えないね。絶対に君を捜し出して仕返しするか、再付与させるだろうね」

「だからです。それに駄目になるって解っているものを渡すなんて、詐欺じゃないですか」

あの時点であんなことになっていなければ、きっとあの剣はあのまま使われていたかもしれない。

そして、何人も……殺してしまったかもしれない。

そうならなかっただけでも、よかったと思うべきなんだろうな。

「しかし……それだけで君が、あそこまで深刻な顔をするとは思えないんだけどね？」

……やっぱよく視えてるよな。

「実は、その話をしてきた審査官が『なぜ逆らうことができるのだ？』って言っていたんですよ」

「……！」

「最初は意味が判らなくて、気持ち悪いからすぐに帰ろうとしたら、赤毛で黒い鎧のでかい男に遮られて……」

「赤毛の、黒鎧……」

「ええ、そいつも俺に『王都に行くんだ』とか言ってきたんで、断ったら『やはり効いていない』って。それで、なんかされてるって思ったんです」

「支配系の魔法だろうね……君は練度の高い【耐性魔法】が使えるから、跳ね返せたのかもしれない」

「ああ……そっか、あいつの魔法が俺より段位が低かったから……効かなかったのか」

その支配系魔法ってのが俺の【文字魔法】より高い練度だったら、跳ね返せなかったのだろう。

「よく、逃げられたね？」

「なんとか攻撃が躱せたのは、大男が剣を抜くことができない狭い場所だったからだと思います。後はもう、ひたすら走りました」

「走ったって……追っ手は？」

「わかんないです。めちゃくちゃ走って馬車乗り場に行ったんですけど、そこにも審査官が待ち伏せていたんで……とにかく、頑張ってシュリィイーレまで辿り着いたんです」

うん、頑張った。頑張ったのは本当。方法は言えないけど。

「魔力切れの状態で……あの距離を走ったのか。倒れるのも当然だな。無茶をする……」

「だって、早く……帰りたかったから」

ぽん、と頭の上にライリクスさんの手が乗った。なんだよ、俺はもう子供じゃないぞと思ったけど、振り払えなかった。

「よく、頑張ったね。怖かっただろう」

そう言われて、突然涙が出てきた。

そうか、俺、怖かったんだ。襲われたことも、自分の魔法が人を殺すために使われてしまうことも、人を操る魔法を使ってしまったことも……とても、怖かったんだ。

情けないくらいぼろぼろと涙が出てきて、一回頷くのがやっとだった俺の頭をライリクスさんがいつまでも撫でていてくれたんで段々と安心していった。

こんなにも感情がコントロールできないって、ヤバイな。

「……父さんと母さんには、言わないで」

「そのふたりだけでいいのかい？」

「どうせ言うなって頼んだって、ビィクティアムさん達には言うんでしょ？」

「そうだね。言うね。大切なシュリィイーレの民を、守るためだからね」

「うん、守ってもらうよ、衛兵さん。父さん達には……ちゃんと俺から言うから」

にっこりとライリクスさんが笑ってくれたので、俺は立ち上がって大きく深呼吸をした。

もうひとつ、聞きたいことがあったんだ。

「俺、頑張らない方がいいのかな？　魔法とか、できること、全部は……やらない方がいいのかな？」

「いや、君は君のやりたいようにすればいい。いけないことなど何もないよ」

「そっか！　じゃあ、頑張ろっと！　披露宴のお菓子、期待しててよ！」

「ココアの焼き菓子も頼んでいいかい？」

「了ー解っ！　じゃあ、帰って準備するね！　聞いてくれてありがとう、ライリクスさん」

うん、大丈夫。俺にはこの町に、信頼できる人達がいる。

ライリクスとファイラスとビィクティアムとセインドルクス

「もうタクトくんは帰りましたから、大丈夫ですよ」

「はーっ……いやぁ……息殺してるの、疲れたー」

「このオヤジが、がさごそと動くから！　タクトに気付かれたら、どうするつもりだったんだ！」

「うるさいわ！　おまえが私を押し退けようとするからであろうが！」

「止めてくださいよ、長官も兄上も……なんだって、僕の部屋に集まっているんですか」

「それはしょうがないよ、ライリクス。君とマリティエラの結婚なんて、色々な裏工作が必要なんだからさ」

「ふん、ドミナティアがぐだぐだと拘るからだ」

「セラフィエムスが、だらしないだけであろう！」

「はい、はい、この場で家門同士の争いは、止めてくださいねー！　タクトくんから、いくつか看過できない言葉が聞かれたんでそっちが先です」

「タクトくんは……薔薇を知っとるのだな。しかし、あんなにぺらぺらとその事実を口にしてしまうとは、自覚がなさ過ぎだろう」

「兄上の仰有りようも尤もですが、タクトくんにとっては日常だったんですよ。まさか……香水まで使っていたとは思いませんでしたが」

「吃驚したよねー……うっかり叫んじゃいそうになったよ」

「薔薇の香水を持てる女性なんて、皇妃だけだ」

「長官は……革命というのは、如何お考えですか？」

「あり得るだろう。タクトのご両親が、まず死んでいる。その後に……祖父と祖母。順に……革命軍に処刑されていったとすれば納得できる」

「だから、彼は武器を嫌うのかもしれませんね。銃の時も怯えていながらも、もの凄い嫌悪感を感じました」

「あの事件にも、タクトくんが関わっておるのか？　衛兵隊は何をしとったんだ！」

「あんたの部下が犯人だったたってのも、タクトがいたから解ったんだ。聖神司祭様こそ、何をしていらしたのやら」

「んぐ……な、何を言う！　それならば、おまえの所の元長官とて同じではないか！」

「上司が責任を果たしていないって話をしてるんだよ、立場が違うだろうが！」

「そこまでっ！　もー、話が進まないじゃないですか！」

「「それはこいつに言えっ！」」

「……ふたり共、息ぴったりですねー」

「同族嫌悪ってやつですか……大人げない……」

「で、タクトくんの使った【付与魔法】ですが、とんでもないことをやってくれましたねぇ」

「『力の掛かる方向に重力が掛かるように調整』……なんて誰ができるっていうんですか。聞いた瞬間倒れなかった僕を、褒めて欲しいくらいですよ」

「彼には、黄魔法の特性はなかった。付与魔法師だからといって、そこまでできるとは思えなかったが」

「タクトくんは、聖法具を加工できるんですよ、兄上。何ができても、当たり前って気がします」

「すっげーな……法具まで作れちゃうの？」

「信じられんことに、加護には全く影響がなかった。紛れもなく最高位の魔法師であり、錬成師だ」

「そういえばタクトは、雷系の魔法が使えたな……黄魔法特性が成人でも出なかったのが逆に不思議だ」

「私が確認したのだ。間違いない」

「……てことは、身分証の裏書きは、ドミナティア神司祭の名前ってことですよね？」

「うむ。私の名が入っておるぞ」

「何を自慢げに……それが、今回の原因とも考えられますよ、兄上」

「そーですねぇ『ドミナティア』ということを、審査官なら確認しているはず。その上でのあの行動だとしたら……」

「ふっ、ドミナティアの名も、随分と軽んじられているようだな」

「何を言うか、このこわっぱが！」

「やーめーてーくーだーさーい、って言ってるのが、わかんないんですか？」

「軽んじられたくらいならまだいいのですが、逆にその名があったからこそ、タクトくんを攫おうとした可能性があると思いますね」

「何を言う、ライリクス！　ドミナティアの名がある者を害そうと考えるなど……」

「『害する』のではなく『利用する』ではないかと」

「そうですねー。成人の儀でドミナティア神司祭が裏書きすることなど、あり得ないですからねぇ……ましてや、臣民なんて」

「む、確かに……滅多には……やらぬが」

「だから、タクトくんはドミナティアと縁(ゆかり)がある者だと思われた。囲い込んで政治利用するか、手(て)懐(なず)けてドミナティアに取り入ろうとしたか……」

「どちらにしても、随分と軽率な行動をしてくれたものですね、聖神司祭様？」

「……」

「長官、あんまり兄を苛(いじ)めないでください……やつあたりが僕に来るので」

「おまえはもうドミナティアではないのだから、ぶっ飛ばしたって問題なかろう」

「問題ですよ！　逆に！　僕はもう、ただの臣民なんですからね！」

「はいはーい、また話が逸(そ)れてきたんで戻ってきてくださーい！　まぁ、純粋にタクトくんの魔法目当てってのが、一番可能性があります」

「ああ、そうだろうな。タクトの魔法は、それだけの価値がある」

「きっと、盾の方にもとんでもない魔法が付与されていたでしょうからね。怖くて聞けませんでしたが」

「その他の試験結果も気になるので、その辺は後日僕が調べておきます。それと、相手が仕掛けてきた支配魔法ですね」

「おそらく【隷属魔法】であろうな」

「少なくとも審査官とその大男のふたりが術者だろうが、タクトに効かなかったのはいくら耐性があっても、魔力量が多くても納得いかん。魔法師試験審査官であれば、間違いなく魔法師だろう。使ったやつらはその魔法をかなりの頻度で使用しているはずだし、練度も上がっているはずだ」

「そうですねー『特位』になっててもおかしくないし、同じ段位なら支配系の方が圧倒的に強制力が強い」

「……」

「神司祭様は、思い当たる節がありそうですけど？」

「私は、絶対に言わん。タクトくんに口止めされておるからな」

「……なんですか、長官」

「おまえは俺の部下で、臣民だ。俺に命令されれば嫌と言えなかった……と、いうことにしてやるから話せ」

「はぁ……あー……実は『特位』が最高段位ではないんです。僕も最近知ったのですが……『最特』『極位』と、少なくとも二段階は上があります」

「なに、それ……？　初めて聞いたよそんな段位。てか、人が取れるものなの？　それ……」

「タクトの【耐性魔法】はそれってことか……なんにしても、とんでもないやつだな」

「でも、よく審査官達が騒がなかったねぇ、その段位で」

「タクトくんは隠蔽を掛けておるだろうからな。彼の隠蔽は、聖魔法以外では絶対に見えん」

「多分……家名を隠して生きなくてはいけなかったことから、精度の高い隠蔽がされているはずです。段位の表記変更と、家名の削除くらいなら簡単でしょう」

「そうか、家名を削除する操作をしていることによって、身分証が金ではなくなっているということなのだな」

「しかしそれでも、銀が限界なのでしょうね」

「銀なら貴族の傍流ってことだから、ギリギリ、ドミナティアの銘があっても納得できますかね」

「シュリィイーレはそういう者が多い町だから、気にもされないだろうしな」

「……彼は、今はまだこの町から出すべきではない。彼もそれを望んでいる」

「どこで生きるかを決めるのはタクトくんですよ、兄上」


「あとは、赤毛で黒鎧の大男……って、あいつでしょうねぇ」

「そうだな……あの馬鹿しかいないだろうな」

「ほほう？　衛兵隊の者なのか？　管理が甘いのぅ」

「……兄上っ」

「違いますよ。兵団のやつですね。黒鎧は、第二兵団の揃えです」

「兵団は、騎士になれなかった落ちこぼれの溜まり場だからな。武器に執着している赤毛といえばゼムラードだろうな」

「ああ……やたらと剣を蒐集しているという。そういえば、やつの家門は支配系の魔法が得意でしたね」

「何世代も前ですが、隷位奴隷商だったからですかねぇ……元々が。王都に閉じ込めておきましょうか？」

「そうだな。兵団全てが関わっての企みでなく、やつひとりの暴走ならそれでいい」

「むしろ危ないのは、審査官であろうな……そちらは、私がなんとかしよう。今後の魔法師育成にも関わってくるとなれば、教会も黙ってはおれん」

「では僕は商人と、魔法師組合を洗っておきます。まぁ……商人ですかね、危ないのは。タクトくんは、価値があり過ぎる」

「そういえば兵団には、タクトくんを恨んでいそうな馬鹿も何人かいましたっけね。元新人騎士が」

「あいつらは全員、自業自得だろうが」

「そういう馬鹿なやつらだから、他人を恨むんだと思いますよ、長官」

「あー……以前、言ってたんですよね、タクトくんが。『貴族って教育が行き届いていないんですね』って」

「タクトくんらしいですね……」

「新人騎士に対して言ったんだとは思うんですけど、僕もちょっと凹んじゃいましたねー」

「むむ……彼は……本当に歯に衣を着せぬな」

「そういえば……くくっ、兄上も言われてましたっけね『物覚え悪過ぎですよ』って」

「あああーっ！　そうそう、あっれは吃驚したよねーーーっ！　まさか聖神司祭に向かって『物覚え悪い』とか言っちゃうなんてさ！」

「あれは会話の弾みであって、覚えていなかったわけではないっ！」

「ぷっ」

「貴様が笑うな！　セラフィエムス！」

「いやー、尊敬されていない大人というのは、みっともないものだなぁ」

「何を言うか！　私はタクトくんとの会話を楽しんでいるだけだ。距離を取られておるおまえなどより、よっぽどな！」

「距離などあるか！　大体あんたは自分の話したいことしか話さんのだろうが、俺はタクトの好きなものの話をしている！」

「精神的な話や神々の話は、彼にとっても興味のあることなのは間違いない！」

「どうだかな？　あんたが店に客として行ってるから、タクトが無下（むげ）にできないだけだろうが！」


「……なんなんですかねぇ、あのふたりは……」

「ほら……ふたり共さ、弟とか妹に怖がられちゃう系の兄じゃん？　だからタクトくんみたいに、物怖（ものお）じしないで相手してくれると可愛くてしょうがなくなっちゃうんじゃないのかな」

「迷惑かけなきゃいいんですけどね……タクトくんに」

「そりゃあ無理だろ」

「それより、もうそろそろ皆さん、帰ってくれませんかねぇ……」

エー、お集まりの皆々様、この晴天の佳（よ）き日に結ばれまするふたりを言祝（ことほ）ぐ……って訳ではない

のだが、今日はライリクスさんとマリティエラさんの結婚式なのである。

ジューンブライドが幸せになるとかなんとかあるように、こちらでは秋の結婚は実りの収穫と共に祝われるとても縁起のよい時期とされている。つまり、元々とても結婚式の多い時期であり、夏の終わりにその年の秋に無理矢理結婚式をねじ込むなんて、フツーはできないはずなのだ。

それが叶ってしまったこのふたりの結婚式は、きっと何か大きな力が働いているに違いない。

なんてな。

しかし、俺的に一番の衝撃だったのは、マリティエラさんがビィクティアムさんの妹だったということだ。似てるといえば、似ている気もしなくもないが。

そっか、ビィクティアムさんに三十三番のケースペンダントを贈ったのは、マリティエラさんだったというわけだ。

最後まで反対していたライリクスさんのお兄さんって人は、来ていないみたいだ。

まぁ……そうだよなぁ。この結婚でライリクスさんは家門から外されるって言っていたし、大っぴらに祝える立場ではないのだろう。貴族なんて、面倒なだけだな、ほんと。


教会で結婚式を執り行ってくれたのは、俺の成人証明の裏書きをしてくれた司祭様だった。

ふたりはもの凄く緊張していたから、やっぱりシュリィイーレの一番偉い人なんだな。

こちらでは誓いのキスとか指輪の交換とかないんだが、ふたりで神話にある『神々の言葉』を交わして誓約を立てる。

そして、互いの身分証に相手の魔力を通して、それを司祭様が聖魔法で刻み込むのだそうだ。

勿論、婚姻証明をした司祭の名も裏書きされるという。

身分証って本当に大切なんだなぁ……そう思うと、あのケースペンダントを作ってよかった。

その人の大切なものを守れる物なんて素敵じゃないか。

そうだ、お祝いに揃いのケースを作ってあげようかな。勿論【付与魔法】のサービス付で。


さて、披露宴である。披露宴は教会の裏、つまりシュリィイーレでは中央広場で行われるのだ。

今日は二組の挙式が行われたので、広場の半分ずつが各会場となっている。

マリティエラさんが医師組合の所属なので、その建物がある側の西半分がこちらの会場だ。

もう一組は石工職人の人達みたいで、東側に会場設置となっていた。それぞれの客が交ざらないように、透明な仕切りとプランターに入ったような植木で区切られている。

披露宴のメインは、実はお菓子なのである。

みんなで酒と軽食、そして菓子を食べながら過ごす立食パーティだ。

本当はウエディングケーキみたいにしようかとも思ったのだが、それでは一種類しか楽しめない。

ここはうちのバリエーションの多さで華やかにと思い、俺も母さんもめっちゃ頑張ったのだ。

テーブルの上にただ並べるのではなく、大きめのハイティスタンドをいくつも作ってその上に色々な種類のケーキやクッキーを載せる。

そう、かなり規模の大きめなアフタヌーンティーみたいな感じにしたのだ。

お酒はもちろん、紅茶も完備。全ての皿には適温でお楽しみいただけますように、温度管理の魔法もガッツリ付与済ですよ。

参加者の多くは、医師組合の方々と衛兵隊なのでもの凄く……威圧感がある。

衛兵隊は全員式典用の華やかな制服なのでめっちゃカッコイイし、医師組合の方々も洗練されたお洒落（しゃれ）な人が多い。

実は酒より甘味を好む人達が多いので、お菓子の種類の多さと好きな物を沢山取れるこのシステムは大好評であった。

ふっふっふっ、今回の新作はありそうでなかった栗のケーキの大定番、モンブランである。

真っ白な粉砂糖を使って、ちゃんと『白（ブラン）』に仕上げてあるのだ。甘さ控えめながら濃厚な渋栗を、心ゆくまでご堪能いただける自慢の一品である。

「うむ、これなら俺も食べられる……あんまり甘くなくていい」

ビィクティアムさんは甘いものがあまり得意ではないが、渋栗はお気に召していただけたようだ。

「濃厚で美味しいねぇ……栗ってもっと、ぱさぱさしている印象だったけどこれは旨い……」

「栗のもいいが、こっちの蜂蜜のも旨いぞ」

「お、ココアのもある！　おおー、柔らかいー」

うんうん、あんまり来ていただけていない医師組合の方々にもご好評ですな！

病院や薬関連の店は西側に多いから、うちまではなかなか来てくれないんだよねぇ。

この機会に、どうぞよろしく。

そして本日の主役のふたりにも、ケーキとお酒をサーブ。

こちらのウエディングドレスは白ではなくて、加護神の色だ。マリティエラさんは、賢神一位だから『蒼（あお）』がベースである。ベールもブーケもないが、華やかな金刺繍（ししゅう）のマントが付いている。

「はい、どうぞ！　ご結婚、おめでとうございます」

「ありがとう、タクトくん」

「ありがとう。本当に素敵なお菓子ばかりね」

「おめでとう、マリティエラ」

「まぁ、ありがとうリシュリュー！」

ん？　急にライリクスさんの顔がきつくなったぞ。あ、リシュリューさんを牽制（けんせい）している？

「お久しぶりですね、副組合長。今日は態々（わざわざ）ありがとうございます」

「君があまりに彼女を待たせるものだから、結婚する気などないのではないかと思っていたよ」

「そんなわけないでしょう？　マリティエラには、ちゃんと解ってもらっていましたよ」

おおぅ……なんか火花が見えるぜ。

「気にしないでね、タクトくん。このふたり前から仲が悪くて」

「マリティエラさんを巡る闘いってやつですか」

「違うわよ。ああやって啀（いが）み合って楽しんでるのよ」

「マリティエラ、君の病院を南側に移すと聞いたが……」

「あら、流石副組合長、お耳が早いこと。そうよ。今は継続している患者さんはいないし、南側は医師が少ないもの」

「それでも、君に診てもらいたい患者もいるだろうに」

「西にはいい医師が大勢いるわ。私より腕がいい人も。それに私、好きな人の近くで働きたいの」

お、ライリクスさんが勝ち誇った顔をしているぞ。

絶対にマリティエラさんが、このふたりの啀み合いの元だよ。

でもマリティエラさんが南側に来てくれるなら、もっとうちで食事とかしてもらえるかな。

……メイリーンさんも……来るのかな？

「メイリーンも引っ越して、南側に来るって言っていたわよ？　タクトくん」

なぜ、俺の考えていることが判ったんだっ！

この人も魔眼持ちか？

結婚式と披露宴が終わって、慌ただしかった日々から日常に戻った。

父さんと母さんにレーデルスであったことを話してかなり心配されたりしたけど、既に衛兵隊に襲われかけたことを訴えてあるって言ったのでなんとか落ち着いてもらえた。

もう、暫(しばら)くはシュリィイーレから出ないようにしよう。

そして、咄嗟(とっさ)にあの男に付与してしまった『絶対服従』を【集約魔法】にしてしまうことにした。

偶然にでもシュリィイーレに来て欲しくなかったし、いつ思い出されるか落ち着かないのも嫌だったから。

左上に四文字分の空白を作り四角く囲んだ中に〈シュリィイーレ出入禁止〉〈鈴谷拓斗の全てを忘却〉〈魔法師試験での剣と盾についての全てを忘却〉と書いて、空けておいた四文字分に『絶対服従』と書くとその紙の文字が光って【集約魔法】が発動した。

やってはいけないことと思いつつも、自己防衛だと言い聞かせる。都合よすぎだな、俺……

でも、人体への直接付与はどれくらいもつのだろう？　それについては純粋に興味がある。

なので【集約魔法】で解毒・防毒の札を作り『β』として左手首に『β（透）』と書いてみた。

これが消えるまでにどれくらいかかるのかで、目安になりそうだ。

……これも五年保証だったら凄(すご)いな。

そして、ライリクスさんとマリティエラさんへプレゼントするケースペンダントを作った。

弦月（つるつき）に結婚なさったので、半月。

ふたつを並べると満月になるように、ふたつでひとつの感じに作ったのだ。

……作っててなんだが、結構照れくさいな、これ。

まぁ、いいか。新婚さんなんて、照れくさいくらいがちょうどイイのだ。

この世界の空には『月』は……ないんだけどね。円が完成するとでも思ってくれればいい。

ビィクティアムさんから貰（もら）った錆山（さびやま）の鉱石に入っていた琥珀（こはく）の欠片（かけら）とかパイライトとかの黄色っぽい石、青っぽいものや紫っぽいものを交ぜて、月を彩っていく。

うん、結構綺麗（きれい）にできた気がする。


そうだ……セインさんも、金属アレルギーだったなぁ。いっこ、作ってあげようかなぁ。

神様好きなセインさんにはどんなのがいいだろう……そういえば、主神が右手に持っている杖（つえ）の先に『九芒星（エニアグラム）』が付いていたな。中二ゴコロをくすぐるデザインだと思っていたんだよね。三角形が三つ重なった三複合正三角形型も悪くないが、主神の杖についていた九芒星は星形正九角形だ。

俺的にも星形正九角形が好きだし、こっちだな。

よし。夜空っぽくして……上の方に九芒星を……うーん……黄色は何か違うし、目立たせるより、よく見たら解（わか）るって方がカッコイイ。あ、でも九芒星だけ玉虫色に光るって方がいいか？

円周を九等分して二番目ごとの点を結んでいった輪郭、中をそれぞれ別の色ってのもアリだな。

翌日、ライリクスさんとマリティエラさんにできあがったケースペンダントをプレゼントにご自宅へ行ったら、もの凄く喜んでくれてその場で入れ替えてくれた。

で、そのまま又しても甘々ロマンス劇場が開幕してしまったので、そそくさと退散。

戻った頃には昼食時で、人が増え始めていた。ランチタイムの忙しさは嫌いじゃない。

落ち着いてきて、スイーツタイムまでもう少しという時間に、セインさんが食事にやってきた。

「いらっしゃい、セインさん」

「やあ、今日のは辛くないかい？」

「大丈夫ですよ。揚げ鶏の卵とじですから」

セインさん、昨日のキーマカレーで凄く苦労していたもんなぁ……結構、甘口だったんだけど。

そしてセインさんとお決まりの神様話をしていたら、ライリクスさんとファイラスさんがやって来た。あ、もうスイーツタイムだ。あのふたりは、スイーツタイムを知らせる時報みたいな感じだ。

「それにしても君の考え方は独特だが、誰かの影響なのかね？」

セインさんは余程俺の言うことが不思議なのか、いろいろと聞いてくる。

「いえ、誰かっていうより……本ばっかり読んでいたからですかね。小さい頃は友達いなくて」

「本が沢山あったのか」

「ええ。本だけはもの凄くありましたよ。三部屋丸々、本棚ばっかりだったから」

そう、うちはとにかくやたら本があった。だが物語とかは全然なくて、知識系のものとか図鑑とか詩集とか『文字書き』用の資料ばっかかだったけど。

それは今、全て俺の【蒐集魔法(コレクション)】に入っている。俺の最大の武器のひとつだ。

「ここでも、司書館とかあるといいのになぁ……」

「……あるぞ」

「え？　シュリィイーレに？　セインさん知ってるの？」

「ああ、教会には『司書室』というのがあってな。魔法関連の本や技能関連の本が沢山ある」

うわ、なにそれ！　めっちゃ見たい！

「教会……かぁ。見せてもらえるのかなぁ」

「構わんぞ」

「え？」

「私が許可証を出してやろう。成人しているなら、問題ない」

そう言うとセインさんは、懐から羊皮紙と筆記具を出した。持ち歩いているのか……仕事柄なのかな？　てか、許可証……って……セインさん、教会の関係者なのか？

書いてもらった許可証には『ドミナティア』の名前が入っていた。

あーっ！　一番偉い司祭様じゃん！

うわー……俺、散々神様暴論、言っちゃったじゃん……もー、そういうことは早く教えてよーっ！

……てことは、セインさんは俺の家名とか段位のこととか……知っているんだよな。

「もっと早く言ってくれればいいのに……」

「すまんの。なかなか言いづらくてなぁ」

俺は声を潜ませて、セインさんにだけ聞こえるように話す。

「まぁ……俺のお願いを聞いてくれて、感謝しています」

「約束は守る」

うん、ありがとうございます……

「実は、明日にはここを離れるのでな。今日、言おうと思っておったのだよ」

「え？」

「王都に行かねばならん」

「王都の教会？　すごいね！　大出世じゃん」


ぶふぉっ！


ん？　ファイラスさん？

「ごっ、ごめん、ちょっと咽せちゃって……ごふっ……水、貰っていいかな？」

「もぉー、慌てて食べちゃ駄目だよ？　はい、お水」

ライリクスさんが、もの凄く笑いを抑えている。そうそう、人の失敗を笑っちゃダメだからね。

そっか……セインさん、もう来なくなっちゃうのか。

「でも、セインさんに食べて欲しかったお菓子とかまだあったんだけど、残念だなぁ」

「いや、ひと月に一度はシュリィイーレに来る。直轄地だけでなく他の教会も回らねばならんから、長くはいられないが」

「そうなんだ！　じゃあ、また食べに来てもらえますね」

「勿論だとも」

よかった、よかった。試して欲しいお菓子が、沢山あるからね。

「あ……腕輪のところ、やっぱり赤くなってますね。痒いですか？」

「ああ、いつも布を巻いているのだが、それでも触れてしまうことがあってね」

「調整しましょうか？」

「ん？　調整……とは？」

「銀なのに赤くなるってことは、不純物に反応している過敏症だと思うから、いくつか防ぐ方法がありますよ」

あれ？　なんか凄くセインさん吃驚してるけど……知らなかったのかな、過敏症。

ファイラスさん達も？　もしかして、みんな金属アレルギーで興味があるのかな？

俺はセインさんと工房側へ行き、金属アレルギー対策方法の説明をする。

父さんは、地下の倉庫で材料整理をしているみたいだ。後で手伝おう。

するとすぐにファイラスさんとライリクスさんが来て、衛兵隊にもそういう人が多いから、参考までに聞かせて欲しいというので一緒に。

そうか、未だにケースペンダントがタセリームさんのところで売れ続けているのって、金属アレルギーの人が多いからなのかもしれない。

この町は金属に触れる機会が多いから、アレルギーも出やすいのかな。

「まず、一番確実なのは腕輪に炎症防止の魔法を付与する」

「それは……駄目だな……魔法が付与された物を持ち込めない部屋が、王都の大聖堂にはあるのだ。これを外すことはできん」

なるほど。そんな部屋があるとは。王都はやはり、セキュリティが厳しいんだろうか。

「じゃ、炎症を起こさない素材を、腕輪の肌が触れる部分にだけ一体化で取り付ける方法。ただこれだと、少しだけ重くなるし色味の変わる部分ができてしまう」

「それもあまりよろしくないな。『銀』というのが条件なのだ」

「ん……としたら、銀の中に含まれる組成割合を、部分的に変える方法」

「組成……割合？」

そう、この銀細工の銀には銅とニッケルが、二割ほど含まれているようだ。

だからニッケルを除いて銅だけにした上で、銅を肌が触れる部分に含ませないようにする。

「純銀なら、殆ど過敏症は出ません。でも銅が含まれているから、その銅に反応してしまうんです」

「……銅が入っているのか……」

「銅を取り除いちゃえば、いいってことかい？」

「それじゃ駄目なんですよ、ファイラスさん。純銀では柔らか過ぎる」

純銀ではすぐに傷が付いてしまうし、加工がしづらい。

宝石を留める爪なども弱くなってしまって、石を維持できない。

「純銀を十割とした場合、七分五厘くらいは銅が入っていた方がいい。だから、肌に触れる部分を純銀にして、細工された部分や石を留めている部分は銀九割二分五厘と銅七分五厘の割合にする」

「そんなことが……できるのか？」

「やってみてもいいですか？　銀としての組成は変えずにできる方法は、これくらいだと思うので」

「解った。頼む」

カウンターを離れ、作業台の上で【文字魔法】を展開していく。

まず、余分なニッケルを完全削除。ニッケルだけ、別に纏めておこう。

次に肌に触れる部分を純銀にしていく。腕輪の中の銅を表面部分からなくし、純銀でコーティングするのだ。宝石を保持している部分だけは、表面も銅を含んだものにしておく。

そのコーティング部分に付与ではなく【強化魔法】を使って硬度を少し上げる。傷対策はこれで大丈夫だろう。今後の黒ずみ対策は……小まめに磨いてもらうことにしよう。

組成を動かしたことで傷が消え、表面の輝きが銀本来のものになった。

カウンター越しに、みんなが俺の手元を覗き込む。

「凄いですね……輝きが戻ってる。銀の輝きだ」

「うむ……加護も変わっていないようだ……」

「加護？」

「ああ、こういう宝石が使われている銀製品には、加護がかかっているものが多いのだよ」

加護……か。なんかよくわかんないけど、俺の持ってる【守護魔法】とは別のモノなのかな？

そういえばこの腕輪のエメラルドの周りに、淡く青い光が見えるなぁ。

これなのかな？　加護って。

「これで多分、大丈夫です。なるべく小まめに磨いてくださいね。どうしても黒ずみが取れなかったら、持ってきてくだされば取りますよ」

「ああ……ありがとう……素晴らしいな、君の錬成は」

「組成分解と再構築は、得意なので」

……「得意、で済んじゃうのかぁ」

ん？　なんか言った？　ファイラスさん。

「それにしても凄いですね、この翠玉（すいぎょく）」

「どうしてだい？　そんなに大きい物では、ないと思うが」

「だって中に傷がないですよ？　翠玉で傷がないなんてあり得ませんよ、普通。余程大きな物から傷がない所だけを切り取って加工したんですね。あ、そうだ……ちょっと待っててくださいね！」

俺は部屋へと走った。ケースペンダント、渡しちゃおう！

あ、でも付与した魔法は取らないとまずいな。強化と……一体化は【加工魔法】にして、意匠マークはちょっとだけ形を変えておけば大丈夫だな。

すぐに工房に戻って、セインさんに渡す。

「これを私に……？」

「この金属だと過敏症の炎症は起きませんから、首も赤くなりませんよ」

「……！　こ、この形は……！」

「はい。主神の杖の先に付いている九芒星（きゅうぼうせい）です」

「あの杖の星は……空にあって、動かぬ星と言われる星だ」

「なるほど『標（しるべ）の星』なんですね」

ふぅん『極星』ってことか。じゃあ、あの杖は地軸なんだな……地軸を主神が握っているってことは、星と大地を神様が支えているってことなのかな。

この国ではちゃんと『大地のある星』が動いている地動説だしね。神々が天空にいて、人が神々を求めて動いているのだから大地が動いてて当たり前……ということのようだ。

「輪郭の色が違うんですか……綺麗ですねぇ」

「うむ、夜空のようだな」

「中心の深い青から上に向かって玉虫色に、下に向かって緑になっていくようにしてみました。『天に祈りを地に恵みを』ということで」

「……これは……素晴らしい贈り物だ。ありがとう。タクトくん」

金属アレルギー、つらいもんね。喜んでもらえてよかった、よかった。

ファイラスとライリクスとセインドルクス

「タクトくんは……なんなんですかね？　僕らをどこまで悩ませる気なんですかね？」

「ううむ……これほどとは……」

「ところで、どうしてさも当然のように、僕の家までついて来ているんですか？」

「ここはタクトくんの【付与魔法】で、絶対に音が外に漏れないからね！」

「うむ、仕方なかろう。あのようなものを見せられては、すぐに帰ることなどできぬわ」

「そうそう、今の時間なら君の細君もまだ帰っていないから、取り敢えず吐き出しとかないと」

「……解りましたよ。僕もどうしていいか解らなくて、困っていますので……」

「どうですか？　神司祭様、腕は痒くないですか？」

「ああ……以前は着けたその場で、真っ赤になってしまったのだが、痒みも、赤味(あかみ)も出ない。うぅむ……法具である銀に、別のものも混じっていたとは……」

「ということは、タクトくんの言う『組成変更』は見事成功しているということですね」

「あのさぁ、その組成変更？　ってあんなに『得意』くらいでできることなの？」

「無理です。熟練の錬成師だって、法具にあんなことできません」

「ましてや、加護に何の影響も及ぼさずに加工ができるなど……歴史上初のことに違いない」

「……段々『破格』だけですまなくなってきている気がするよ。怖くなってきちゃった」

「おそらくタクトくんの魔法の秘密は、あの膨大な知識量です。三部屋が本でびっしりだったと言っていましたよね？　そんなに本があることも驚きですが、タクトくんはそれを全て読んでいるということでしょう？　何年かかったのか……」

「……閉じ込められていたのかもしれんな。友達がいなかったというのも、そのせいであろう」

「そこに銀のことや、翠玉のことなども書かれていたとすれば、神書級の本ばかりってことだ」

「この翠玉があいうものであったとは……私も知らなかった。決して大きくはないのに、なぜ強い加護がかけられているのかと不思議であったが……」

「あの身分証入れの意匠を『九芒星』と言っていましたね」

「その言葉も『至・神典』だけに出てくるものだ。しかも『標の星』とすぐに結びつけた。間違いなく、彼は原典を読んでいる。我らが欲してやまない、最も神に近い書物の知識が彼の中にある」

「教会的にとっても、タクトくんの重要度が跳ね上がってしまいましたね……どうなさるおつもりですか？　神司祭様」

「……ここは非公式の場だ。今まで通りで構わん」

「ありがとうございます……兄上」

「教会としては何もせん。彼のことは、今はまだ、私ひとりの胸の内に留めておこう。しかし、今後彼に目を付ける者は必ず現れるだろうから、対策だけは立てておかんとな」

「『天に祈りを地に恵みを』……これもあの神典ですか？」

「それはシュリィイーレ大聖堂裏にある噴水の碑文だな。勿論、古代文字だ」

「タクトくんは、古代文字が完璧に読めるってことか……そういえば、教会の司書室に行きたがっていましたよね？」

「ああ、許可証を出したから近い内に行くだろうな。楽しみだよ、彼がどんな本を選ぶのか。来月また、ここへ来た時に聞いてみなくては」

「本当に毎月、いらっしゃるんですか？」

「当たり前だろう！　そのためにここの教会に、王都との方陣門を設置したのだからな！」

「えー……そんなもの作っちゃったんですかぁ……うちの長官も知ってます？」

「ああ、自分にも使わせるなら、作っていいとぬかしおったわ！」

「使用条件、ちゃんと厳しくしておいてくださいね？」

「勿論だ。私の許可がない者は通れん」

「本当に、直轄地の視察が目的なのですよね？　あの店に行くため……ではなく」

「……」

「兄上？」

「神司祭様？」

「そろそろ行かねば。明日の準備があるでな」


「逃げたね」

「逃げましたね……まったく、困った方だ」

「それにしても……いやータクトくんは相変わらずだよねぇ。『大出世』なんて言った時は、本当に吹き出しちゃったよ」

「僕はあれほど、傾狂な兄の顔を見たのは初めてでしたね。タクトくんに感謝しなくては。あんな面白いものが見られる日が来るとは、思いませんでした」

「あの冷徹無比と言われた、聖ドミナティア神司祭とは思えない変わりっ振りだよ」

「不思議です……家族と思っていた時は、全く目を合わすことすらなかったのに、家門を除名されてから、こんなに会話しているなんて……」

「これもタクトくんの魔法だったりして……ね？」

「否定できないから、怖いですねぇ」

翌日、セインさんが王都へと行ってしまい、成人の儀で一緒だったロゥエナやニレーネも得た職業がこの町より他の町の方が就職しやすいものだったらしく、この町から離れてしまった。

お客さん達も、少しずつ面子が変わっていくのは毎年のことだ。

俺はいつもの年より早く冬備えの買い物を全て終え、大量のレトルトを作ったり焼き菓子のストックを作った。

今年は雪が来る前に、教会の司書室に行っておきたいのである。

折角セインさんが許可証をくれたのだから、もし貸し出してもらえるものがあるのなら雪で出られない時用に借りておきたい。

でも、持ち出しは難しいのかなぁ……


朝早く教会に行って司書室の利用をお願いすると、どうやらセインさんが事前に頼んでおいてくれたみたいで、笑顔で案内してもらえた。

大聖堂の右手奥に行くと中央広場で、その左手には下に続く階段があり、大聖堂の真下にあたる位置に大きな司書室があった。

「こんな造りになっているんですね……教会って」

案内してくれているエラリエル神官はこの部屋の管理だけでなく、大聖堂の管理もしているらしい……ってことは、結構偉い人なのでは？

他の神官が黒っぽい法衣なのに、エラリエル神官は青色が鮮やかで、濃い藍色の縁取りがあるものを着ているし。

「なかなか広いだろう？　そのせいで……管理が行き届いていなくてね……」

そう言いながら司書室の扉を開けてくれたのだが、中の空気が思いっきりカビ臭くなっていたのである。地下だし、陽（ひ）が当たらないのは本にとってはいいんだろうけど、カビは駄目だろ！

「ごめんね……あんまり利用者いないんだよねぇ。そのせいで、換気もされないことが多くて……」

「……掃除……」

「え？」

「俺が掃除しても、いいですかっ？」

こんなカビまみれの所にいたら、俺にもカビが生える！　てか、本が駄目になっちゃう！

「してくれるならもの凄く助かるけど……いいの？」

「俺、こんな所で本読んでたら、全身に茸（きのこ）が生えてきそうなんで！」

「じゃあ……頼んじゃおうかな……」

「魔法、使っていいですよね？　【付与魔法】も大丈夫ですか？」

「ああ！　平気だよ。聖堂以外なら問題ない」

俺はなるべく息を吸わないように室内に入ると、机の上に紙を出して【集約魔法】を作っていく。

快適な読書空間確保のために、官舎に付与したものと同じ防火・防水・防かび・防虫・強化・耐震を部屋全体と棚に付与する。

部屋の明るさ設定をして、それと空調も忘れてはならない。

室温は常に摂氏二十三度に、湿度は五十五パーセントに設定した。埃が溜まらないようにして、防汚は部屋だけでなく全ての棚と本にも。本には、劣化防止もかけておく。

そして、全体をしっかり洗浄・浄化した上で、全ての魔法を展開した。

「……やっと……すっきりした……」

「凄いな……こんなにあっという間に……」

あ、ついムキになって最速でやってしまった。だが、後悔はしていない。やらねばならなかったのだ！　人類の叡智の保存のために！

「ありがとう！　タクトくん！」

「いえ、本にとって良い環境にしたかっただけなので。あ、ここの本って貸し出してもらうことはできますか？」

「本当は駄目だけど、君ならいいよ！」

いいのかよ。

「ドミナティア神司祭の保証付きだしね、僕も君なら大丈夫だと思うし」

「……大丈夫？」

「本を売り払うやつとかいるからね」

あ、なるほどね。本はまだまだこっちじゃ高価だもんね。そっか、俺が持ち出して盗まれたりしたら厄介だなぁ……写し取るだけにしておいた方がいいかもな……いざとなったら、複製させてもらっちゃおうかな。うーん、悪者の気分。

司書室の本は魔法関連のものと職業関連のもの、そして技能関連のものと神話、歴史書などに分かれている。まずは、技能や魔法関連の本を開いていく。

独自技能のことは殆ど……というか、全く書かれていなかった。ただ、技能の出現条件として経験や試行だけでなく、血統というものもあるらしい。これはおそらく、白魔法に分類される独自魔法と同じ理屈なんだろう。

その家系の特徴や、多く排出した職業などから受け継がれるという。

魔法についても同様であるようだ。だが、黄魔法、黄属性の技能については受け継がれるというより、突発的に出るものらしい。突然変異みたいなものなのだろうか。

黄魔法は、基本的には子供に受け継がれてはいかない。その殆どが、一代限りのようだ。

そして今まで聞いたことのなかった『聖魔法』という分類があった。

白魔法の一種かと思っていたのだが、どうやら全く違う系統として存在するようだ。これが使えることが、司祭やこの国の大貴族を継承する者の条件らしい。しかし、国全体でも少ない人数しか確認されていないみたいだ。どちらかというと、分類的には独自魔法といえるようだ。

「ふーん……神官が司祭になるには、この聖魔法ってのが必要なのか……」

セインさんって凄い人なんだな、きっと。そりゃあ、王都に召喚されちゃうわけだ。

あ、加護のことが書いてあるぞ。

『神の恩寵（おんちょう）が与えられた貴石に宿る』

『能力の向上や守護が与えられる』

『神事による銘によって貴石以外の物に宿らせることもできる』

『加護を支え得るは貴金属のみである』


へぇ……セインさんのエメラルドには、加護があるって言ってたなぁ。

そっか、だから銀じゃないと駄目だったんだな。神事による銘……って、成人の儀の裏書きみたいなものかな。あれで職業とか技能とかを貰えるんだから、加護ってことなんだろう。

そういえば、捧げられたのは『加護の祈り』だったな。うん、そういうことなのか。身分証が金とか銀とかになるのも、加護を支えるためってことなんだな。

……俺は沢山のご加護があり過ぎて、恐縮しちゃうよね。

そうだ、次にセインさんが来た時のために、神話も少し読んでおこう。

こっちの神様のこと、よく知らないしね。えーと、神話は……一番奥か。

奥の本棚まであと一、二歩という所で俺は何かに躓き、慌てて本棚に手をかけて転倒を防いだ。

……はずだった。

実際は本棚が、がくん、とずれて俺は敢えなく転がってしまったのだった。

【強化魔法】をかけてあるのに、なぜ動いたんだと思いつつ立ち上がると……ずれた本棚の下に更に、下に続く階段が現れた。


秘密の蔵書の予感である。

俺が躓いたのは、床の窪(くぼ)みだった。

どうやら、秘密部屋への扉を開ける起動スイッチのようだ。ここを踏みながらだと、本棚が動かせる仕組みになっているみたいだ。ひとりでは、おそらく踏んだまま本棚を動かすことはできないだろう。俺みたいに粗忽(そこつ)なやつが、躓いて踏み抜き本棚に激突したりしない限りは……

いかにも後から付けました的な扉と階段の先にあったのは、まるで洞窟を刳(く)り抜(ぬ)いたかのような部屋だった。もしかしたらこの地下室が、教会建設時に見つかったのではないだろうか。

それで、教会が建ったあとに折角だから利用しよう……ということで階段と扉を取り付けたのかもしれない。

壁は一応平らではあるが岩のままだし、床との境目などは小石がゴロゴロしている。本棚が壁にくっついておらず、部屋中央に二列で配置されている。壁にくっつけるよりは、この方がマシっていう程度でしかない保管環境だ。この部屋の本は五十冊に満たない程度だが、もの凄く古いようで迂闊(うかつ)に触れない。

もしかしたら教会の闇の部分が書かれているとか、この国の隠された歴史とかだったりして……

ワクワクドキドキしながら、本の補修をするために汚れを落とし、ボロボロになった羊皮紙に【強化魔法】をかけ、文字が薄くなっている部分の色を復活させて、完璧に修復したのである。

「あれ、普通に神典だ」

他の本も魔法のこととか技能のこととか……なんだ、古くなって閲覧に耐えられなくなった本の置き場だったのか。まぁ……修復できたのはよかったよね。うん。でもここの本は上のより古いから、この部屋でしか読まない方がいいよな。

この部屋も、綺麗にしておこう。灯(あか)りも調節して、空調も完備……っと。

そーだ、いちいちあの本棚ずらすの大変だから、ここに転移目標書いておこう。

実は転移魔法は、距離によって魔力消費が変わるということが判明したのだ。

この上の階からこの部屋の距離なら、二百以下の魔力しか使わないで移動できる。上の階にも書いておかないと、出るのが大変だな。


何冊か読んでいく中で、上にはなかった魔法が書いてある本を見つけた。

「黄魔法と、白魔法や聖魔法も載ってる！　これ、希少魔法の専門書だ」

うわ、じっくり読みたい！

でも……ここのは古いからって貸してはもらえないかも……複製……しちゃおうかな？

俺は罪悪感を抱きながらも、秘密部屋の面白そうな本を数冊いや十数冊、複製してコレクションにしまった。

……絶対に売ったりしないと誓います。ごめんなさい、神様。

上の司書室に戻って転移目標を書いてから、エラリエル神官に挨拶をして帰ることにした。

「あれ？　本は持っていかなくていいの？」

「はい。不注意で汚したらと思うと、ちょっと怖くなっちゃったんで止(や)めておきます」

「あはは、賢明だね。あそこの本、めちゃくちゃ高いからねぇ」

そーなのか。そーなんだよな。うん、絶対に売らないから！

家に帰ると、もうすぐ昼食時でお客さんが増え始めていた。慌てて母さんの手伝いに入る。

そして今日のスイーツタイムのお菓子を作りながらも、俺は早く持ってきた本が読みたくてうずうずしていた。

だが、そんな時に限って厄介事が起こったりするのである。

「タクトというのは君かね？」

なんだか高そうな服を着た商人風のおっさんが、食堂に入るなり食事をするでもなく俺に詰め寄ってきた。

「……ここは食堂だよ。食べないの？」

「君を捜していたんだよ。話がしたいんだが」

「断る。名乗りもしない礼儀知らずと、話す時間なんかない」

おっさんは明らかにムッとした顔をしたのだが、周りのお客さん達からも視線を向けられ慌てて席について食事を注文した。

俺は普通に……というか、普通以上におっさんを無視しつつ、昼時の混雑をこなしていった。

嫌な感じのおっさんだ。最近、この『嫌な感じ』が当たることが多くてうんざりしている。

食べ終わったおっさんは、今度こそはと俺に話しかけてくるがわざとスルーする。

俺ってイジワルだなー。

「いい加減にしろ！　態々(わざわざ)おまえに話を持ってきてやってるというのに無視するな！」

「聞きたくもない話を持ってこられても、迷惑なだけだから」

て、なんの話か知らないけどねー。

「こんな店で働かなくてもいいようになるんだぞ」

「ほう……俺の家のことを『こんな店』扱いかよ？　ムカつくなぁ……」

「え……？」

「食べ終わったら早く出てって。待っている人がいるんだから迷惑だよ」

どうしてこういう、攻略対象の下調べ不足なやつが多いのかねぇ。

自分を優秀だと傲り、絶対に優位だと思い込んでるやつほど相手を知らない馬鹿ばっかりだ。

ばつが悪くなったのか、そのおっさんは俺を睨みながら出て行った。もう来んな。


スイーツタイムも終わり、店は一旦休憩時間だ。表に『準備中』の札を下げ、食堂側の扉を閉める。そして工房側の扉だけを開けて、俺は父さんのいる工房の方へ移った。

暫くして……あのおっさんと、もうひとり入ってきた。

「さっきはうちの者がすまなかったねぇ、タクトくん。私はスポトラムという者だ」

「どのようなご用件で？」

「うちで働いて欲しいんだよ」

「絶対に嫌です」

間髪を入れずに答えた俺に、吃驚したような顔をしている。

「おまえ……解っているのか？　スポトラム商会だぞ！　王都で一番の！」

あのおっさんが信じられないというように捲し立てるが、王都で一番だろうと世界で一番だろうと、お断りである。

「いやいや、シュリィイーレではあまり商売をしていないから知らないのだろう」

「ちっ、田舎者が……」

もー絶対、何がなんでも、笑顔のひとつもくれてやらねーぞ。

「君が受けた魔法師試験、うちの商会で監修したものがあってねぇ。君は最も素晴らしい成績だったのだよ」

「そうですか」

「だから、うちで働くべき資格のある者だと思ってね。王都でも、君ならば一番の魔法師になれる」

うっわー、余計なお世話満載だなー。

「勿論、君も王都で働きたいだろう？」

「いいえ。王都なんてなんの魅力もありませんね」

ふたりは即答した俺に、またも信じられないという顔で固まった。

本当にこいつら、自分達の価値観が最高とか思っているんだろうな。

「お話がそれだけなら、帰ってもらえませんか？　俺は絶対に、何があってもあなたの所で働く気なんてありませんから」

「……君だって、他の魔法師や錬成師に負けないものが作りたいと思うだろう？」

「物作りに勝ち負けなんてありませんよ」

「強がりもいい加減にしないと人生、損をするよ？」

バカかこいつら？　全ての人間が、損得だけで動くわけじゃねぇだろうが。じゃ、損得ベースの答えをしてやろう。

「あなたの言い分の方が、俺にとっては大損だと思うので、お断りしています」

おっと、あのおっさんの方がキレる寸前って感じだな。スポトラムがそれを制止して、引っ込めたけど。流石(さすが)、商会の代表だけあって冷静だね。

「君は……この燈火(とうか)を知っているかね？」

知ってるよ。こいつはうちで改良する前の、アーメルサス製白熱電球燈火だ。

「これと同じ物か、それ以上の物を作れるようになりたいと思わんかね？」

あ、こいつもただ単に情報不足なだけだ。駄目だ、笑っちゃう。

「あんた達……全然、なんにも知らないんだな？　この燈火の改良版が、シュリィイーレで既に作られているんだぜ？　簡単に作れるに決まってるじゃないか！」

「馬鹿なっ！　これはアーメルサスのもので、独自技術が使われているんだぞ！」

「ほら、これだろ？」

俺は、工房に置いてあった俺が作った燈火を出して見せた。

コデルロ商会は貴族相手に受注生産でしか作っていないから、こいつらは知らないのだろう。

でもシュリィイーレでは、数軒の店でそのオーダーものの簡易バージョンが売られている。

錆山坑道へ持っていくための燈火として、大変人気なのだ。つまり、シュリィイーレでは既に一般的な燈火のひとつというわけだ。だが、俺との契約で、他の町では全く流通させていない。

「やっぱり王都なんて、全然価値がないな。さぁ、帰ってくれ」

「こ、この燈火は……どこで……」

「コデルロ商会の工房がこの町にあるよ。そこで聞けば？」

「コデルロだと……っ！　くそっ！」

ふたりはあたふたと出て行った。後でコデルロ商会の工房に行って、がっつり落ち込むがいい。

「……なんだったんだ、あいつら？」

父さんが呆れたように呟く。どうやら、やりとりを全部見ていたみたいだ。

「さぁね？　バカなだけだろ」

「それにしても、あの時の試験に一枚嚙んでいたのが、スポトラム商会だったとはな」

「王都で有名なの？」

「そうだな、昔はいい物を作っていた。最近代替わりしてからは、ろくな職人がいなくて信用が落ちてきている」

なるほどー。それで【加工魔法】の使い手を青田買いすべく、魔法師試験の監修なんてものをやっているのか。関わりたくない所の名前が判明したのは、よかったかもしれないな。

まったく、俺の貴重な時間を、くだらない三流のお笑いで潰さないで欲しいぜ。


夕食が済んで部屋に戻ったところでやっと、教会から持ってきた本を取り出した。

この本は盗まれたりなくしたりしないように、対策しなくてはいけない。

セキュリティとして、俺の側から一定距離以上離れたら俺のコレクション内に戻るという魔法を付与しておくことにした。これで置き忘れても、盗られても戻ってくる。

本当に【文字魔法】って便利過ぎる。そうだ、閲覧制限もかけておこう。本が開けなければ、盗られることもないだろう。複製した本全てに、同じ魔法を付けておいた。

よし、それじゃあ、読み始めるとするか。まずは『黄属性』からだ。

黄魔法では回復が最も知られているもので、これを使える者が一番多い。

多いと言っても希少な黄魔法の中で多いというだけなので、魔法師全体では百人にひとりくらいのようだ。しかしこの術者を欲しがる者が多いので、持っていることを隠している場合も考えられる。もしかしたら、もう少しくらい多くいるのかもしれない。

次に多いのは雷系の魔法。

だが、大きな攻撃の魔法が使える者はいないらしい。空から落ちてくる稲妻のような魔法が使える者はいない、ということなのだろう。それでもスタンガン程度のものは使えるようで、相手を気絶させることくらいはできるみたいだ。

その他には空間操作・時間操作・重力操作は黄属性である。

……『重力操作』……？

これ、この間……俺、やっちゃったよね？　これでヤバイ剣、作っちゃったよね？

剣に付与したとか、ライリクスさんにも言っちゃったし。

なるほど、黄属性だったのか。そりゃ、方々から狙われちゃったりするよ。ライリクスさんが、あんな顔すんの当然だよ……またしても、無知の罠に嵌ってしまったっていう自業自得じゃん！

そして黄魔法はその総てが、かなり多くの魔力を必要とする。

俺は……意外とそうでもないと感じてしまっているが、それはただ単に俺の魔力量がぶっちぎりに多いせいなだけだ。普通の人なら、雷魔法スタンガンを使っただけで自分もぶっ倒れるらしい。

転移についても書かれている。

空間操作だけでなく『方陣門』というものが必須で、方陣門なしに魔法だけでの長距離の移動は不可能……

できたよね。俺。

馬車で二時間程度の距離……うん、きっともっと長距離のことだな。ここから王都とか、そういう距離のことに違いない。

「時間操作か……あったら便利そうだなぁ」

食材をそのままで保管したり、保温したり……劣化防止……とか。

……やってるね。俺、既に同じようなことできてるね。

あ、もしかして過去に戻せるとか、時間を進ませる的な……タイムマシン系の技能なのかな？

うん。きっとそう。てか、もっと細かい説明プリーズ！

『白属性』についても発見されているものが羅列してあるだけで、詳しい説明がなかった。

ただ独自魔法……家系魔法とか、血統魔法というものについては、どの家系がどういう魔法を所持しているかが書かれている。これって、貴族のどの家門が何を使えるか解っちゃうってことだよね？　結構トップシークレットなのでは？

そこに『ドミナティア』の文字を見つけた。やっぱりセインさん、有名貴族の家系だったんだなぁ。『聖神二位・氷雪魔法』……そうか、氷の魔法って青じゃないのか。

水魔法の仲間かと思っていたけど、氷は別系統なんだな。

聖神二位……って……あ、女神のひとりが確か「聖神二位ミヒカミーレ」って名前だ。

なるほど、その女神の守護する魔法なのかもな。加護色が深い藍色と氷を顕(あらわ)す玉虫色……偶然とはいえ、そんな色で作ったよね、ケースペンダント。

そっか――――っ！　あんなに喜んでくれたのは、その色ってのもあったのかー！

意匠マークも藍色にしたよね、俺！

緑魔法にも特化している家系なんだな……すげー。

エメラルドは、そっちの加護なのかもしれないな。

いかん、有名人のデータに食いつくミーハーな感じになってしまった。一般市民はこれだから。


ここからは『聖属性』か。

やはり独自魔法の一種ともいえるもので、血統では受け継がれないようだ。黄魔法に似てるのか？

聖属性は……加護・守護・治癒・制御・精神・無効化の魔法……及び魔眼……

あれれれぇぇ？　見たことあるモノがいっぱい載ってるぞぉ？

あいつら聖属性だったのかよ！　なんでそんなもの、俺が持ってんだよっ？

多分【文字魔法】で、それっぽいことやり過ぎたんだろうなー。

無効化とか、制御とかいっぱい使ったよね。

魔眼……俺の魔眼は、どーいう魔眼なんだろう。

確認されている魔眼もそんなに種類は多くはないんだな。

魔眼には強さがあって、それによって視え方が違うようだ。上のクラスの方が視える情報量が多いのだろう。

鑑定系だと一番下が『判別』次が『鑑定』一番上が『看破』。

ライリクスさんは『看破の魔眼』って言っていたから最上位ということだ。

へぇ……練度が視えるとか、魔法の種類が視えるとか、色々あるなぁ。

あ、魔力の状態が視えるっていうのあったぞ。

『魔力の状態によって感情の動きが判別できる』

うん。前に聞いていた通りだな。

俺のは何が鑑定できるんだろうなぁ……

ん……？　でも『鑑定の魔眼』は『魔眼鑑定』ではないな？

俺が魔眼なんじゃなくて、魔眼がどういう魔眼なのかが解るってことなのかな？

そういえば『視られている』っていうのを感じることが多かったな。

レーデルスから転移で戻った時に『見られていない』って思ったのは『魔眼で視られていない』って思ったのかもしれない。これ、結構使えるのでは？

どこからどういう魔眼で視られているか解れば、それが悪意があるものかどうか解れば……

悪意とか殺意ってのが解れば、近寄らせないこともできるかもしれない。

こういうのって【精神魔法】で解るんじゃないのか？　【文字魔法】で指定して使えば、組み合わせて使えるようになるのではないだろうか。

魔法師試験の時のように俺のうっかりのせいで、これ以上変なことに巻き込まれないためにも、察知できる魔法は必要だ。そして、どういうことが『まずいこと』なのか、ちゃんと知らなくてはいけないな。

……無知はあまりに危険だ。


さて、魔法のことは後で対策をするとして……他に複製してきたのは、どんな本があるのかなぁ。

おお、こいつは神話だね。よくある英雄物語だ。すっげー、魔法とか強さがインフレ過ぎ。

あ、こっちにもあるんだな、失われた大陸説。ニファレント大陸の魔導帝国かぁ。

アトランティスとかムー大陸みたいな超古代文明ってやつだね。

こっちは禁忌魔法？

ああ、でもこれはファンタジーっぽいなぁ。いや、これこそ中二病の必須魔法なのでは？

ははは、海を蒸発させるとか、ここまで書かれちゃうとファンタジーって解っちゃうじゃん。

でもこういう荒唐無稽なのは、気楽に読めて面白いよな。

マリティエラとメイリーン

「あら、お見合いだったの？」

「はい。無理矢理会わせられそうになって、逃げてきました」

「あらあら……お相手は怒ったんじゃないの？」

「多分……でも、絶対に嫌、です。あんな家のための、結婚なんて」

「……タクトくんでしょ？」

「ふえっ？　なっ、なっ、んですかっ？　なんで、そうなるんですかっ？」

「メイリーン、あなた自分がかなり解りやすいってこと、自覚した方がいいわよ？」

「……」

「タクトくんも、自分が女の子達に好かれているっていう自覚がないのよねぇ……彼、自己評価、低そうだし。ちゃんと自分の気持ちは伝えておかなくちゃ駄目よ？」

「とても……勇気が……」

「親や家門に逆らってお見合いぶち壊すより、勇気は要らないと思うけど」

「好きな人と、嫌いな人への対応では、全っ然、違いますっ！」

「ほら、やっぱり好きなんじゃない」

「う……」

「ほんと、解りやすいわ。ふふっ」

タセリームとレンドルクス

「どうだいタセリーム、新しい意匠の細工の売れ行きは」

「悪くはないですけど……やっぱり一番人気はタクトの意匠文字のものですねぇ」

「うーん……あれは確かに綺麗だし、タクトのものってのが一目瞭然ってのでいいんだろうが……もう少し他のものでも、あいつの意匠証明を目立たせられねぇのか？」

「タクトが嫌がるんですよぅ。あ、それより、増産の件はどうです？」

「ああ、そっちは大丈夫だ。タクトの支援のおかげで、随分とうちの若手もいいものが作れるようになったからな」

「そうですか！　よかったー！　別の町でも売り出しますからね、これからは！」

「おまえさんが、持っていくのか？」

「いいえ、コデルロ商会に委託します。レウスレントと、王都中央区のコデルロ商会の店で置いてもらえるんですよ」

「どっちもでかい町で大規模な店だな」

「ええ、新作だけはシュリィイーレでのみ販売、その他去年までの意匠のものをそちらに流します。あくまで『シュリィイーレの意匠』が最新でないと！」

「新しい物好きには、態々ここまで買いに来させるってことか」

「そうです。しかも、新作はうちだけで販売ですからね！　ふっふっふっ！」

「人手は大丈夫なのか？　トリセアが困ることになったりしたら、許さねぇぞ？」

「勿論！　来月から、研修にひとり来ますしね！」

「ちゃんと、タクトは全部知っているんだろうな？」

「……」

「おい」

「言いますっ、大丈夫ですっ！」

聖ドミナティア神司祭と聖ハウルエクセム神司祭

「お久し振りでございますな、ドミナティア神司祭」

「やあ、久し振り、ハウルエクセム神司祭」

「如何(いかが)でございましたか、直轄地(シュリィイーレ)は」

「活気があってよい町でありましたよ」

「王都から最も遠い直轄地ですが、大きい町ですからなぁ……豊かでよい所だと聞いたことがありますが、わたくしは行ったことがないので興味があるのですよ」

「是非訪れてみるといい。旨(うま)い店もあるし、腕のいい職人や優秀な魔法師も多い」

「ほう……確か、セラフィラント公の嫡子殿が衛兵隊長官でしたな」

「……」

「あ……っ、こ、これは、失礼……ははは……」

「なに、構いませんよ。あの家門をいちいち、気にしてはおれません」

「流石はドミナティア神司祭だ。お心が広くて……ん？　珍しいですな、あなたが襟の高い法衣(ほうえ)を着ていらっしゃらないとは」

「そうですかな？」

「ええ……首が赤くなっているから嫌だ、と仰有(おっしゃ)っていたのに、身分証の鎖が大丈夫になられましたか？」

「実は入れ物を変えましてね。これだと全く、赤くも痒くもならないのですよ」

「ほぅ……おお……これは美しい入れ物ですな！」

「シュリィイーレの、優秀な錬成師である友人の手作りなのですよ」

「……これは……主神の！　なんと……素晴らしい……聖神二位とドミナティアの色で作られているのですね！」

「ええ、この意匠はこの世にひとつだけのものです」

「なるほど、シュリィイーレは噂に違わず、図抜けた技術と敬虔な臣民達の町なのですな……これは、わたくしも是非とも訪れなければ……」

「冬は厳しいと聞きますから、春になってから赴かれるとよろしいでしょう」

「直轄地や各地の教会に参りますのは我らの仕事でもありますが、シュリィイーレに行くのは楽しみでございますなぁ！」

「そういえばハウルエクセム神司祭は、魔法師育成のご担当であったな」

「ええ、ここのところ攻撃的な魔法師ばかりで、生産や補助系が手薄になっていましてね……シュリィイーレのようなよい魔法師が、なかなか育たないのですよ」

「魔法師一等位試験は、如何でしたかな？　今年は画期的な試験だったと聞きましたが？」

「それが……お世辞にも成功とは、言えなかったのですよ……わたくしも魔法師組合の者と、若い神官達に任せきってしまっていたのがいけなかったのです」

「我々は彼らの計画に承認を与える立場ではありますが、現場に多くを任せるのは当然でしょう」

「そう仰有っていただけると少しは慰められますが、審査官達がどうにも……初めて担当する者達ばかりだったようでしてな。何人かに問いましたところ、下位の神官とある商会との癒着があったようです」

「なんと……それはどういったわけで？」

「わたくしは……その辺は詳しくないのですが、ドードエラス神官とマクレリウム卿が調べを進めてくれております」

「……なるほど。では、彼らにも聞くといたしましょう。魔法師の育成は教会の使命ですからな」

「左様ですな」

コデルロと工房の職人達

「おい、スポトラムのやつが来たというのは本当かい？」

「ああ！　コデルロさん、今、呼びに行こうと思っていたのですよ。ええ、スポトラム本人が来ましたよ」

「なにかの言いがかりをつけに来たのではなかろうね？」

「言いがかり……と言えなくもないですが、タクトくんの燈火のことです。本当にここで、燈火を作っているのか、と」

「ふむ、あいつらやっと気付きおったか。しかしどこの貴族が流したんだ？　スポトラムと繋がりのある貴族など、もう殆どいないはずだが」

「いえ、タクトくんの所に行ったみたいです」

「なっ！　なんだと……タクトくんに気付いたのか？」

「いえ、偶然みたいですね。優秀な魔法師がいるっていうんで勧誘に行ったみたいですが、にべもなく追い返されたみたいで。その時にタクトくんの燈火を見て、うちの工房があるってことも聞いたらしいです」

「そうか、あいつらにタクトくんを取られる訳にはいかんからな！　まあ、うちの専属にもなってはもらえないのだが……」

「やっぱり、駄目ですか……」

「うむ。人に使われたくはない、とね。まぁ、無理もない。あれほどの魔法師なのだからな」

「うちの工房と宿舎もタクトくんの魔法を付与してもらってから、とんでもなく快適になりましたからねぇ。もう、他の町には移れませんよ」

「王都の店も頼みたいと言ったのだがなぁ……絶対にシュリィイーレから出たくないと、断られてしまったよ……」

「そういえば、ここの西の畑だけでなく、レーデルスでも農家の支援をしているとか。その畑で作ったものも、全部買い取っているらしいですよ」

「ううむ……彼は事業の才能もあるのか。商人としても一流になりそうだし、本当にもったいない……」

「あっ、コデルロさん！　こんなところにいらしたんですか！」

「どうしたんだね、フィロス」

「明後日に帰国予定のセントローラさんが少し遅くなるとかで、来月になるって……」

「なんだと？　一刻も早くタクトくんのあの部品や、身分証入れを解明したいというのに！」

「セントローラ……魔法技師長を、アーメルサスから呼び戻すんですか？」

「ああ、あの燈火で、唯一解らない部品の解明をしてもらう研究で行っていたのだからね。どの魔法でも再現できない上に付与の文字すら解らないのでは、いつまで経ってもうちで完全に作ることができないままだ」

「確かに、あれが解明できて我々で作れるようになったら、燈火だけじゃなくていろいろなものに応用できそうですからね」

「魔法師であるタクトくんに種明かしをしろとは言えんし、四年も研究しておるのにさっぱりだからな」

「他に、あれを使ったものはないのでしょうか？」

「アーメルサスに似たような物がいくつかあるが、アーメルサスのものとは全く違う素材だ。違う魔法技術なのだろう……まったく、タクトくんがもっと欲深い人間だったら、いくらでもやりようがあるものを！」

「ははは、タクトくんは、損得じゃあ動かないですからねぇ」

「ええい、扱いづらいわい！」

すっかり秋の気配は消え、冬の寒さがシュリィイーレを包む。もうすぐ雪も降り始めるだろう。

うちの食堂も少しずつ暇になってきている。寒い時は、外に出たくないよね。

みんな家の中での仕事に切り替えていく時期だから、衛兵さんくらいかな、毎日来るお客さんは。

官舎も近いからここで食事をしてくれるひとり暮らしの人は多いし、スイーツ目当ての人が頑張って来てくれてるっていう感じだ。マリティエラさんとライリクスさんも、ほぼ毎日来ているのだが……そんなことでいいのか、新婚さん。

「私、手術は得意だけど、料理は苦手なの」

「僕も料理はまったく駄目ですから、この店が僕らの命綱なのですよ」

「こんな最高の命綱、なかなかないわよね」

「まったくです。甘いものもあるなんて素晴らしい」

このふたり、絶対に大雪でもうちに来るに違いない。レトルトの常備をお薦めしておかねば。


「あのぅ……店、開いてますか？」

おや、ご新規のお客さんだ。この辺では見ない人だな。

「はい、大丈夫ですよ。昼食でも、お菓子だけでも平気だよ」

そう。冬場は、ランチタイムでもお菓子だけの注文を受けているのだ。

陽が落ちるのが早いから、早めに来る人が多いんだよね。

「よかった……！　ねぇ、開いてるって！」

「ほんとか！　助かったー！」

「うぉぉつ……暖かい……！」

そうだよねー、寒くなっちゃうと開けている飲食店が少なくなって、外から何も入って来なくなるから市場での食材の数もがくんと減る。

秋にちゃんと買い込んでおいていないと、自炊も大変なんだよね。

今年もうちの食料備蓄は完璧ですから、お客様には最高のお食事を提供いたしますよ！

ふっふっふっ！

「この町って、冬になるとこんなに寒いのね……」

「俺も昨日、ここに着いて吃驚したぜ……早いところ毛布をもう一枚買わないと」

「うちの工房で用意してくれた部屋は、凄くいいぜ！　全然寒くないし、簡単にお湯が出るんだ！」

「あ、すみませーん、昼食を四人分、頼みますー」

そうか、最近この町に来た人達なんだな。

シュリィイーレでは、冬場を新人の育成期間としている工房や商店が多い。

客の数が少なくなったり、注文数が減るからその間に新人に仕事を覚えさせ、慣れてもらわないと春から夏の繁忙期に間に合わないのだ。だが、収入が減るこの時期に、外部から呼んだ新人の養成ができる所はそんなに多くはない。

儲かっている所とか、支援者がいて育成に専念できる所だけだ。

そういえば、タセリームさんも販売員を増やすって言ってたなぁ。

「はい、おまたせ。今日は蒸し鶏と赤茄子の炒め物だよ。パンは四個までおかわりできるけど、持ち帰りは駄目だから食べきれる量にしてね」

「パン、おかわりできるのね！　嬉しいっ！」

「おれ、はじめから三個もらっていいっすか？」

「はいはーい」

うんうん、若者よ、沢山食べるんだぞ。

「あ……匙……金属……？」

ん？　この女の人、金属アレルギーなのか？

「大丈夫よ」

お、マリティエラさんが助け船を出してくれたぞ。ありがとうございます、おまかせしまーす。

「ここの店の食器は全部、過敏症の人でも大丈夫なの。この人も過敏症なんだけど、全然平気なのよ」

「本当ですか？　私、身分証の入れ物とかも全然ダメで……」

「ならば、この町の身分証入れに替えるといい。僕が使っているものと同じものが、タセリーム商会で売っている。この意匠の入ったものなら、大丈夫ですよ」

「あたしも使ってるわ。石細工の意匠も沢山あるから、好きなものを選べるわよ」

そっか、知らなかったけどライリクスさんもアレルギーだったのか。おっと、ふたりはあのハーフムーンタイプを着けてくれているぞ。うわ、本人達より俺が恥ずかしいっ！

「衛兵隊の人が言うなら、そこの商品は大丈夫なんだろうな」

「タセリーム商会なら、明日から私が働く所です！　そうなんですね！　そんないい物が売られている店に勤められるのね！」

「えー、いいなぁ。それ綺麗ですねぇ……俺も欲しいなぁ」

「じゃあ、買いに来てよ！　あたしが接客してあげるわ！」

おお、あの女の人がタセリームさんのところの新人さんか。

よかった、トリセアさんの負担が減りそうだな。

「うっま……！　この鶏肉旨い……赤茄子と凄く合う！」

「パンが、パンが柔らかい！　オイシイ……冬場のパンなんて、硬くて食いにくいものばかりだと思ってた……」

どこで食べてたんだろう、この人達……可哀想な食事事情だったんだなぁ。

「王都より美味しいものがあるなんて……」

そうなのか……王都の食事が、そんなに酷かったとは意外だ。

お食事、大事。うん。


「うおーっ、寒かったぁ！」

飛び込んできたのは、寒いのが大嫌いなルドラムさんだ。

「珍しいね、こんな寒い日にルドラムさんが外にいるなんて」

「だってよーぅ、気が付いたらもう殆ど買い置きがなくなってて……買いに来たんだよ。あれ！」

ルドラムさんが指差したのは、うちの料理のレトルトパックだ。

「そっか、買い足すなら今のうちだよね」

「そうそう。もう五個しかなくなっちまってて焦ったぜ。これがないと、冬場飢え死にしちまう」

「大袈裟（おおげさ）だよ……いくつ？」

今年からはカレーを増やしたので四種類ある。

「そうだなぁ……辛いやつは五個で、後は十個ずつかな」

「あれ？　辛いの好きだったじゃん？」

「大好きだけどよ、あれだとパンを沢山食べちまって、すぐに買い置きがなくなっちゃうんだよ」

ふっふっふっ、その点、俺に抜かりがあると思うかね？

「実はね、今年からパンの保存包みも販売しているのですよ」

「ちょっと待って、タクトくん！　パンもあるなんて知らなかったわよ！」

「マリティエラさんっ、詰め寄らないで！　今日、新発売ですからっ！」


がたたんっ！


おおっと、ライリクスさんまで立ち上がってきたよ。

まだ食事途中でしょう？　お行儀悪いですよ、ふたりともっ！

「タクト、パンもって……でも硬くなっちまうんなら、今までと変わらねぇだろ？」

「いえいえ、この袋から出したら、ほかほか柔らかいままのパンをお楽しみいただけるのですよ」

そう、真空パックのアルミ袋を開けた時に付与した魔法が発動して、中身が温まってふあっと膨らむ仕組みなのですよ。他の料理のものと違って、熱くする必要がないからね。

そして勿論、うちのアルミパックは【付与魔法】で金属アレルギー対策もバッチリですから、触っても大丈夫なのですよ。

「三個入りと二個入りの二種類。保存期限は五十日くらい。他のものと同じで食べた後の空き袋を持ってきてくれたら、一枚につき一個一割引」

見本にひとつ開けてみて、温まったふっくらパンをルドラムさんに食べてもらう。

賞味期限、実は五年ですとは言えないし、早く食べてくれた方がいいからね。

「旨い……温かいパンだ！　タクトは本当にスゲェなぁ……よくこんなこと思いつくもんだ。商人でもやっていけそうだなぁ」

「俺は魔法師だよ、ルドラムさん。だから、こういうものが作れるのです」

「ん、じゃあ、料理のは全部十個ずつ、そのパンの三個入りも……二十個くれ。あ、空き袋二十枚持ってきてるぞ」

「そうすると料理の一割引が二十個分だね。パン三個入りは三百だよ」

勿論こんなに買ってくれたので、布袋二枚に分けて入れて、袋もサービスである。

このショッピングバッグは、リシュレア婆(ばあ)ちゃんのところで仕入れた布と刺繍糸(ししゅういと)で作っている肩掛けのトートバッグだ。刺繍で俺のマークを小さめに入れているので、一応ブランド品なのだ。

「一食分だと料理は五百……銀貨五枚か。食堂で食べるより、二百以上も安いんだな」

「俺もパンと一緒に買っておこう。家からだとこの店、少し遠いし」

ルドラムさん、相変わらずの大量購入、ありがとうございます。そして、いつもルドラムさんに説明するとその場にいた人達がこぞって買ってくれるんだよねぇ。

「マリーこれは全部二十……いえ、三十個ずつ買っておきましょう。絶対に必要です」

「そうね！　タクトくん、在庫は大丈夫？」

「全く問題ございませんよ、奥様」

「あら……やだ、もうっ、奥様だなんてっ！　ふふっ」

「あとで届けますよ。まだ食べてる途中でしょ？　おふたり共」

「ありがとう、タクトくん。助かるよ」

よかった。いくら近いとはいえ、大雪の時に来られてもうちが店を開けたくない。

「……シュリィイーレって、凄いもの売ってるのね……」

「流石、職人と魔法師の町だぜ……俺も買っていこう」

「あたしもっ！　家で温かいパンが食べられるなんて最高！」

「……俺、今あんまり金持ってない……明日でも、売ってるかな？」

「大丈夫ですよー、うちは年間通して売ってるし、冬場用に在庫は沢山あるからね！」

ひとり暮らしとか、料理したくない時に絶対に便利だからね。俺も助けられたものだから、是非、みんなにも。レトルトはもう少し種類を増やしてもいいかもな。


「そうだわ、私、タクトくんに頼みたいことがあったのよ」

食後のデザートを食べながら、マリティエラさんが俺を呼び止めた。

「新しい病院が完成したから、魔法付与をお願いしたいの。指名依頼を入れていいかしら？」

「早いですね、もう完成ですか。ええ、勿論お受けしますよ！」

俺はスケジュールを確認する。魔法師一位を取ってから結構ご指名が増えたので、西側とか北側にも出掛けねばならないのだ。

「んー……早い方がいいですよねぇ……」

「四日後くらいから、患者さんの対応を始める予定なの」

「じゃあ、今日でもいいですか？　明日と明後日は、西側に行く約束をしているんです」

「あら、いいの？　そんなに早くしてくれるなら、嬉しいわ！」

その方が俺も楽だし、今日は出掛ける予定がなかったからね。

「すみません、僕はこの後、東門詰め所に行かないといけないので立ち会えませんが、いいですか？」

その仕事中に、奥さんとふたりで昼食とスイーツを楽しんでいるってのはどうなんだろう？

そういうところは緩いのかな？　衛兵隊。

「あら……でも仕方ないわね。お仕事だもの……」

「買ったものは、運び込んでおきますよ、マリー」

「ありがとう、ライ。それじゃあ、あなたの手が空いたらお願いね？　タクトくん」

「はい」

新しい病院かぁ。どんな魔法がいるんだろうなぁ。病院への付与は初めてだなぁ。

まだ、お客さんはちらほらだけど入ってくる。

スイーツ目当ての人が増えてきたな。今日は、紅茶とココアのシフォンケーキですよ。

紅茶を入れていた時、なんとセインさんが入ってきた。

「セインさん……王都に行ったんじゃなかったっけ？」

「うむ、しかし毎月来ると言っただろう？　シュリィイーレは月の中頃なのだよ」

なるほど……そういえば前に来たのは弦月の中頃だったもんな。

そうか、もう一ヶ月経ったってことか。

ん？　ライリクスさんが、ちょっとソワソワし出したぞ？　あ、セインさんが偉い司祭だから緊張してるのか。

「おや……紅茶が付くのかね？」

「今日の焼き菓子には、とても合うんですよ。苦かったら砂糖を入れてくださいね」

俺はいつもの薔薇の砂糖を一緒に出すと、セインさんの視線が砂糖に釘付けになった。

確かにこういう細工をした砂糖は、珍しいかもしれない。

「……タクトくん、神典は全部読み終わったのかね？」

「まだなんですよね……三冊目がなかなか進まなくって。でも最後の一冊まで来たんで、もう少しです」

「そうか……最後の一冊、か……」

まだ読んでいないものは、教会司書室の更に地下の部屋で見つけたあの神典だ。

古い言い回しなせいか、意味を掴みかねるものが多くて、考えながらだとなかなか進まない。

「そうだ、『大いなる星の支神にて子等に階の基を与えん』って、技能の言葉だったんですね」

「どこで、それを？」

「教会の司書室にあった本の、一番最初に書かれていたんですよ。神典の言葉だったとは思っていなかったんで、見つけた時はちょっと感動しました」

「そ、そうか……どうだい？　新しい技能は、身についたかい？」

「……身には……正直、ついたとは言い難いですが……『階の基』は多分、貰ったんだと」

新しく貰った『魔眼鑑定』は、まだうっすらと解る程度だからな……

でも、よーく見ると魔眼かそうでないかはなんとなく解る。ライリクスさんの魔眼は、右と左で見え方が違うから、もしかしたら二種類の魔眼持ちなのかもしれない。

「タクト、もう食堂の方は大丈夫だよ。マリティエラさんの所に行っておあげ」

「ああ、うん。ありがとう、母さん。じゃあ、俺は仕事に行きますので、セインさん、どうぞごゆっくり！」

待っていてくれたマリティエラさんはセインさんに、まるで貴族のお姫様がするみたいなとんでもなく綺麗な挨拶をして一緒に店を出た。俺が知っているカーテシーとはちょっと違う動きなのは、ドレスじゃないからだろうか。

そうか、マリティエラさんはビィクティアムさんの妹だもんな。貴族……なんだよな。うん。


道すがら、マリティエラさんと【付与魔法】のプランについて話しながら歩いた。

基本は、官舎に付与したものと同じで大丈夫そうだ。

浄化もできるんだけど、それを付与してしまうと多分研究用のサンプルとかまで全部浄化してしまうと思ったので止めた。行き過ぎた滅菌はかえって医療の発展を阻害し、人々の危機意識を低くするのだ。

新しいマリティエラさんの病院は青通りの隣の道、南・橙通り二番にある。

うちからだと官舎の中を抜けていくと近道なのだが、流石にそういう訳にもいかないので、一区画をぐるっと回る感じになる。まぁ、今回は居住者のマリティエラさんがいたから突っ切らせてもらったけど、帰りはそうもいかないだろう。

「それでね、以前貰った試作品の剪刀、あれをうちでは常備して使いたいの。頼めるかしら？」

「ええ、あれなら大丈夫ですよ。全部過敏症用にしますか？」

「そうね。そうしてくれると助かるわ」


追加の作製依頼も受けて、今年の冬は医療器具作りだなーとぼんやり考えながら歩いていた。

ふと、音楽が聞こえてきた。

「あら……この近くに音楽堂なんてあったかしら？」

「ないと思うけど……練習ですかね？」

橙通り側で聞こえるということは、南西の公園からかな。

春の祭りのための練習を今からやっているとすれば、とても熱心な音楽家さんだ。

冬はそういうイベントや、演奏会もないからなぁ……まぁ、演奏会は殆ど北西側の音楽堂や、中央広場とかの野外の舞台で行われるから、寒い時期は人が来ないのかもしれない。

音楽家さん達って、冬の間は別の仕事をしているのだろうか？


新しい病院への魔法付与はいつもの通り、問題なく終えることができた。

小さい病院でどっちかというと『医院』って感じたけど、こちらでは何人もの医者がひしめく大病院というものはない。ひとりの医者が全部の病気を診られるからだと思うが、【医療魔法】があるから何人も必要ないのである。患部はすぐに見つけることができるし、外科手術も内科の服薬なども全部【医療魔法】があれば、薬剤師の他に助手がふたりか三人いるだけで済むのである。

だからなのだろうか、医者になるのはもの凄く難しい上に、医者を『続ける』ことが更に難しい。

『医師』という職業はとても授かりにくく、消えやすいらしいのだ。

「医師でなくなるって、どういうことをするとそうなるんでしょう？」

「『しないと』消える……かな。患者を診なくなったり、治療をしなくなったり、病気の研究を止めてしまうとなくなるわね」

そうか、常に邁進していなくてはいけないとは、やっぱり大変な仕事なんだな、こちらでも。

「あとは……人を傷つけたり、犯罪を犯したりすると『医師』を取り上げられるわね」

……そういえば、かつてとんでもねぇダメ医者がいたっけなぁ。でも、取り上げられるって……神様が取り上げるってこと？

「そういう聖魔法が使える裁決官ね。聖魔法では『無効化』ができるものがあるのよ」

「それって……職業も無効化できるんですか」

「ええ、かなり強い魔法らしいわ。でも三人がかりでないと、かけられないの。だから、三人共がその人からその職業を奪うという意志がないとできないのよ」

無効化……そんなに大変な魔法だったのか？

俺、ものすごーく、軽く使っちゃってる気がするぞ。言えない、絶対にできるって言えない。

「でも、医者ってそれくらい厳しくていいと思うの。命はそれくらい重いものだと思うから。私はこの仕事を、自分の使命だと思っているもの」

どこでも、医療従事者は心が強くて覚悟があるんだな。俺には無理だなぁ……

セインドルクスとガイハック

「やっと、顔を見せてくれたな。ガルドレイリス……いや、今はガイハック、か」

「ああ、なんて声をかけていいか解らなくてな、セインドルクス」

「気付いていたのだろうに、薄情なやつだ」

「『氷情の魔導師』から、情けなどという言葉が聞けるとは驚きだ」

「……時が経てば、氷も溶けてしまうものだ」

「おまえが、あのふたりの結婚を承認するほどだからな」

「タクトくんにしてやられた……といったところだ。彼は……不思議な子だ」

「あいつのことを、どこまで解っている？」

「何も。憶測と推測の域を出ないが……確信はあるのだよ。話すか？」

「いや、聞かん。タクトが話さないことを、俺が知る必要はない」

「まぁ……大体の予想は、おまえだってついているのだろうな」

「あいつは初め、文字の読み書きがろくにできなかった。なのに、まったく訛りのない皇国語で話していやがった。その読み書きも、あっという間に完璧に覚えたってことは……元々素地があったとしか思えねぇからな」

「……なるほど」

「昔のことなんてのは……言いたくなきゃあ、言わなくていいものだ」

「なぜ、彼を養子にした？」

「理由が要るか？」

「納得したいだけなのだよ。おまえが、もう我が友ガルドレイリスではないという」

「……理由は……ないんだ。ただ、あいつが、俺達の子だったらいいと思っただけなんだよ」

「タクトくんは、おまえ達に隠していることがあるというのに？」

「ははは、俺達もタクトに全部は話していないからな。おあいこさ」

「昔のおまえからは……信じられん。何にでもキッチリとして、論理を求めるやつだったのに」

「俺は昔より、今の俺を気に入っているがね」

「おまえが指導したんじゃないのか？　彼の魔法技術は……」

「違う。初めからあいつの魔法は、不安定だったが強力だった。俺は鍛冶しか教えていない」

「鍛冶技能も……大したものだな。タクトくんに法具を加工された時は、天地がひっくり返るかと思ったぞ」

「あいつは……なんも考えずに『できるんじゃないか』と思ったことが、できちまうんだよ。あんな魔法師、俺だって教えられねぇ」

「『天賦俊傑の魔導技師』といわれたおまえが、教えるまでもないとは……」

「タクトの魔法は特殊だ。この国で随一、そして唯一の魔法だろう。先人もいなければ、誰かに教えることも……多分不可能だ」

「そうかもしれない。だからこそ、危険だ」

「……タクトを……どうしたいのだ？」

「安心しろ。教会も衛兵隊も……国も、彼を『警護対象』としている。おまえ達と一緒だ」

「警護……か」

「そうだ。それくらいは飲み込んでくれ」

「そうだな。俺達は国にとっては、まだ利用価値がありそうだと思われているのかもしれん。だが、タクトにまで何かさせようってんなら……」

「大丈夫だ。言っただろう？　護りたいだけだ」

「……」

「おまえが、国を信じられないのも解っているつもりだ。しかし……私を、信じてはくれないか」

「解ったよ……おまえなら、俺は信じられる……ドミナティア・セインドルクス。おまえの名に誓ってくれ」

「誓おう。我が名をかけて神の御名の許に。決してタクトくんを傷つけさせたりはしない」


「兄上、そろそろ」

「わかった。すぐに行く」

「全く……ドミナティアは、意外とお節介なやつらだ」

「そうとも。護ると決めたものを……守り抜くための『氷』なのだからね」

家に戻ると父さんから、ライリクスさんが買ったものを持ちきれなかったから届けてくれと、レトルトパンの山を渡された。

……全部三十個ずつだもんな。ひとりじゃ、持てないよね。俺はすぐそのまま、ライリクスさんの所へ配達に行った。早く届けに行かないと、仕事で東門に行っちゃうよな。

「ライリクスさーん、配達に来ましたよー」

「ああ！　すまないね、タクトくん。ちょっと一度に買い過ぎてしまったよ」

「いえいえ、毎度ありがとうございます。大雪でうちも店を開けてなかったら、お腹空かせて倒れるんじゃないかと心配だったので、これで安心です」

「……あり得るね……うちは本当に料理をしないから……」

「人としての信頼がなさ過ぎじゃな、ライリクス」

え？　なんでセインさんがいるの？

「なんだね、不思議そうな顔をして……ライリクス、おまえ、まだ話しておらんかったのか！」

「……僕にどう話せというんですか。もう同じ家門ではないというのに」

は……？　同じ、家門って……まさか。

「ライリクスさんも『ドミナティア』なの？」

「『ドミナティアだった』だよ。もう、僕はただの臣民だからね」

「ああ……いや、それなんだがな……陛下が……おまえの除名を承認なさらなくてな……」

「はぁっ？　何を言っていらっしゃるんですか、今更っ！　結婚を解消する気なんかありませんよ！」

「うむ、それは、必要ない。陛下が、ドミナティアとセラフィエムスの和解の証としてだな、ふたりの結婚の保証人になる……と仰有ってのぅ。除名ができなくなった」

あーあ、ライリクスさん口開けて固まっちゃってるし……

つまり、このセインさんが、ライリクスさんとマリティエラさんの結婚をずっと反対していたお兄さんってことか……セインさんって父さんと年が近そうだし、随分年の離れた兄弟だなぁ。

てか、皇王陛下が結婚保証人とか、どんだけ凄い家門なんだよ、ドミナティア。

「ライリクスさん……大丈夫ですか？」

「あ？　ああ、すまない。もう、何がなんだか……まったく……」

「まぁ、よいではないか。結婚は認められたのだし」

「……そういうことにしておきますよ。でも、僕は絶対にマントリエルにも、王都にも戻りませんからね。陛下のご命令でも」

「それは大丈夫だ。寧ろおまえ達をシュリィイーレから出すなと言われとる。ここが一番安全だからな」

貴族っていろいろあるんだなー……ご兄弟のお話の邪魔してはいけないよね……

てか、巻き込まれたくない。

「あの……じゃあ、俺はそろそろ……」

「ダメっ！　寧ろ君に話しておかなくちゃいけないことがあって、来てもらったんだから！」

「なんで、俺？」

「タクトくんは、いろいろ迂闊なことを言い過ぎるのでな」

「……セインさんに言われたくない……迂闊とか」

「そこは、ちょっと置いておいてください、タクトくん。気持ちはとても解りますが」

そしてふたりに無理矢理座らされて、お勉強（？）タイムが始まったのである。

「まずは、タクトくん。君の数々の発言で、今後気をつけた方がいい点を挙げていきますから忘れないように」

「はい」

ライリクスさん、先生モードだ。

「まずは、薔薇」

はい？　めちゃくちゃ予想外のところから、指摘されたぞ？

「薔薇というのは皇家の花です。普通の臣民は、見たことなどない花なんですよ」

えええー……あっちでは道端にだって咲いてたのにぃ？

「しかも、薔薇はどの国でも国王の主王宮か、皇太子宮にしか植えられていないものです」

あ、ヤバさが解りました。不敬とかそういうことですね？

そのお偉い方々を象徴する花を、一庶民が形取ったり語ったりするのＮＧってことですねっ？

「……すみません。昔いた所では、普通に庭に咲いていたし、道端にもあったから……普通の花なんだと思っていました」

「君の『普通』が、かなり特殊だということのいい見本ですね」

「はい、気を付けます……」

今度から薔薇は止めて、桜とかにしとこう……うん、桜のお砂糖も可愛いよね。

「それと、紅茶もそういう部類だから。飲んだり店で出したりは大丈夫だけど、摘んだ時期とか、あんまり詳しいと疑われるからね」

「紅茶もなんですか……」

「君のいた所では、日常的な飲み物だったんだね？」

「はい……牛乳入れたり、何種類かの茶葉を合わせて楽しんだり。紅茶だけで何十種類もあったので。こちらでも、簡単に手に入ったから平気だと……」

「……な、なるほど。そういう環境であったのか。うむ、今後はあまり詳しいと思われん方がいいな」

セインさんにまで、そう言われるとは……こっちの貴族文化の知識が、全然ないっていうのが致命傷だなぁ。教会にあった本に書いてあるかな？

「宝石や貴金属の知識にしても、あまりに詳し過ぎる」

「一般の臣民には手が出ないものを知り過ぎていると解られるのは、大変危険だぞ、タクトくん」

そうだ。こっちでは貴石も宝石も、全く庶民のアクセサリーとしては流通していない。

魔石という魔力を入れて使うものとして、市場で買えはするけれど。鉱物として知っているだけと言い張るにしても、必要以上に詳しく説明したりしない方がいい。ううっ『庶民』の文化も、あっちとはかなり違うってこと、忘れていた。

「すみません。女性が普段、宝石を身につけていない時点で、気付くべきでしたよね……首飾りとか指輪なんて、普通だと思っていたので……」

レアメタル系も、そうなんだろうなぁ。

気をつけなくちゃ、またレーデルスの時みたいに変なやつらに絡まれちゃうかも。


「あと、私からもうひとつ」

まだ、やらかしてるのか、俺？

「神典と古代文字だ」

……は？　神典は全部、教会にあるものと同じだし……『古代文字』って何？

「君は、今『三冊目の神典』を読んでいる……と言ったね？」

「はい。言い回しが難しいというか……一度読んだだけじゃ理解できなかったので」

ここでセインさんは、大きく溜息(ためいき)をついた。

なんで？　俺、なんにもしてないよ？

「いいですか、タクトくん。神典はね、二冊しかないんです」

「へ？」

「『二冊』だけなんですよ。現存しているものは」

いやいやいや、ライリクスさん、そんなことないですって！

「……でも、ありましたよ？　三冊……教会の司書室でも見たし」

ふたりの顔が、信じられないほどの驚愕の表情に変わった。

信じられないのはこっちですよ？　だって、セインさん教会の人でしょ？

「あ、兄上？」

「知らん……見たことはない。司書室の本も全て確認したが、なかったはずだ！」

「下の部屋にあったじゃないですか」

あの古本部屋は見てないのかな？

「下……？　司書室の、下、に……部屋？」

あれ、セインさんは客分扱いで知らされていなかったとか？

「タクトくん、僕達をそこへ案内してもらえますか？」

「いいですけど……ライリクスさん、仕事は？」

「そんなものよりこっちの方が最重要事項なので、長官には後で報告しますから大丈夫です」

最重要って……古くなった本が置かれているだけの部屋じゃないですかぁ！


俺は半ば引き摺られるようにして、ふたりに教会まで連れて行かれた。

セインさんが、信じられないくらい早歩きなんだもん。焦らなくったって、本は逃げませんよぉ。

教会に着き、セインさんの登場に神官の方々が面白いように礼を取る中、俺達は全部無視して司書室前までやってきた。

あれ……なんか、嫌な感じが、する。司書室の中だ。

「ちょっと……ちょっと、待ってください。入らないで」

俺はふたりを制止して、扉を開けてから隅々まで見る。

ある。嫌な、ものだ。『視ている』。何かが。

部屋の天井付近に三個、そして一番奥の壁側、扉のすぐ脇にひとつずつ、青い石が埋め込まれた粘土の欠片を見つけた。壁にくっつけられていたり、部屋のコーナーに置かれていたり。

まるで『監視カメラ』だ。

俺はあの動く棚が見える位置の青い石だけ取り外して、廊下で待ってくれているライリクスさんに見せた。

「これは……魔法がかけられていますね。おそらく『遠視の魔眼』でしょう」

「遠視？」

「ええ、瞳と同じ色の石を使うことによって、その石を通して遠方を視ることができるという魔眼です」

こんなもの、この前来た時はなかった。俺が入った後、誰かが監視用に入れたのか。

でも、ここの利用者は、全くと言っていいほどいなかったはず。

……なるほど、監視したかったのは、俺、か。道理で、嫌な感じだったはずだ。

この青い石をくっつけていた粘土に埋め込んじゃえば、見えなくなるのかな。いや、どうせなら偽情報を与えてやろう。音も遠方で聞いてるといけないから、それも併せて……

『部屋の中の人間とその人間の所持しているものは室外から視ることはできない』

『部屋の中の人間の会話・音は室外から聞くことはできない』

『部屋の家具・物品が動いても室外からは視えない』


これを【集約魔法】にして部屋に付与する。セキュリティ、完了。

「セインさん、ライリクスさん、もう多分、大丈夫です」

「何があったというのだね？」

「これです。なんか変な感じだったんで取っちゃいました」

さっきライリクスさんに見せた、青い石がくっつけてあった粘土だ。

「遠視の魔眼を使っていたとすれば、監視目的ですね」

「タクトくんがこの部屋で見つけたものが、どこにあったのか知りたかったのかもしれんな」

「えっと……仕掛けはここなんですよ」

俺はあのスイッチを踏んで、本棚を動かして欲しいとライリクスさんに頼む。

本棚は大した重さも感じさせずに動き、階段が現れた。


俺は真っ先に入って、さっきの【集約魔法】をここにも付与する。

念のため、だ。ここには嫌な感じはしないから、多分何もないと思うけど。

ふたりが降りてくる。

……ライリクスさん、随分怪訝な顔ですけど？

「どうして、こんなに清浄な空気なんですかね……？　ずっと開いていなかったとしたら、もっと臭いとかあるはずだし……第一、なんでこんなに明るいんです？」

「あ、上の司書室と一緒に俺が掃除したので。灯りは聖堂じゃなければ、魔法付与していいって言われたから付けました……外した方がいいですか？」

「あやつら、タクトくんに掃除までさせたのか！」

「タクトくん、ちゃんと料金を取りましたか？」

「いえ、本を読ませてもらえるので、その辺はご奉仕ということで」

だって俺が言い出したことだし、汚れとかカビとかマジで嫌だったし。

「なんと、敬虔な……神官らに見習わせなくては」

「魔法はこのままで大丈夫です。便利ですし」

よかった。本を読むのも保管するのも、快適な環境は大切ですからね。

「しかし、ここの本は随分状態が良いですね」

「長期間誰も入り込まなかった部屋なのだろうから、そのせいではないのか？」

いえ、俺がガッツリ補修したからです。だって、ぼっろぼろで読めなかったんだもん。

「あ、ありましたよ、神典」

「えっ！　こ、これかね……？」

「表紙に主神の星『九芒星』が描かれています。『至れるものの神典』って名前ですね」

ありゃ？　ふたりが完全にフリーズしたぞ？

どうしたんだろう……ふたりとも、真剣に神典を見ているだけで全く喋(しゃべ)らないぞ。

「こんなところにあったとは……これは間違いなく、原典なのか……？」

「……駄目です。僕には全く読めません」

え？

「私にも……部分的にしか解らぬ」

えええ？

読めないって……文字、ちゃんと出てるし、欠けたり掠(かす)れたりしてないよ？

「タクトくん、これは『古代文字』だ。今、使われている文字ではないから我々には読めんのだ」

「古代……文字？　でも……あちこちに彫られていたりしてますよね？　【付与魔法】でも使われてるし、現在も使っているものかと思ってたんですけど」

「君は、この国の文字が最初、読めなかったと聞いたが？」

「はい。知っている文字とは違ったので。そっか……古代文字と交ざっていたのかぁ……沢山あるなぁとは、思ったんですよね」

「魔法を付与する時は、解らなくするために態(わざ)と意味のない文字を入れたりしますからね」

「そうじゃな。古代文字は、全く意味をなさぬ文字として扱われているものもあるくらいだし、そういう目くらましに使われていることも多いな」

はははは、意味のない言葉まで、読み取っちゃっていたのかぁ……

最初あの白森の小屋で見つけた手紙と、碑文の文字や【付与魔法】で使われている文字が随分違ったから、種類が多いのかと思ったんだよね。

ひらがな・カタカナ・漢字、変体仮名とか旧字とかアルファベットとか、そういうのまで普通にある国で育ったからか、多くてもまったく疑問に思わなかったなぁ……

「もしかして、ここの本の文字って、全部古代文字なんでしょうか？」

「多分。背表紙が何ひとつ読めませんからね、僕には」

「……タクトくんは……全て読めるんだね？」

「はい」

これ、『自動翻訳』のおかげだよね。

どの文字が古代文字なのかわかんないくらい、ちゃんと全部読めちゃうんだよね……

俺はなんの疑問も抱かずに、だーれも読めない古文書をすらすら読んじゃっていたということなんだね。そりゃ、吃驚されるよな。

「この古代文字で書かれている神典……我々は『至・神典』と呼んでいるが、これの全てを正確に訳したものが存在しないのだ」

「そうだったんですか……」

「そこで……頼みがあるのだよ。『至れるものの神典』……だったかね？　これを翻訳して欲しい」

翻訳……？　あ、現代語にってこと？

「部分的には『至・神典』をご存知なんですよね？　これがそれと同じかどうか解らないし……他のものと比べてみてからでも……」

「この本の中に『九芒星』と書かれた言葉は見つけられるかい？」

「えっと……あ、ここですね」

「うむ。私が知っているのもこの単語だ。では『大いなる星の文神にて子等に階の基を与えん』」

「それは、確かこのあたり……ここです」

「今のふたつは『至・神典』にしか書かれていない言葉だ。この『至れるものの神典』こそ、我々が数千年探し求めていた原典に間違いない」

ソンナニサガシテイタノデスカ……

確かにここの本、めちゃくちゃ古かったもんなぁ。

しかし、翻訳……か。現代語訳したら、当然、それを複製して本にするよね？

で、そこに書かれた『文字』が『至・神典』の基準になるよね？

……

……

それって、すっげーことなのでは？　文字書きとして、途轍もなく名誉なことなのでは？

「翻訳……お引き受けします」

こんな大仕事のチャンスなんて、滅多にないぞ！

「いいのか？　タクトくん！　この原典を読み解ければ、君のことを皇家にも教会幹部達にも隠し果せなくなる！」

「それでも……俺はこの神典を『書いて』みたい、です」

「書き上がるのに時間を要するだろう。この神典は表に出さず、この部屋でのみ書く方がいい。そして、書き上がるまで、誰にも書いていることを伝えるべきではない」

「兄上、それでも危険度は変わらない！」

「なんで、そんなに危険なんですか？」

「この神典が読み解ければ、古代文字が他の者でも読めるようになる。つまり、今秘匿されている、古代文字で書かれた極大魔法の方陣が読めるようになってしまうということだよ」

その『極大魔法』って……神話に出てきたやつ？　あれって実在すんの？　あれ……？

その本も……ここにあるよね？　訳されちゃったらヤバイ系の本だったりするの？

物語の中の想像っていうんじゃなくて、実際使える魔法だとしたら……あの神話も事実だったりしちゃうのか？

ここの本、閲覧制限と移動制限をかけておいた方がよさそう……万が一の時のためのセキュリティに、かけておこう。

「そんな魔法を君が読み解けるということや、この原典と訳本が揃っていることが知られたりしたらどうなるか……」

「解りました。ここ以外での翻訳はしません。訳せた分はセインさんが来た時にできた分を渡すってことでいいですか？」

「すまない。よろしく頼む……必ず、何があっても君のことは護る。絶対に」

「タクトくん、本当にいいのかい？　やらなくたっていいんだからね」

「ライリクス！　これは崇高な使命だ！」

「使命は『ドミナティア』のものです！　タクトくんを巻き込む理由にはならない！」

ライリクスさんは、俺を心配してくれているのだろう。

俺が、平穏な日常を捨てて神のために……なんてこと、する訳ないじゃん。

「大丈夫です、ライリクスさん。ドミナティアもこの国も教会も関係なく、ただ俺が書きたいだけです」

「タクトくん……」

「嫌になったら止めます」

「……うん、解った……しかし、本当に危険なことなんだということは、覚えていてくれ」

「はい。俺、逃げるのは得意ですから」

ああー、本気で俺を心配してくれている人を、不安にさせちゃってるなぁ……

でも、自己防衛はキッチリいたしますからね！

「それとな、タクトくん、身分証を出してもらえるかね？」

身分証？　何が見たいんだ、セインさん？

「いや、入れ物からは出さなくていい。名前の見える方を見せてくれ」

俺はケースペンダントを引っ張り出し、身分証の名前が見えている方をセインさんに見せた。

セインさんがそれに指を触れて……魔力を流している？

「やはり、見えないな……」

え？　何が？

「タクトくんは姓を隠しているだろう？」

……今、それ言っちゃう？

「成人の儀では聖魔法でそれが表示されたのに、今は全く見えなくなっておる」

うおっ！　隠蔽が完璧過ぎたか？

でもあれも聖魔法で見えたんじゃなくって、【文字魔法】が古くなっただけだったんだよなー。

「タクトくん、聖属性の魔法か技能が出たのではないか？」

「……なんでそう思われるんです？」

見えていないはずだ。何を根拠にそんなことを？

「今まで聖魔法で君の隠蔽が見えたのは、おそらく君に聖属性の魔法や技能がなく、知らなかったせいで防ぐことができずにいたからだ。しかし、聖属性が出たのであれば隠蔽もできるようになっていてもおかしくない」

そういうルール！　そういう、基本のルールが！　もっと！　早く知りたかったのです！

またしても後手に回っています！

しかし隠しているわけにはいかない。俺が『聖魔法で暴けない隠蔽をしている』ことは解ってしまっている。そして、嘘も吐けない。ライリクスさんの魔眼は、誤魔化せない。

一番言っても差し支えなさそうで、嘘の必要がないもの……

「実は……成人の儀の後、家に帰ってから気付いたのですが『魔眼鑑定』というのが出ていました」

「魔眼？　君も魔眼になったのか！　何が視えているんだ？」

「あ、違います、ライリクスさん。『魔眼』ではなく『魔眼鑑定』という技能です」

「技能……？」

そう、ライリクスさんの顔をじっと見ていると、両目が違って見えてくるのが解る。

おそらく魔眼だと、こういう風に色が変わったり、周りに何か見えたりするんだ。

まだそれが、どういう魔眼かまでは解らないけど。

俺がそう話すと、ライリクスさんが自分の魔眼がどう見えているのか教えてくれと言ってきたので、じ――――っと見つめてみる……ちょっと照れくさいな。

「ライリクスさんの右目は……青っぽい靄が目の周りに見えます。左目は瞳の色が青と黄に交互に点滅しているみたいに見えますね」

「片方ずつ違うのかい？」

「はい。どっちがどういう魔眼かまでは、解らないです。まだ第四位ですからね『魔眼鑑定』……あ、片目だけ瞑って、手で覆ってみてください。見え方変わりませんか？」

ライリクスさんは左目を閉じて、手のひらで覆った。

右目だけの視界がどういう風に見えているかで、魔眼の種類が解るのではないだろうか。

「魔力の揺らぎが……視えなくなりましたね。なるほど……こうなっていたのか」

「おまえはそれぞれが、違う魔眼だったということだな。タクトくん、私は解るかい？」

セインさんも魔眼だったのか。

「セインさんは両方同じに見えますね。でも……色が変わったりはしていないです。ただ両目の周りに光？　のようなものが輪になって見えています」

「兄上の魔眼は、聖属性鑑定でしたね？」

「うむ……そんな風に見えるものなのか……」

セインさんの聖属性鑑定の魔眼って、何がどう視えるんだろう。気になる。

「その鑑定した魔眼が、何を視ているかは解るのかい？」

「いえ、それは判らないです。でも、魔眼持ちの人が俺を視ているかどうかは……なんとなく判ります」

「我々の視線も判るということかね？」

「今の段階で判るのは明確な『敵意』とか、俺に対して『悪意』のあるものだけのようです」

「さっき『遠視』の石を見つけたのも、それなのかな？」

「多分。なんとなく、嫌な感じがした方向を見たらありましたから」

これは【精神魔法】とのコラボである。

悪意の視線っていうのは、結構感情が乗っているものらしい。

段位が上がったら、対象の感情が感じられるみたいで、それを辿ることもできる。

【精神魔法】は感情の動きが感じられたりするのかもしれないけど、そこまではしたくない。

「その技能は君の助けになるだろうけど、無理しちゃダメだよ」

「あんまり、そういう人が近づかないことを願っているんですけどね」

悪意に警戒するなんてこと、しないで済む生活がしたいんですよ。

ライリクスさんの微笑みが『だったら自重しろよ？』と言っているように感じるのは、この技能のおかげではないのだろう……

○

家に戻った俺は、冬場にやることが意外と沢山あることに気付いて、ちゃんとスケジュールを立てようとノートに向かった。

まずは、さっき受けた翻訳。訳すのは『至れるものの神典』だけ。他のものは、個人的にできるだけ訳してみよう。関連性とかありそうだし。

そして、マリティエラさんから依頼された剪刀作り。

これは父さんにも協力してもらえれば、そんなに時間を掛けずにできあがるだろう。それにはチタンを多めに取り出して、ストックしておかないといけない。ケースペンダントにも使うし、これからもいろいろと需要がありそうだ。チタン以外にも、アレルギーの出づらい金属も探しておこう。

それと、レトルトパックの保存食作り。

パンを多めに、あと一品か二品種類を増やそう。これは母さんと相談しながら、負担がかからないように作ってもらわなくっちゃ。それ用のアルミパッケージも作らないと。でもこれは時間も掛からないし、材料も問題ない。俺の魔力次第だから、そっちもノープロだ。

あとは……転移の魔法を、もっと魔力消費を抑えて使えるようにしたい。

できれば、家から教会のあの秘密部屋まで、転移で行き来したいのである。

そのためには『空間操作』技能と、おそらく【制御魔法】を鍛えれば、距離を伸ばしつつ魔力の節約ができるようになるのではないかと思う。繰り返し使うしかないから、暫くは短い距離を移動して魔力消費量を確かめながらだな。魔力回復の薬とか、あればいいのに……ないんだよねぇ。

前に父さんに聞いたら
「魔力も体力も、食って寝る以外に回復はしねぇぞ」

って、言われちゃったんだよね。ドーピングはできないってことですよ。

その他は既にルーティンの燈火用電池作り、ケースペンダント仕上げ……だね。

うん、大丈夫そうだな。

そして翌日、翌々日は西地区の数軒に魔法付与に向かい、今年の【付与魔法】依頼は全て完了。

もうすぐ雪が降るから、外に出られなくなってしまうので今のうちに挨拶回りだな。

西の畑で、うちの小豆や野菜を作ってくれているエイドリングスさんの所からだ。

エイドリングスさんとアーレルさんご夫妻は、もうお子さん達が独立してしまって、夫婦ふたりで畑をやっている。

人手がなくてなかなか市場へ売りに行くことができないと溢していたので、依頼した作物を作ってくれるならうちが全部買い取るという約束をしたのだ。

作って、売って、在庫管理して……なんて全部やるには大変だからね。

それに、作るだけに専念してもらった方が、いいものができると思ったのだ。

「あらあら、タクト、いらっしゃい」

「こんにちは！　アーレルさん。エイドリングスさんはまだ畑？」

「そろそろ戻るわよ。この間貰ったお菓子、とっても美味しかったわ」

たまにお菓子の差し入れや、レトルトパックを差し上げているのだ。

勿論この家も、俺の『おうちまるっと魔法付与』で快適住居になっている。

信頼に応えてくれる取引先には、いつも良い状態で仕事をしてもらいたいしね。

今日もご挨拶がてらお菓子とレトルトパックを渡して、西門の通用口から出た耕作区画の中にある畑にも顔を出した。

「エイドリングスさーん、こんにちはーっ！」

小さめといってもなかなか広さのある畑である。声を張らないと聞こえないのだ。

「おーう！」

エイドリングスさんも元気そうだな。

「今年は、小豆のお菓子が凄く売れたよ。ありがとうね！」

「そいつぁ、よかった。来年はジャガイモと小麦で、小豆がない年だから足りなくなっちまうか？」

「毎年なくても大丈夫だよ。他にもお菓子の種類があるからね。いつも食べられるっていうより、特別な感じがする方がいいかなって思ってるし。ジャガイモや小麦も沢山欲しいしね」

「そーか！　じゃあ、もっと頑張って育てねぇとなぁ！」

エイドリングスさんは年の割に豪快なおじいさんで、農家というより猟師みたいな感じだ。

自警団に参加している強者（つわもの）なので、年を感じさせないせいもある。

そして、レーデルスのバーライムさんから甘藷（かんしょ）とエンドウ豆の買い入れをするという話もした。

「ちっこい子が五人もいるんじゃあ、大変だろうなぁ……うちは三人でも大変だったからなぁ」

「本当はシュリィイーレで作ってもらえる方がいいんだけど、こっちよりレーデルスの方が甘藷向きみたいだから」

「そうだな、そうやって買ってくれるのは、農家としては助かるからな」

うん、ウィンウィンというやつですね。

エンドウ豆はスープにしたり、煮物にも焼き物にもアクセントで使えるから沢山あっても困らないんだよね。あー、お米があればなぁ……豆ご飯、大好きなんだよなぁ。

「そういえば、タクトのこの身分証入れは、他の町でも売るのか？」

「いや、シュリィイーレだけだよ」

「そうか……レンドルクスが、増産を頼まれたって言っていたから、別の町に持っていくのかと思ったんだが……」

んんんー？　なんか、嫌ーな予感がするぞー。タセリームさんに確認しなくては！


タセリームさんの所に行く前に、レンドルクスさんの工房が近いので事実確認をしておこう。

大体、石細工だけ増産したところで、俺は絶対に金属部分の増産はしないし【付与魔法】も余分にやったりしない。

となれば、別の台座や鎖で作ろうとしているのかもしれない。

それが、俺のデザインでないのならなんの問題もない。この四年の間に、レンドルクス工房がデザインしたものも沢山あるからね。その辺の確認が先だ。

まぁ、雪の前にご挨拶には行くつもりだったから、ちょうどいい。


「何？　増産の件、聞いてねぇのか？」

尋ねた時のレンドルクスさんのこの反応から、俺の意匠のものの増産のようだ。

あの野郎、事後承諾にしてなあなあでやらせようとしたな？

「俺は何も聞いていないいし、増産されても俺が作る金属部分は増やせないからね」

「タセリームに確認したんだよ……『ちゃんと話す』って言ってたから……くそぅ、あいつ……！」

あの人は自分がやりたいことの行動は早いくせに、きちんと話を詰めるとかそういうことを面倒くさがるんだよな。商人として致命的だろ、それ。

「もう製作、始めちゃった？」

「始めたのは、俺の所で新しく作った意匠の分だけだ」

「なら、俺の意匠証明のものとか、以前俺が頼んだ意匠のものは暫く作らないで。話次第では、もうタセリームさんの店で売らなくなるかもしれないから」

「……解った。一旦止めておく。早めにおまえが来てくれてよかったぜ」

うーん、レンドルクスさんは悪くないし、石工職人さん達にも申し訳ないが今は止めてもらうしかない。

「ごめんね。別件で頼みたいものが出てきたら、今度は直接契約してもいいかな？」

「ああ、その方がうちも信頼できるな。タセリームは、最近コデルロ商会と組んで舞い上がっちまってるからな」

「なるほどね……増産話も別の町での販売も、そっちから水を向けられたんだろうね」

コデルロさんは俺じゃなくてタセリームさんをまず落としてから、俺を説得させようとしたってことなのかな。悪いけど、俺はタセリームさんに貸しはあっても借りはないからね。

有耶無耶なまま、契約なんかしないぞ。

魔法師組合に立ち寄って、ケースペンダント委託販売と魔法付与についての契約書を受け取ってからタセリームさんの店に向かった。

うん、間違いなく契約書には一日の製作個数・販売場所の限定についても記載してある。

契約の見直しについても……よし、ちゃんと『双方の同意がない場合契約は無効』『契約違反があった場合契約は無効』だな。

確認した契約書には『意匠・及び付与魔法の権利者・タクト』『権利者の認めた物品の委託販売業者・タセリーム商会のみ』となっているので、タセリームさんがコデルロさんと既に契約していても、俺の作った物は卸せない。俺の了承と、俺とコデルロ商会との契約が必要ということだ。

タセリームさんは権利関係にはちゃんとしている印象だったから、正直、唆されたのではと思わなくもない。でも、それに乗っかっちゃった時点でアウトだ。

俺はもう、あの人を信用できなくなってしまった。


店に着くと、タセリームさんの姿は見当たらなかった。

「あれ？　君、あの食堂の人だよね！」

声をかけてきた女性は、先日うちに来てくれたタセリームさんの店で働くと言っていた人だ。

「タセリームさんは出掛けているんですか？」

「そう、今もの凄い優秀だっていう魔法師さんを迎えに行ってるのよ」

「そっか……」

今日はトリセアさんもいない日だし、お客を迎えに行っているのなら話はできないかもなぁ。

「じゃあ、タセリームさんに契約の件で確認したいことがあるから、明日来て欲しいって伝えてもらえますか？」

俺が名前を言おうとする前に、その新人さんは不機嫌そうな顔になった。

「……君、商会の代表者を呼びつけちゃうわけ？　もう一度君が来るのが、礼儀じゃないの？」

うわ、面倒くさい人だな。事情も知らないのに、その言い方はまずいだろう。

「あなたにそんなことを言われる筋合いはないよ。その通りに伝えてくれれば、タセリームさんなら判るから」

俺の声は、結構ムッとしていたと思う。その女性は、俺を睨んで返事もしない。別にいいや。タセリームさんがいないのでは、話にならない。俺が帰ろうとすると、店の奥から見知らぬ男が出て来た。

「どうしたんだい？　困った客でも？」

「あ、セントローラさん。大丈夫です。ちょっと不躾な人がいただけで……」

聞こえてるっつーの。

「ああ……聞こえていたよ。君ねぇ、誰かに伝言を頼まれただけかもしれないけど、言い方というものがあるよ？」

うわ……この人も面倒なタイプだ。若い従業員の前でかっこつけたい、説教好きおっさんか？

無視だ。うん。それが一番だ。

「おいおい、そういう態度は良くないなぁ！」

帰ろうとする俺の前に立ちはだかってまで、何を言いたいんだよこいつ。

「この商会のご主人はね、我々コデルロ商会と大きな商いをするほどの方なんだよ。礼儀はわきまえないと」

あの新人さんも頷いてるよ。あーあ、マジで面倒くせぇ……

「見ず知らずの人間にでかい態度に出るやつが語る『礼儀』なんて、価値がありませんね」

コデルロさんとの取引も、そろそろ見直した方がいいな。こんなやつがシュリィイーレに来るようじゃ、俺の精神衛生上良くない。

何かそいつが怒鳴っていたが、俺は無視してその場を離れた。そして、もう一度魔法師組合に行って、コデルロさんとの燈火の契約書も貰ってきた。感情的と言われようが、構うもんか。

絶対に、契約解消してやる。


不機嫌丸出しの俺が家に帰ると、タセリームさんが食堂にいた。

なんだよ、客の出迎えじゃなくて食事じゃないか。

食べ終わっているようなので、俺はそのテーブルについてタセリームさんと向かい合った。

「あ、タクト！　よかったよー、君のことを……」

「タセリームさん、あなたとの全ての契約を解消します」

何か言いかけたタセリームさんの言葉を遮って、結論から話す。

面食らっているようだが、構わず続ける。

魔法師組合から持ってきた当初の契約書を見せながら、勝手に他の場所で売ろうとしていること、石工工房に了承していない増産を既に依頼していることについての契約違反。

権利者に無断で第三者との卸売り契約を結んだことについて……は、憶測の段階だが、言い切ったら否定しなかったので、もう契約しているのだろう。

「全て事実ですよね？」

「……そ、それを……今日、コデルロさんと説明しようと……」

「順番が逆でしょう？　まず、権利者である俺の了承を取るべきだった」

了承するつもりもないけど。それが解っているから外堀を埋めようとしたのだろうが、そんなものに流されるほど優しくないんだよ。

「で……でもさ、多くの人に喜んでもらえるんだよ？」

「俺の意に反することを、俺に無理矢理やらせてまで、多くの人に好かれたいと？」

「……儲かるし……」

「タセリームさん、あんたは俺の信頼を裏切った。もう無理だよ」

真っ青になっているけど、情けはかけない。ビジネスは非情なのだ。

「今そちらの手元にある在庫についての販売のみ、許可します。でも、今後タセリーム商会で、俺の意匠の物の販売は許可しない」

「そ、そんな……！　もうレンドルクスに頼んじゃってるんだよ？」

「俺の意匠のもの以外を作ったり、別の台座や鎖で作って販売するなら構いませんが、俺はそれらには意匠証明は付けない」

泣きそうだな、タセリームさん。泣くくらいなら、ちゃんとすりゃよかったんだよ。

「俺は、今後一切タセリーム商会とは契約しない」

それだけ言って、俺はそのまま食堂を離れた。

部屋に戻った俺に父さんは、少し厳しいんじゃないかと言ってきたけど、取り合わなかった。

「契約は信頼で成り立っているんだ。それがなくなったのなら、全てなくして当然だよ」
「だがよ、人は間違うものだ」
「そうだよ。だから、間違ったことをちゃんと突きつけてやらないと意味がない。許すことと、信用しないことは別だよ」

タセリームさんの過ちを許すことができる日は、いつか来るかもしれない。

でも、だからといって信用ができるようにはならない。

そういう人とは、一緒に仕事なんかできない。

父さんは少し哀しそうな表情をしたけど、それ以上は何も言わなかった。

翌朝、俺は魔法師組合に行ってタセリームさんとの契約の全てを解消した。

そして、コデルロ商会との契約も内容を見直すという理由で、凍結を申請した。

組合からコデルロ商会へ連絡が行ったであろう半日後に、コデルロさんがすっ飛んできた。

おや、あのかっこつけおっさん……えーと、セントローラ？　も一緒だ。

「タクトくん！　タセリーム君のこともだが、なんでうちまで……！」
「タセリームさんを煽ったの、コデルロさんですよね？」

黙ってしまって何も言わない。下手に言い訳しないのは、流石と言うべきだな。

「俺は契約に完全に違反しておきながら、平然としていたタセリームさんを信用できなくなった。そのタセリームさんと組んでいるのなら、あなたとの契約も見直すべきと考えただけです」
「君の商品がないのなら、タセリーム君との契約はなかったことになる。うちもタセリーム君とは、付き合わなくなるのだから……」

「尚更、信用できなくなりましたよ。昨日まで笑顔で手を握っていた相手を平気で裏切るような人とは、俺は付き合えませんね」

コデルロさんが何も言わないからか、セントローラがしゃしゃり出てきた。

「いいじゃないですか！　こんなやつに頼る必要などないでしょう！」

「セントローラ、今はそういうことを言っているのではない」

「私が付与の解明ができれば、なんの問題もなくなる。こいつが契約の見直しなんて言ってるのを後悔するだけですよ」

ほほう、こいつはコデルロ商会の魔法師だったのか。

「なるほど……じゃあ、どうぞご勝手に。燈火の作り方は既にお教えしていますから、これからも作って構いませんよ。でも、今後、俺から部品と魔法の供給はしません」

「いやいや、タクトくん、それは早計だ。話し合う時間を取ってもらえないか」

「同じですよ。今だろうと、後日だろうと。その方が作ると仰有っているのですから、俺は必要ないでしょう？　契約は只今を以て終了、再契約はしません」

俺は取ってきていたコデルロさんとの契約書に『終了』と書き、サインをした。

権利者はあくまで俺である。

この契約は権利者が終了と言えば終えられるようにしてあるので、これで『終わり』だ。

「ふん、後悔するのは君だぞ！」

この期に及んでまだ強気だな、セントローラ。コデルロさんは……諦めたっぽいな。

ここは挑発しておこう。

「あの部品の魔法、できるものならやってみろ」

「おまえのようなひよっこ魔法師にできることが、私にできないわけがない！」

『電池』を知らないやつが、一からあのサイズで作れるかどうか見ものだ。

俺としても定期収入を失ったわけだが、別に構わない。寧ろ、ちょっと楽になった。

そうだ、レンドルクスさんと石工職人さん達に、何か依頼できるものを考えようかな……

折角いい技術者が育っているのに、もったいないもんな。

タセリームとガイハック

「タセリーム、ちょっと来い。食堂にいつまでもいられちゃ他の客の迷惑だ」

「……ガイハックさん……僕は」

「ほれほれ、こっち来いって。まったく、あんなにタクトを怒らせやがって」

「……タクトは僕の言うことに、賛成してくれるって思っていたんだ」

「じゃ、なんで先にタクトに言わなかったんだ？」

「……」

「反対されるって解っていたから、タクトが断れないようにしようとしたんだろ？」

「……はい……」

「誰の入れ知恵だ？　おまえは、そういうことを考えつく人間じゃない」

「コデルロさんが……ちゃんと全部決まってからなら、タクトは納得するはずだって」

「おまえ、もうちょっと自分で考えて判断しろ。タクトがどういう性格かなんて解ってんだろうが」

「だって！　あんな素晴らしいもの、大勢の人に使って欲しいじゃないか！　タクトのことだって有名になるし、そうしたらもっと大きな仕事だって！」

「それはおまえが考える『利点』で、タクトにとっては価値がないことなんだよ」

「そんなの……わかんないですよ……僕には」

「おまえの思っている『いいこと』と、タクトが大事にしたいことっていうのをちゃんと話し合うべきだったんだ。それをすっ飛ばしちまったから、あいつは、おまえを信用できなくなった」

「……謝ったら……許してもらえますよね？」

「許しはするだろうが、おまえを心からは信頼しないだろうな。暫くはよーく考えろ」

「……はい」

タセリームとレンドルクス

「つまり、増産の件はなかったことに……って訳かい？」

「すまない……僕が全部悪かったんだ。タクトがあんなに怒るなんて、思ってなくて……」

「おまえは昔っから、そういう甘ったれたところがあるんだよなぁ。今までだって随分、タクトは我慢してきてるんだぜ？」

「え？　そ、そんなこと……して、たのかなぁ……」

「タクトの意匠証明を石細工にするのだって、作り始めてから無理矢理了承させただろ？　一日に決まった個数だけっていうのだって、守らなかった日もあった」

「う、うん……でも、タクトは何も言わなかったし……やってくれてたし」

「言わないからって、許されたことにはならねぇよ。タクトみたいに滅多に激高しないやつは、そういうことが溜まって溜まって、一気にドカーンって爆発するんだ」

「……そんなの、解らないよ」

「解らなきゃいけなかったんだよ。おまえの方が大人で、いくらタクトが優秀だからってあいつはまだ子供だった。大人がちゃんと約束を守らなきゃダメなんだよ」

「や、やっぱり、もう一度タクトに謝りに行った方が……」

「無駄だろ。今は何を言っても、あいつは取り合わないだろうよ。それより、おまえの店の今後のことを考えろよ。新しい従業員とか、入れちまったんだろ？」

「うん……でも、今更雇えないなんて言えないよ。どうしよう……」

タセリームとトリセア

「ああー、良かった。今、お店に行こうと思っていたのよ、タセリームさん！」

「トリセア、今日は休みだったよね？」

「ええ。あのね、急なことで悪いんだけど……あたし、タセリームさんの所、辞めさせて欲しいの」

「え？　……な、なんで？」

「お婆ちゃんの具合があんまり良くないっていうのもあるんだけど、お姉ちゃん達があの店を全部任されることになったの」

「それなら……君はもう、あちらの店には出ないのだろう？」

「ええ、だから自分のしたいことをしようと思って。それに……結婚、するの」

「えええええーっ？」

「そんなに驚かないでよー。来年の秋に式の予約もしたし、いろいろ準備とかもあるから……忙しくなるっていう時に、悪いんだけど……」

「いやっ！　お婆さんの具合も心配だし、そんなおめでたい理由なら！　こっちのことは心配しなくていいからね！」

「ありがとう、タセリームさん。新人さんにも頑張ってって伝えてね」

「ああ！　おめでとう、トリセア。今までとても助かったよ、ありがとう」

「こちらこそ。それじゃあ」


（……これで……あの子に、辞めてくれって言わずに済む……良かった……）

タセリームとフィロスとコデルロ

「タセリームさん！　タクトくんとの契約を解消って、どういうことですかっ？」

「ああ……フィロスさん……さっき、魔法師組合から正式に連絡が来まして、そういうことに」

「うちにもタクトくんから、燈火の契約の凍結申請がされていると連絡が来ました」

「え？　そちらにも？」

「なんで、こんなことになったんですか？」

「……そちらが言っていたように根回ししているってことがばれて、タクトが怒ったんですよ……契約違反だって。それで全部解消です」

「え……契約違反？　だってコデルロさんは、確かに契約書を確認したと……」

「は？　僕はコデルロさんに、タクトとの契約書なんて見せていませんよ？」

「そ、それにしたって、決して悪い話じゃないはずでしょう？　あなた、ちゃんと説明したんですか？」

「僕がしなくても、タクトは全部知っていました。その上で断られたんですよ。あなたたちの言い分を、全部鵜呑みにした僕が愚かでした」

「そんなバカなことがあるか！　あの身分証入れなら、王都でだって絶対に人気になる。その機会をみすみす……」

「それは僕ら商人の価値観で、タクトのものじゃない、と言われました。全くその通りです。僕は……初めから間違えていたんだってやっと気がつきました」

「……あなたがもう、うちと取引できないとしてもいいのですか？」

「それも、仕方ありませんよ。コデルロさんはいらっしゃらないんですか？　王都に帰られる前に、契約の無効をお話ししないと」

「コデルロさんは今、セントローラ魔法技師長とタクトくんの所に行っています」

「フィロス、ここにいたのか。工房はどうしている？」

「コデルロさん……工房は、今日のところは止めました。タクトくんとの話、どうなりましたか？」

「終わりだ。全部。燈火も暫くは作れん」

「え……」

「コデルロ会長、僕の方も正式にタクトとの契約は解消になりましたので、今回の契約はなかったことに」

「……ああ、そうだね。タセリーム君。残念だが仕方ない。自分で農家と契約などするくらいだからタクトくんにはもう少し、野心があるかと思ったのだがね」

「タクトのしたいことと、僕らがさせたいことが違っていたんです……きっと」

「それにしても、困りましたね、会長。タクトくんが、あの部品を作ってくれなくなったということですよね？」

「ああ、既に買ってくださっている方々にも、交換の部品が用意できんということだ」

「大丈夫ですよ、会長！　私がすぐにあの部品を作ります。アーメルサスでずっと研究していた私ならば、すぐに作れます」

「本当だな？」

「勿論ですとも」

「タセリームさん、あなたはタクトくんがアーメルサスの燈火を、一番初めに修理したって言いましたよね？」

「ええ、そうです、フィロスさん」

「点かなかった燈火を直しただけでなく、簡単に点けたり消したりできるようにした、と」

「はい。その改良したものが、あの小さい方の燈火ですから」

「あの部品に込められた魔法の種類も、ご存知なのではないですか？」

「……ええ。知っています」

「な、なんでそれを早く言わんのだ！　タセリーム君っ！」

「今までタクトが作っていたんですから、言える訳ないじゃないですか」

「なら、もういいでしょう？　教えてもらえませんか？　言わない約束はしていませんよね？」

「……雷……ですよ」

「は？」

「使っているのは、雷の魔法だ……と言っていました」

「タクトくんは……【雷光魔法】が使えるのか？　信じられん……」

「会長……雷は、無理です」

「どうしてだ、フィロス？」

「【雷光魔法】を使うことができる者はいます。でも、雷は『留めておくこと』ができないのです。入れられたとしてもどんどんなくなっていって、あの大きさなんて一日ともちません！」

「セントローラ！　できる、と言ったな？　絶対にやれ。何がなんでも作れ！」

「でっ、では……アーメルサスの石を輸入して……」

「馬鹿者！　そんなことなどできるか！　原価が跳ね上がってしまうわ！　今使っている石にその魔法を入れろ！　なんとしてもだ！」

「タクトは……やっぱり凄い魔法師なんだなぁ。馬鹿なことしちゃったなぁ……僕は……」

翌日から、俺は転移魔法を試しながら翻訳をしていくことにした。

教会の前から、あの秘密部屋へ移動した時の魔力消費量は三百くらい。出入りに六百。

これくらいは全然大丈夫。教会に向かう途中にある公園から、あの部屋へは片道・五百ほど。

うん。へーきへーき。でもここは人の目が多いから、転移魔法は使わない方がいいかもな。

もう少し家に近付いた所にある、ミズナラの大木の陰からあの部屋へは七百二十。

よし、これは家からでも大丈夫かも。

ちゃんと外出することを伝えてからの方がいいから、家の外に出たと同時に転移魔法を使おう。

あの部屋まで千二百、必要だった。

うーむ、翻訳にどれくらい魔力を使うか解らないから、この距離の往復は止めておいた方がいいかもしれない。なるべく近くまで行ってから、秘密部屋に移動するようにしよう。

転移目標を細かく書いておけば、消費量を調節できる。

あの魔眼での『遠視』を誰がやっていたのかは気になるところだが、教会内部の人間であることは間違いないだろう。

だとすれば『俺が教会を訪ねた記録』が残らない方がいいような気がする。

秘密部屋への入口を開く仕掛けを魔法で動かないようにして、本棚も完全に固定してしまう。

転移魔法以外での出入りができないようにしてから、翻訳作業に取り組むのが安全だ。

俺は秘密部屋で翻訳の準備に取りかかった。

まずは、自動翻訳に書き加えておかなくちゃ……えーと。


『古代文字は青く表示』

『古代文字と現在の文字での訳文を併記』

『全ての文字と文章の原文を表示して日本語に翻訳』


これでいいかな。

おおおー！　古代文字だけ、鮮やかな青になったぞ！　うっわー……本当に全部、古代文字なんだなぁ……あれ？　壁に……青い文字が浮かんでいる？

壁にも古代文字が書かれているんだ。でも全く見えなかったぞ？

古過ぎて色褪せちゃっていたのか。彫られている訳じゃないみたいだもんな。

『鏤められし星を繋ぐはふたつ目のものの鍵にて星々の番を裁つべし』

はい、解りません。まぁ、意味のないものかもしれないしね。どれかの本の一節かもしれない。

壁に落書きなんて、よくあることだよ。

改めて『至れるものの神典』を見る。

うん、古代文字の下に現代の文字、そして日本語が表示されている。でもこのまま現代文を書き写したりはしない。

そのまま古代文字が読めることは危険だと、セインさんもライリクスさんも言っていた。

ならば、完全に一致しないように一部を別の言葉に置き換えた方がいいのかもしれない。

いや、置き換えだと意味が違ってしまうからまずいか……

うーん……まず、どの古代文字がどの現代文字になっているか一覧表を作ってみよう。

古代文字を書き出すと五十種あったが、現代文字は二十九種しかなかった。

……あれ？　現代では古代文字一文字分を、組み合わせで使っているものがあるのかな？

神典を見ていくと、古代文字と日本語の意味が表記されているのに、現代文字だけ空白の部分が見つかった。これ、今では使われていない言葉で、その単語が存在していないということか？

よく見ると日本語で同じ言葉に置き換えられているものでも、古代文字の表記が違うものがある。

もしかして『顕す』『表す』『現す』『著す』みたいに、同じ音だけどニュアンスや表現が違うということなのかもしれない。

そうか、だとすればそこを現代文字では同じにしてしまえば、他の本や方陣の『古代文字の全てを正しく読む』ことはできないのではないだろうか。

そして日本語訳もされていない古代文字は俺の知らない地名とか、現在はないもの……なのかも。

いや、ライリクスさん達も言っていたじゃないか『目くらましのために意味のない言葉を書くことがある』と。

これはミスリードのための単語で、これに引っかかっていると全体が訳せないようになっているトラップってことも考えられる。

元々存在しないただの記号の羅列だとしたら、訳せなくて当然だ。

これは書き出してノートに纏めておこう。

この三言語で見えているものをそのまま、ノートに転写しておいた方がいいかもしれないな。


俺は翻訳は午前中の一刻間、二時間だけと決めた。

夢中になり過ぎると、絶対に魔力切れになるまでやっちゃうに決まっている。この秘密部屋で魔力切れになんてなったら、誰も救出に来られない。時間を区切って、無理をしないようにしなくてはいけない。万が一の時はコレクション内に食べ物も飲み物もあるから、緊急脱出くらいの魔力は戻せると思うけど。

この間、身を以て学んだばかりだからね。『やり過ぎは絶対によくない』って。


その日も翻訳作業を終えた俺は、教会からミズナラの大木まで移動した。

壁に近い所に生えてる上に、木の陰に隠れるので通りから移動したことが見えないから、この木が移動ポイントとしては一番いいだろう。

家にも近いし、壁と木の間に人ひとり入れる空間があるのもちょうどいい。

あ、雪が降ってきた……シュリィイーレに、本格的な冬が始まった合図だ。

よーっし！　今日のスイーツは、ほかほかココアと温かいケーキとかにしようかなっ！

道行く人達が小走りになり、俺も走って家まで戻った。

「ただいまー！　雪が降ってきたよー」

「あら、それじゃあ少し早めに店を開けようか」

「うん、支度するね！」

開店時間を前倒しして、お客さんが早めに帰れるようにする。雪が積もっちゃうと、難民が出るからね。手早く支度をして、店を開けると同時に何人か入ってきた。

「良かったぜ、早めに開けてくれて……」

「いらっしゃい、デルフィーさん」

「雪になっちまったから、今日はもう終(しま)いだなぁ」

「今はなんの作業をしてるの？」

デルフィーさんは夏場は錆山(さびやま)ガイドなのだが、冬場は道路とか水路の経年劣化検査や補修をして回っている。だが、町のメンテナンスも、雪が降ってきたら一旦終了なのである。

「南東・緑通りの道の整備だな。あそこは市場行きのでかい馬車が通るから、すぐに道が磨(す)り減(へ)っちまうんだよ」

「あぁー、根菜の馬車とか、重いもんねぇ」

そんな話をしながら給仕をしていたら、珍しくトリティティスさんがやってきた。

音楽家のトリティティスさんがここら辺にいるなんて、なんかのイベントの下調べかな？

「やあ、久し振りだね、タクトくん」

「こんにちは、トリティティスさん。この辺で何か演(や)るの？」

「いや、リンゲルスの家に集まって練習をしていたんだよ。帰るところで降り出されてしまったのでね」

リンゲルスさんは楽団のひとりだ。たしか、マンドリンみたいな楽器を使っていたな。

「そうなんだ……楽器、濡れなかった？」

「ああ……ちょっとだけ、濡れてしまったかなぁ」

「じゃあ、帰りはこの袋に入れてよ。大きいし、雨でも雪でも中のものは濡れないからさ」

レトルト大量買いの人にあげている、トートバッグである。雨の日でも中身が濡れないように魔法が付与されているので、とてもご好評いただいているのである。

「おお、これは助かる！　ありがとう！　ちゃんと返しに来るよ」

「いいよ。この袋は沢山あるから」

「では、ありがたくいただくとしよう。楽器を入れるのにちょうどいいね」

食事を食べてもらいながら、音楽家さん達の冬場の活動を聞いたりしていたのだが、やっぱり、練習ばかりだそうだ。そうだよなぁ。演奏会ができないんだから。

「冬になると毎年、町から音楽がなくなってしまうのだよ……本当に、寂しい季節さ」

音楽……そうだよな……こちらには、そういう媒体が全くない。ラジオもないし、音を届けられるものがないのだ。

でもラジオは発信者がいなくてはいけないし、好きな時に好きな音楽をという訳にはいかない。CDとか無理だし……いや、記録媒体は作れるんじゃないか？

円盤形である必要はない。ＵＳＢメモリーみたいなものでいい。

特定のものに『音楽を付与』……それ、できるんじゃないか？

大きくなくていい。一曲につきひとつのメモリーで、電池みたいに『音楽を溜めておく』物。

それを器具に差し込んで音が再生されるようにすれば……再生機があれば、それぞれの家で好きな音楽を、好きな時に聴けるのではないか？

演奏家に曲を録音させてもらい、録音データの入ったものを販売すれば演奏家の収入になる。

でも、再生音楽より絶対に生演奏の方がいいに決まっているから、春夏にはその『本物の音楽』を聞きたがる人が増えるんじゃないか？　家庭で音楽を楽しんでもらえる道具があれば、今まで演奏会に行かなかった人達だって音楽が身近になる。

問題は再生機だ。付与した音楽を再生するにしても家庭で邪魔にならないサイズで、使いやすいものでなくてはダメだ。冬場に別のことにエネルギーを割く余裕がない人だとしても、気軽に聞ける道具……箱……？　音楽の、箱。オルゴール？

動作は、蓋の開け閉めだけ。その箱にメモリーを差し込めばその記録された音楽が聞こえる。

メモリーを入れ替えることによって、一台で何曲も聴ける。使っていないメモリーは、その箱に収納できるようにすればいい。

箱の外観のデザインだって、いろいろと工夫できる。石細工でも、木工細工でも、金属でも。

高級にだってできるし、素朴にもできる。

トリティティスさんを工房の奥に引っ張っていって、俺の中で勝手に走り出したアイディアを捲し立てた。多分興奮気味だったから、すっげー解りづらかったかもしれない。

でも、トリティティスさんも瞳を輝かせて、同意してくれたのである。

「素晴らしい……素晴らしい思いつきだ！　しかし、音楽を溜めておくなんてことができるのかい？」

「その魔法は、俺ができるように考えます。トリティティスさん、他の演奏家さん達の意見とかを聞いてもらえますか？」

「解った。なんだろう、冬だというのに、こんなにも胸が熱くなったのは初めてだ！」


後日、トリティティスさんが他の楽団員さん達に聞いてくれたところによると、皆さん概ね賛成してくれている。だが、中にはそんなものが出回ったら演奏会に来なくなるのではと、懸念している声もあるそうだ。

でも、演奏会といういつもと違う空間で聴く音楽には、日常にはない『特別感』があるはずだ。

それに予め知っている曲を聴くと、その曲を知っているという優越感みたいなものも生まれるので、とても気分が良くなったりするのも事実だ。

全く知らない曲を聴き続けるより、知っている曲を演奏してもらった方が嬉しいなんてことはよくあることだ。

まぁ、その辺は人によるとは思うが、やってみたいという意見が圧倒的だったということで、あとは俺次第なのである。

音楽を付与する……と言ってはみたものの、音楽をまず『文字』にしなくてはいけない。

だが、なんとこちらには楽譜というものが存在していないのだ。全部『耳コピ』なのである。

音楽家には音に対しての記憶と判別の魔法や技能があるらしく、それを使えば全く楽譜がなくても、正確に覚えられるのだそうだ。絶対音感どころの騒ぎではない。

しかし、俺にはそんな能力はないので、音楽家さん達に演奏してもらったものを、俺の知っているあちらの世界の楽譜にする。

勿論、魔法で演奏が自動的に楽譜として書き込まれるように設定し、それを『音』として再生できるようにする。

はじめは音楽そのものを録音できるようにしてみたのだが、録音された音が小さくなってしまった。

魔法で音量を上げると、一緒に録音されていた雑音まで大きくなってしまったので諦めた。

音量を上げるにはかなりの大きな音での演奏か、他の音が入らない場所での録音が必要になるのだろうし、それよりは一度楽譜にする方がいいのではないかと思ったのだ。

実は楽譜にすると簡単に音量調節ができたのである。

一曲につき、だいたい楽譜は十枚くらいになった。この紙を演奏順に長ーく連ねたものにタイトルを付けると曲名が【集約魔法】になる。文字が書かれている場所が折れていなければ魔法として発動するので、そのタイトルを記録媒体に書き込む。

試しに作った簡単な木箱に【集約魔法】で発動条件を付与して、記録媒体をセットした。

「今は蓋が閉まっているから聞こえない……で、蓋を開けると……」

音楽が聞こえ出した！

うん、音量も大丈夫だ。でも音量は、箱の方で調節できるようにした方がいいかもしれない。

演奏の途中で箱を閉じ、音楽を止める。そして、もう一度開くと途切れた途中から鳴り出す。今度は途中で閉じて、記録媒体を抜き、もう一度差し込む。蓋を開けると曲の初めから演奏が始まった。よし、イメージ通りだ。


その日の夕方のうちに、俺はトリティティスさんの所に試作品を持っていった。

今日はトリティティスさんの家で演奏してくれた人達が練習をすると聞いていたので、なるべく多くの人に聞いて欲しかったのだ。

「……本当に、できたのかい？　こんなに早く……？」

トリティティスさんてば、できるわけないとか思っていたのかな？　ふっふっふっ、できちゃうのですよ。

「思っていた通りにはできたので、音のこととか俺には解らないことを確認して欲しいんです」

そう言って皆さんに集まってもらうと、ぼそぼそと懐疑的な声が聞こえる。

まぁ、見て……じゃない、聞いてくださいよ。


俺はゆっくりと、箱の蓋を開く。音量は敢えて、少し大きめにしてある。音が鳴り出すと、全員の動きが止まり音に集中し出した。演奏していないのに、自分たちの音楽が聞こえるということが不思議なのだろう。箱を凝視している彼らの視線が動かない。

曲が終わり、俺が蓋を閉めてもまだ誰も何も言わなかった。

「如何でしたか？　皆さんの演奏のままだと思うのですが……」

「……すごい……こんな、こんな風に音楽が聴けるなんて……」

「俺達の演奏でした！　間違いなく、俺達の音だった！」

「こんなにちゃんと音楽が聞こえるなんて、思っていなかったよ……もっと、酷い音になってしまうんじゃないかと思ってた……」

「僕もです。できたとしても、なんとなく聞こえる程度じゃないかって……」

よかった。ご好評いただけたようだ。

まだ音質はイマイチかもしれないけど、それは楽譜にする時の文字色とかで調整しよう。

トリティティスさんは何も言わず、その箱を手に取って眺めている。

あ、仕組みを説明して欲しいのかな？

「えっと、この仕組みはですね……」

「素晴らしいよっ！」

うおっ、いきなり叫ばないでくださいよっ！

「なんて、なんて素晴らしいんだろう！　音楽が、手の上にある。私の手に音楽が……！」

な、泣き出した？　ええっ？　感激屋さん過ぎますよっ！　ああっ！　皆さんもっ？

「これで、家の中でも音楽を聴いてもらえるんですよね？」

「ああ、俺達の演奏をどこでも聴いてもらえるなんて、考えてもなかった！」

「タクト！　君はなんて凄い魔法師なんだ！」

熱い抱擁と握手と……あっ、あっ！　キスは遠慮しますっ！

芸術家は表現が激しい方が多過ぎっ！

暫（しばら）くすると興奮が収まり、皆さん落ち着いた頃トリティティスさんに尋ねられた。

「それで、タクトくん、この箱の名前はなんと言うんだね？」

……なまえ……？　えーと……イメージ的にはオルゴールなんだけど、全然違う仕組みだ。

この箱が音を鳴らしているのではなくて、再生しているだけなんだから。

溜めた音を……鳴らす……電気を溜めるのは蓄電、なら、音を溜めるのは……蓄音……

「……蓄音器……？」

いや、別にこの箱に音が溜まっている訳じゃないし……でも日本では、プレーヤーを蓄音機って言ってたよなー。形は違うけど、レコードをかけて音楽を聴く道具とやってることは変わらない。

イメージ的には『機械』というよりは『器』の方の『蓄音器』だろう。

「そうか！　『蓄音器』か！　いいねぇ」

あ、決定されてしまった。まぁ……いいか。間違いじゃあない。


そして俺は、もう二、三曲の録音をさせて欲しいとお願いした。

今の曲は明るくて楽しげな音楽だから、ゆったりとしたお休み前に聴きたいような曲と、みんながよく知っている童謡みたいなものとかがいいんじゃないかと提案した。

気分によって、聞きたい音楽って変わるからね。

俺的には、フォルクローレとかワルツみたいなのが欲しい。

何曲か演奏してもらって、楽譜に起こしていく。試しに新しい曲を入れて作った物を箱に差して聴いてみる。皆さんから歓声が起きた。いい音だし、いい演奏だ。

「箱はこれから何種類か意匠を変えて作りますが、必ずこの音源がないと演奏は聴けません」

「音源を変えると違う曲が聴けるなら、態々演奏会に来なくなってしまうんじゃないのか？」

これは当初からの懸念事項だよね。

「そんなことはないですよ。知っている曲が演奏されたら嬉しいし、絶対に生演奏の方がいい音ですからね」

「でも、同じ曲にお金を払ってくれるかな？」

「録音した時より、演奏会の時の方が絶対に上手くなっているはずでしょ？　聴いたお客さんは、いいと思ってくれればお金を払ってくれるし、その曲をもう一度聞きたいと思ってくれたら、蓄音器と音源を買ってくれる人も増えます」

俺はCDや配信で聴いた曲とコンサートでの曲は同じだけど、全く価値が違うと知っている。けど、こちらの演奏家さん達には、初めてのことだもんな。

「……そうだよ。俺達がいい音楽を提供すれば、お客さん達はちゃんと解ってくれるはずだ」

「まずは『音楽を聴く』っていうことを身近にすれば、今まで演奏会に興味がなかった人達も聴きに来てくれるかもしれませんよ」

「いいね、いつでも音楽のある生活……か」

「うん、素敵ですね……僕はこの蓄音器、とても画期的で素晴らしいと思います。是非、売って欲しい。僕が買いたいです」

皆さんのご意見は総じてプラス方向のようですな。良かった、良かった。

それでは、ここで販売のプランも説明しておく。

箱は、石工工房と木工工房に作製を依頼する。音源は今回は見本だけど、正式なものは水晶か色硝子(がらす)で作るつもりだ。プリズムのように三角柱で、曲名と演奏者の名前を表面に記載しておく。

再生機……蓄音器を買ってくれた人には、好きな音源をひとつ差し上げるが、他のものが聴きたければ音源のみを別途購入してもらう。

『音楽を買う』という習慣を、つけてもらうのである。

「だから、曲数は少しずつですが増やしていきます」

うんうん、と皆さんが頷(うなず)いてくれたので先に進める。

魔法付与は、全て俺がやるので魔法の契約は魔法師組合を通して俺とこの楽団。

販売は、別の人に依頼するから販売契約は俺とその店が結び、音楽の権利金として楽師組合を通じて楽団に支払われる。

「箱を作ってくれる工房に三割、俺は魔法付与で三割貰(もら)います。楽団には四割……ですが、如何ですか？」

「待ってくれ、そもそもこれは君が考えたことだし、君が全ての手続きをやってくれているのだから、君はもっと取るべきだ」

トリティスさんがそう言ってくれるけど、ちゃんと儲(もう)けが出るから問題ないんだけどなぁ。

「んー……でも、俺としてはこれで充分なので……あ、そうだ！　じゃあ、演奏会を開く時、俺と俺の家族は無料で招待してくださいよ！　母さんも演奏会に行きたがっていたし、それだと俺も嬉しいし」

「そんなことでいいのかい……？」

「何を言っているんです！　演奏会に良い席を用意してもらえるなら、その方がずっといいですよ！」

「解った……絶対に君から、沢山拍手をもらえる演奏会をするよ。ありがとう」

やったぁ！　音楽堂の演奏会って結構人気で、入れないことも多いから嬉しいぞ！

さあ、箱を作ったらまずはうちの食堂で試作品販売開始だな！

さて、家に戻って早速試作に取りかかる。箱の蓋に施す飾りなどのデザインをいくつか考えて、一曲のみ繰り返し再生ができるだけの箱を作った。

本当はいくつかの音源を入れておいて順番に再生できる物にしようかと思ったのだが、如何せんまだ曲数が少な過ぎる。だから音源の種類が増えたら、箱もグレードアップしていく感じにするのだ。好きな曲をずっと聞き続けたい人もいれば、いろいろな曲を聞きたい人もいるからね。

何曲か纏めた『アルバム』にしてもいいかと思ったんだけど、好きな曲を一曲ずつ、好きな順で並べてもらう方がいいと思ったので、音源は全て一曲でプリズムひとつだ。

明日辺りから俺の作った試作品販売を始めて、正規品はちゃんとした工房に依頼する。

石製の箱はレンドルクスさんに、そして木製の箱は竹籠細工を作ってくれているマーレストさんに頼むつもりだ。

どちらも一流の職人さん達なので、きっと素晴らしいものができあがるはずだ。

ウキウキしながら昼食時間の食堂に出ていた俺に、数人の女子達が話しかけてきた。

「珍し物屋……タセリーム商会で、この身分証入れを売らなくなったって本当ですか？」

まだ在庫は売ってると思うんだけど……ああ、新作のことか。

「うん、新しいものは売らないと思うし、これから作るかどうかまだ決まっていないんだ」

俺がそう言うと、明らかにガッカリとしたという感じの女の子達の様子。

「ええー……あたし、次のを楽しみにしていたのに……」

「集め始めたばかりだったのに……」

そうか！　レンドルクスさんの石細工はもの凄く綺麗だから、彼女たちのコレクションの対象になっていたのか！

こ、これは申し訳ないことをしてしまった……コレクターとして買い集めている物の販売中止や絶版ほど哀しいものはないと、誰よりも知っている俺が……！

「新しく売ってくれる店を探すつもりだから、暫く待っててよ」

全く予定がないのだが、早急に探すしかない。コレクションの楽しみを取り上げてしまうなんて、そんな酷いこと俺にはできない。うーん……大手商会とつるんでなくて、やたら営利主義に走らない信頼できる店主……ハードルは高いが、見つけなければ。

それに蓄音器の販売も、来年には依頼先を探すつもりだったから、一緒に置いてくれる所がいいよなぁ。

もうすぐ本格的に雪が降り始めるので、その前にレンドルクスさんとマーレストさんの所で作製を始めてもらわなくては。

暗くなる前にレンドルクスさんの所へとやってきた俺は、衝撃の報告を受けた。

「は？　ケッコン？」

一瞬、意味を摑み損ねるくらい意外な言葉が聞こえた。『結婚』……とは、誰と誰が？

「俺と……トリセアだよ」

真っ赤になりながら、レンドルクスさんがぼそりと呟く。

はぇええええーっ？　レンドルクスさん、どう見ても父さんよりちょっと下くらいだよね？

今まで結婚してなかった方が驚きだけど、トリセアさんって絶対に俺との方が年が近いよね？

なにそれ、なにそれ――っ！　くっ、優秀な職人は、美人の若い嫁さんをゲットできるものなのかっ？

達人ドリームというやつかっ！

「……ソレハオメデトウゴザイマス……」

心のこもっていない俺の言葉ですら嬉しいのか、頭をかきながら照れているぞこのおっさん……しかも工房の奥からトリセアさんが出てきて、既に一緒に暮らしているのだとぬかしやがった。

えーえー、どうぞ、お幸せにっ！

すっかり捻くれた気分になってしまったが、ビジネスを忘れてはいけない。

俺が気を取り直して話そうとした時に、トリセアさんが新しく店を構えるという話をし出した。

店……？　トリセアさんが、店主なのか？

「うん、あまり大きくはないんだけど、この工房で作ったものを直売っていうの？　しようと思ってるの」

「タセリームさんの所は？」

「もう、とっくに辞めたわよ。お婆ちゃんの店はお姉ちゃん達がやってくれるし、あたしはあたしの店を持つことが、ずっと夢だったから」

知識と経験があって、信頼できる人で、工房の……直営店。

あれれ？　願ったり叶ったりでは？

「じゃあ、トリセアさんの店で身分証入れと、これからお願いする新しい商品も売ってよ！」

「え……いいの？　身分証入れは……実は、売らせて欲しいってお願いしようと思っていたのよ」

「うん、トリセアさんなら信用できる。なんかあったら、レンドルクスさんをぶん殴ればいいし」

俺に殴れるとは思えないが、今の気分は殴ると言いたい気分なのだ。ふたりはとても喜んでくれた。俺に殴られるとは、思っていないらしい。

これで作ってもらっていた石細工も無駄にならないし、コレクター達も新しいアイテムを手に入れられるようになる。


「それで、新しいものってのは、なんなんだよ、タクト？」

レンドルクスさんが聞いてきたので、待ってましたとばかりに説明を始める。

そして、音源プリズムを装着するところを見せて、試作品の箱の音楽を聴かせた。

「すごいっ！　これ、凄く素敵だわ！　音楽の箱だなんて！」

「たまげた……おまえ、とんでもねぇこと考えつくな」

俺がやったのは、ただの応用。持っていた知識の組み合わせでしかない。

「この箱の意匠は全部任せるよ。俺は、音楽を鳴らす魔法を仕掛けるだけ。販売はトリセアさんの店で。どうかな？」

「ありがとうっ！　こんな素敵なものを売れるなんて、思ってもみなかったわ！」

「ただ、独占販売じゃあないんだ。あまり高価ではない木製の箱も作るつもりだから、石細工の箱は、どちらかというと高級志向にして欲しいんだ」

「なるほど。木製よりは、石を使ったものの方がどうしても高くつく」

「購買層を分けるってことね！　了解よ、タクトくん！」

ふたりも賛成してくれたので、製作に取りかかってもらう。よしっ、イイ感じで進んでるぞ！

さあ、マーレストさんの所にも行かなくちゃな！


マーレストさんの工房は既に閉まっているので、ご自宅の方を訪ねた。

「マーレストさん、もうすぐ夕食なのにごめん、急いでお願いしたい話があって……」

「おーぅ、タクトかぁ。いいって、いいって。どーぉせ暇だぁ」

この間延びした喋(しゃべ)り方(かた)が癒やし系の、お爺(じい)ちゃん職人さんである。

お爺ちゃんといっても、リシュレア婆ちゃんよりはずっと若い。そして、木工細工の細やかさは、他の追随を許さない最高技術の持主なのだ。正に『達人の中の達人』なのである。

竹を仕入れている数少ない工房で、シュリィイーレで使われている竹製品はほぼこの工房製だ。

うちで作製をお願いしている竹籠と笊(ざる)も、マーレストさんの妹さん一家がやっている店で売ってもらっている。結構、好評らしい。

俺は蓄音器の説明と、木工での箱の作製をお願いした。

ん？　なんか難しい顔しているぞ？

「んっんー……箱は作れっけどぉなぁ。うちじゃあ、彫刻はぁできねぇ。竹で作るとか、箱の形を変えるくれぇしか、できねぇなぁ……」

あ、そうか。『木工技術』と『彫刻技術』は全くの別技能だ。うー……でも、彫刻を別に頼むとなると、高くついてしまう。彫刻だと基本は一点ものだし、それじゃあ石細工ものとの差別化が……木工の……キレイめの箱、といえば……あったよね。俺の出身県のお土産物にも。

そう、『寄せ木細工』ってのが！　あれなら、彫刻技術は要らない。

寧ろ木工技術で寸分違わぬ部品が作れなければ、美しい模様にならない。

俺はマーレストさんに色の違う小さい木片をいくつか貰って、部品を作り、組み上げてみる。

幾何学模様に組み上がったそれの模様が綺麗に見える面を薄く削り取り、シート状にする。

「おおぅ……こりゃあ、綺麗だなぁ！」

「これなら全部『木工技術』だけで、いろいろな模様ができるよ。大きめに作って木箱に貼り付けるだけで、もの凄く綺麗だと思うんだけど」

「うん、うん、木に色ぉつけてから、組み上げてもいいな、うん！」

マーレストさんが少し早口になったぞ。やる気になってくれたっぽいね。

俺は持っていた資料本から寄せ木細工の模様をいくつか【文字魔法】で複写し、マーレストさんに渡した。これらの模様の組み合わせで、オリジナルのデザインを作ってもらえればいい。

……そうだ、木工で身分証入れも作れないか？　石細工より安くできるし、軽いから多少厚みがあっても平気だ。彫刻でなく、この寄せ木細工シート……確か『ズク』って呼ばれてたものなら、組み上げた種板を削ることである程度の量産もできる。

鎖も木で作れないかな？　いや、竹の方がいいか？

そのこともマーレストさんに話すと、お弟子さん達と相談したいと言ってくれた。

よし、よしっ！　金属が全てダメな人でも、木製身分証入れなら使えるのではないだろうか。

防水や防火、防汚などを付与するのだから木製でも耐久性に問題ないだろう。

勿論、販売はマーレストさんの妹さん一家がやっている店だ。ご本人達には何度か会っているけど、店は遠目にしか見たことがなかったな。

その店、ちゃんと見ておかないとと思ったが、流石(さすが)にそれは日を改めることにした。

マーレストさんとの話も終わった頃には、かなり陽(ひ)が傾いており夕食時間までぎりぎり。

しかたない、転移で家の近くまで行くか。でもここは西地区だから、結構魔力を使いそうだな……

あのミズナラの裏へと転移した。念のため魔力を確認すると、使用したのは千二百ほどだった。

そうか、歩く道だと環状通りだから遠くても、転移は直線距離で消費量が変わるのか。

思ったより魔力を使っていないのは、そのせいかもしれない。

急いで戻って、夕食の支度を手伝いに入った。

「また何か始めたの？」

「え？」

「タクトが戻らない時って、いっつも何か新しいことを始める時だから」

「……流石、母さん。

「明日、新しいものを食堂で売ってもいい？　食べものじゃあ……ないんだけど」

「あら、楽しみ。ふふっ」


その日の夜、俺は寄せ木細工のパーツを作り『八角麻の葉』模様に仕上げていく。

みっつ繋げたくらいで丁度、身分証のサイズになるようにしてみた。

結構細かい作業だが、一度作ってしまえば【複合魔法】のレシピを作れる。

これは薄いシート状にせずに、種板をそのままケースにする。

今までチタンで使っていたケースのレシピそのままではなく、もっと丸みを帯びた優しい形にしよう。角がないように全て綺麗に削り、艶が出るように磨く。丸カンも木で作って、紐……なんだけど、組紐みたいにするか？　いや、全部木製か竹製にしたいなぁ……そっか、竹とか木の繊維を取り出して紐状にしよう。そのままだと味気ないから、いくつか束ねて三つ編みにしていく。

お、なかなかよいのでは。紐の長さを調節できるアジャスターも木で作って、一個完成！

今日のところは全部この模様だけで、十個ほど作った。同じように八角麻の葉模様の少し大きめの種板を作ったら、こちらはシートにして蓄音器の箱に貼っていく。ただの木の箱が、あっという間に可愛らしい模様の化粧箱になった。伝統工芸って素晴らしい……！

「蓄音器は……五個ずつくらいでいいか」

木製と石製をそれぞれ五個作って、音源を三曲分、各十五本用意した。

準備は万端だぜ！

○

まぁ、冬ですから。寒いですからね。お客さん、衛兵さんばっかりですよ。衛兵隊詰め所の専用食堂みたいな感じですよ、今日の昼は。

ケースペンダントの新作は結構可愛い感じだから、彼らには刺さらないだろうなぁ……

とにかく並べてみようと、手が空いた時に蓄音器と一緒に出してみる。

真っ先に寄ってきたのは……あれ、メイリーンさんだ。そっか、デカ目の衛兵さんに隠れてて見えなかったのか。

「これ……木工？」

「そう。こういうのもいいかと思って。俺も今日は、これを着けてるんだ」

自分用に作った、同じ柄のものを見せた。

実はちょっと失敗したやつで、売り物にはできないけど、もったいなくて仕上げたものなのだ。

彼女はささっと俺の意匠文字を確かめ、緑色のものを買ってくれた。

そうか、緑が好きなんだな。そういえば前の、プロトタイプへの付与も緑色だったっけ……

「この箱も、綺麗だけど……何が入っているの？」

「開けてみて」

彼女は手に取ったひとつの蓋を、ゆっくりと開ける。音楽が店内に流れ出した。

驚いたのか慌てて蓋を閉めるともう一度、更にゆーっくりと蓋を開ける。

音楽が箱の中から流れていることに気付いて、吃驚(びっくり)している。なんか、可愛いな。

「凄い……楽団がいるみたい……！」

衛兵さん達も集まり出した。では説明しちゃおうかな、と俺は蓄音器と音源プリズムの説明を始める。一度蓋を閉めて、彼女に別のプリズムと差し替えてもらう。

「今度は違う曲だ……！」

「なんだ、この箱！　凄いな！」

「『蓄音器』って言います。この町の楽団に協力してもらってますので、これからもっと曲が増えていきますよ」

俺がそう説明するとメイリーンさんはすぐに、石細工のものと木工細工のものをひとつずつ買うと言ってくれた。

「箱ひとつにつき一曲分の音源は無料だけど、他の曲はこの『音源』だけ買ってくれれば差し替えて楽しめるよ？」

「いいの。ふたつとも綺麗だから、この箱が欲しいの」

石細工と木工細工では入れている曲が違うのでふたつ買うのかと思ったけど、違うみたいだ。

箱自体も綺麗だから欲しくなるのは解るけど、思いっきりがいいなぁこの人。

「この箱を開いている部屋の中だけにしか音が響かないようにしてあるから、隣近所や別の部屋を気にしなくて平気だよ」

そう、音楽が漏れ聞こえるのは、他人にとっては騒音にしかならない場合が多いのだ。

その辺は配慮済である。

「俺、こっちの木工のやつ、買っていこう……冬場に家の中で聴いていたいし」

「僕は、石細工がいいんだけど……曲はこっちの、ゆっくりしたのがいいなぁ」

「じゃあ、差し替えますよ。どの箱にしますか？」

ほっほっほっ、盛況じゃな！　でもこれは多分、メイリーンさんのおかげだよなぁ。

目の前でスパッと購入を決めた人がいると、未知のものでも買いやすくなるよねぇ。

「メイリーンさん、ふたつも持って帰るの大変だろ？　この袋に入れるといいよ」

「あ……ありがとう……」

「こちらこそ、ありがとう」

彼女は座席に戻って、新しく買ったケースに身分証を入れ替えていた。

そうだよね、新しいものってすぐに使いたくなっちゃうよねぇ。うん、うん。

あれ、ケースペンダントも全部売れたぞ。もしかして、彼女へのプレゼントにするとか？

くっそぅ！　最近、俺の周りが甘々過ぎるんだよっ！

今日のスイーツは、めっちゃ甘いやつにしてやるぜ！

その後の店内

（寒い中、毎日通った甲斐(かい)があったわ……一番に新製品が買えるなんて！　しかも……今日のタクトくんと、お揃(そろ)いの身分証入れ……ふふふっ……ふふふふふっ）

「身分証入れ、売らなくなってたからどうしようかと思ったんだよ」

「俺も。集めてるやつ、多いんだよな」

「僕はまだ、六個しかないです。もっと作って欲しいですよね」


「こっちに来てからまだ日が浅いから、どこで売ってるか知らなかったし、ここで手に入れられてよかったー」

「これで、痒(かゆ)みとオサラバだぜ！」


「この箱、凄く綺麗ですね……」

「彼女にか？」

「いえ、王都にいる母に贈るんです。足が悪くて演奏会に出掛けられないから、喜ぶと思って」


「まーた、タクトくんは、とんでもないものを作ったねぇ……」

「どうして彼は『平凡でいたい』とか言いながら、こういうことをするのでしょうかね」

「もう一度、常識講座やった方がいいんじゃない？」

「……いえ、このくらいでしたら大丈夫でしょう」

「誰か動くかな？」

「さあ……どうでしょうか」

（……名前……呼んでくれた……ふふふっ）

○

激甘スイーツも難なく平らげて、満足顔の衛兵さん達。ふっ、なんだかもの凄く負けた感……

メイリーンさんの皿も空になってる。みんな甘いものが本当に好きなんだね。

うん、よかったよ。食べきってくれて。

「旨かったよー！　明日も開いてるかい？」

この時期は開いていない店が多いから、確認は必要だ。

「うん、大雪の日以外は開けるよ」

「そっか、よかった！　じゃ、またなー」

衛兵さん達は、皆さん笑顔で仕事に戻っていった。

寒い中、南門と南東門の警備に行ってくれるのだろう。

あ、メイリーンさんは？　あああっ、しまった、店を出ちゃったかな？

一番に買ってくれたお礼に、新作のお菓子をあげたかったのにっ！

俺は慌ててお菓子の籠を持って店の外に出て見回すと、後ろ姿を見つけた。まだ間に合う。

「メイリーンさん！」

呼びかけると、驚いたように振り返った。蓄音器の入った袋を大事そうに抱えてくれている。

「ごめん、これを渡したくて」

「……お菓子……？」

「一番に買ってくれたお礼っていうか、新作だし、その……」

うわぁっ！　何を緊張しているんだ、俺っ！

「ありがとう……」

……やばい、見つめ過ぎだ。これは……まずい。


「貴様っ、彼女に近付くな！」

突然の怒鳴り声に、俺もメイリーンさんも驚いて視線を外した。

声のした方を見ると、ふたりの男がこちらを睨んでいる。

どうやら、訓練に来ている新人騎士達のようだ。

今年は厄介なやつがいなくていいと思っていたので、油断していた。

ん？　彼女に……って、メイリーンさんの知り合いか？

「君のお知り合いの人？」

そう尋ねるとメイリーンさんは、思いっきり何度も首を横に振った。

じゃあ、なんでこの新人騎士達は俺に文句をつけているんだ？

「その女性は、俺の見合い相手だ！　おまえなどが声をかけていい人ではない！」

見合い？

もう一度メイリーンさんに振り返ると、またしても凄い勢いで首を横に振っている。

「……なんか……違うみたいだけど？」

「っ！」

やっと落ち着いてきたぞ。ふぅーっ……

「嫌で……逃げてきたの。お見合い、したくなかったから」

なるほど。つまりは『見合いをするはずだった』相手、ということか。

少し怯(おび)えている彼女を、後ろに隠すようにやつの前に立つ。

「おまえ、始まる前から断られてるのに図々(ずうずう)しいぞ？」

「彼女は俺の婚約者になるんだ！」

「絶対に嫌っ！」

おおぅ……ちょっと気の毒になってしまうくらい間髪を入れずの完全否定。

「あなたが受けなければ、あなたの家がどうなるか解っているんですか？」

こいつは、あの振られ男のご友人か？

「構わないわ。あんな家、潰れようと、全員路頭に迷おうと。あの人達、大ッ嫌いだもの！」

人質作戦失敗。

「……そんなこと、許されるとでも……」

「許されるさ」

これ以上、女性に脅しをかけるような真似(まね)、させない。

「全部、彼女自身が決めることだ。神だって許すだろう」

「おまえのような下賤の者に、意見される筋合いはないっ！　我々は貴族の家系だぞ！」

「……だから、何？」

おっ、剣に手をかけた……けど、お友達に止められたね。直轄地法は解っているようだ。

貴族……ねぇ。そーだ。ちょーっと俺も権力的なもの、振りかざしちゃおうかなぁ。

俺はやつらに近づきながら、コレクション内の『姓を表示しない』と『身分証の色は銀』という指示書を折りたたんだ。これで俺の身分証が、銀から金に変わったはずだ。

やつらにしか見えないように、身分証を見せる。

「この色の意味、解るよな？」

お、流石権威主義者共だ。動きが止まったぞ。

セインさんが言ってたもんなぁ。『金色は貴族の証』的なこと。

「………」

なんも言えなくなっちゃったか。

「もう、彼女に近付くなよ？」

そう囁くとびくっと身体を強ばらせ、這々の体で逃げ出していった。

おいこらっ！　ちゃんと謝ってから行けよ！

ちょっと感情的になってしまったが、あいつらは俺が『金色の身分証』であると吹聴することはまずないだろう。

身分が上の者のことを無闇に話すのは、騎士としてあるまじき行為。

もし誰かに喋ったとしても……そして、その誰かが彼らを信じたとしても『貴族』に対して何らかのアクションを起こすことの方が危険性が高い。

そして家族や教会関係者、若しくは正規の衛兵でなければ身分証を勝手に見ること自体が大顰蹙の行為だし、相手が開示したのならそれ相応の開示理由があったということだ。

なぜそれを知り得たかの説明のためには、公的な場所に訴え出て怒らせて脅された経緯も言わなくてはいけない。

闇討ち的に何かしてきたら……それはその時に考えることにしよう。

あいつらにできるとは思えないけどな。

どうして養子になって成人し、完全にこの町在籍になった俺に『鈴谷』の姓があるんだろう。

それがモヤッとしているだけなんだよな……なんだか、やっぱり父さんと母さんの子供に、家族になれていない……みたいでさ。

ふたりが俺の未だに消えない『姓』なんか見たら、嫌な気分ならないかってのが……一番、姓を開示したくないポイントなんだよなぁ。

指示書を元に戻して、身分証が銀に戻ったことを確認してからもう大丈夫だよ、とメイリーンさんに告げた。

えっ？　な、泣いてるっ？

うわ、やっべ、怯えさせちゃったか？

「ご、ごめんっ、俺、つい……」

「違うの、ご、御免なさい、あたしの方こそ……あ、ありがとう……」

安心して涙が出てきちゃった、と一生懸命笑顔を作ってくれたけど、やっぱり怖かったんだろう。

まだ、ちょっと震えてる。

うーん……食堂に連れて戻ったら冷やかされそうだし、早く帰って落ち着きたいだろうし……

「家まで送っていくよ。あいつら、また出てくると厄介だし」

「でも、あたし、病院に戻らないと……午後の仕事も、あるし」

「あ、マリティエラさんの所だよね？　じゃあ、そこまで送るよ」

こくん、と頷いてくれた彼女からは涙が消えていた。よかった。

あ……ハンカチのひとつも出してあげられなくてすまん。なんて気が利かないんだ、俺は……


マリティエラさんの病院は衛兵官舎を突っ切ると近いが、俺は部外者なのでそれは流石にできない。

もう少し南側から回り込むと公園を横切ることができて、ちょっとだけショートカットになるので、そちらから歩いて行くことにした。

……緊張する。女の子と並んで歩くのは、めちゃくちゃ久し振りだ。

お菓子の話とか、なんでもないことを話しているんだが全然頭に残らない。

もしかして、俺、すっげー舞い上がっていないか？

「本当に……ありがとう。タクトくんが、いてくれて良かった……」

ぽつり、と呟く彼女がまだ少し怯えているような気がしたので、俺は公園でちょっと休んでいこうよとベンチに座った。

……俺、なんでこんなにも、自分で自分を追い詰めているんだ？

何を話せばいいかのプランすら、まっったくないというのにっ！

でも、なんとなく、もう少し一緒にいたかったんだよ……

俺はオロオロしている内心を誤魔化すのに必死で喋ることもできずにいると、メイリーンさんがぽつんぽつんと自分のことを話し始めた。

家族とはずっと離れて暮らしていて、どっちの家門にもちゃんと認められてはいないこと。母方の家門は古くてもあまり裕福ではないので、母親の死後も彼女は全く援助を受けずに暮らしていたこと。彼女が珍しい『家系特有の独自魔法』が使えると解ると親戚と名乗るやつが無理矢理に分家に引き取って、今回の縁談を進めようとしたこと。

「その魔法が使えることは、ずっと黙っていたの。でも、知られてしまって……この間お父様って人の葬儀で、どうしても、行かなくちゃいけなくなって」

そうか、実家に帰ってるってマリティエラさんが言っていた日があったな。

「お父様……なんて、会ったことも、なかったんだけどね。家系の独自魔法が使える娘は私だけで、上位貴族との結婚は、そういう魔法が使える娘だと有利なんだって」

「……君を、利用しようとしたということか……」

クズだな。そいつら。

「……あたしね、ずっと前にタクトくんが『男も女も関係ない。好きなものは好き』って言い切った時、凄いなって思ったの」

えっ？　えええっ？　いつだ？　そんなこと言ったか？　俺。

「あたしは、好きなものとか、全部諦めなくちゃいけないって、思っていたから。あたしなんかがそんなこと、言っちゃいけないって、言われて育ったから」

えへへっと笑ってメイリーンさんが、ずっとお話ししたかったんだ……って言ってくれた。

「ごめんね、こんな話じゃなくて、もっと楽しいこと、話したかったのに。あたしの愚痴になっちゃったね」

「いいよ。俺で良ければ、いつでも聞くから」

「ふふふっ……ありがとう」

そう言って立ち上がると、ここまででいいよ、と言って彼女は歩き出した。

少し離れたところからありがとう、と、もう一度振り返って言ってくれて、走り出していった。

俺は……その場を離れられなくて、暫くベンチに座っていた。

新人騎士達とライリクスとファイラス

「やっとあの女に、思い知らせてやれると思ったのに……」

「なんで……なんで金証の方が、こんな所にいるんだ？」

「どうしよう、家門に何かあったら……」

「大丈夫ですよ、我々は名乗っていませんし、あの女だって何も覚えていないんでしょう？」

「金証の家名が、青く見えてたじゃないか！　そんな方なら、すぐに調べられるんじゃないか？」

「……だ、大丈夫……ですよっ、たぶん……」

「とにかく、早く宿舎に戻って、領地に帰れるか聞いて……しまった、青……どこの家門かちゃんと見てなかった……っ！」

「ここで訓練を放り出したら、騎士位が剝奪されてしまいますよっ？」

「調べられて不敬罪にされるより、よっぽどいいだろっ！」

「君達、ちょっと」

「ひっ！　じ、自分達は何も……！」

「うん、よく剣を抜かなかったね。それは褒めてあげるよ」

「ふ、副長官殿、あいつ……じゃない、あの方は、いったい……」

「他言無用」

「え？」

「絶対に今日のことは話しちゃだめだよ？　たとえ皇王陛下であってもね」

「神であっても……です」

「は……はい」

「君は？」

「でっ、でも、なんでこの町に……あんな……」

「この町はセラフィエムスとリヴェラリムとドミナティアが守る町だ……その意味が解るね？」

「……！　はっ、はいっ！　絶対に何も、誰にも言いませんっ！」

「よろしい。では女性に絡んだことも、今回は不問にする。早く宿舎に戻れ」

「「はいっ！」」


「……今更、僕がドミナティアを名乗る羽目になろうとは……」

「いいじゃないか。家名なんて、こんな時くらいしか役に立たないよ、僕らにとってはね」

「確かに、そうですね」

ガイハックとミアレッラ

「……タクト……あの娘さんのこと、追いかけて行ったわねぇ」

「あいつ、いっつもあの娘を、チラチラ見ていたからなぁ」

「あの子って、そういうところは行動が遅いよねぇ……あんたそっくり」

「おっ、俺ぁ……いろいろあったんだよっ」

「そうねぇ。いろいろ……あったねぇ。でも、結婚しようって言われた翌日に駆け落ちするとは思わなかったけど」

「……それは、悪かったと思ってはいる」

「あら、あたしは嬉しかったよ？」

「そっか……なら、いいか……」

「でも、タクトには駆け落ちなんて、させたくないからね。あの娘さんが、タクトを好きになってくれたら嬉しいねぇ」

「確か、マリティエラの助手の子だよな」

「あら、お医者さんかい？　じゃあ、この食堂はどうしようかねぇ……？」

「タクトがやるだろ。あいつなら食堂も、鍛冶師も、魔法師も、全部できちまいそうだ」

「それじゃあ働き過ぎよ」

「なーに、すぐに子供が生まれて手伝うようになるさ。俺達の孫だ」

「……そうねぇ……孫と一緒に、できたらいいね」

「できるさ」

「ええ、そうね」


「それにしてもあいつ、女の子の扱いなんて解るのか？」

「あんた以上に奥手だからねぇ……タクトは」

？　独白？

（おかしい……今日も全く視えない）

（絶対にあの部屋のはずなのに、なんで調べに来ないんだ？）

（しかしドミナティアと一緒に駆け込んできた時にはあの子しか部屋に入らなかった……しかもすぐに部屋を出てしまってからは、誰も入ってこなかった……）

（まさか……あの部屋ではなくて廊下から？）

（くそっ、廊下には『目』を仕掛けていなかった！）

（遠視（とおみ）では音までは聞こえないし……聴ける者は、ここにはいないし）

（必ず、もう一度来るはずだ！　何も持ち出していなかったのだから）

（壁に文字のある部屋を、我々が最初に見つけなければ）

（それにしてもドミナティアめ……あんな『方陣門』など作りやがって。いや、いざという時に使えるか？）

（あの時、あの衛兵が一緒でなければ、地下までついて行けたのに！）

（あいつの魔眼は厄介だ……どうにか欺かなくては……）

（しかし、何度確かめても、司書室には何もなかった）

（ドミナティアの慌て振りからも、絶対にあの付近に入口があるはずなのに）

（ええい、なぜ来ないんだ！）

マリティエラとメイリーン

「あら、もっとゆっくりしてきてもよかったのに。メイリーン」

「いえ……」

「その袋、あなたも保存食買ったの？」

「あ、これは、違います。保存食は、家に沢山あるので。これ、新しくタクトくんが作ったもので……」

「まぁ、また何か作ったの？　相変わらず、突拍子もないものなんでしょうね」

「驚きますよ、絶対っ！　凄いんですから！」

「……なんであなたが得意気なの？　ふふっ」

「とっ、得意、だなんて、そ、そんなことはっ！」

「今日は、沢山お喋りできたみたいね？」

「……はい。すごく、沢山、話せました……助けて、もらっちゃったし」

「助けて？」

「新人騎士に絡まれそうになったのを、助けてくれたんですっ！　すっごく、すっごく格好良くてっ！」

「そ、そうなのね？　それは良かったわね？」

「はいっ！　それでっ、これっ、この身分証入れも、新作なんですけどっ！　お揃いなんですっ」

「ちょ、ちょっと落ち着きましょう？　メイリーン」

「タクトくんと、お揃いなんです！　えへっ、えへへへっ」

「そっか……うん、良かったわね」

「はいっ！」

「……これは絶対にタクトくんに、メイリーンを好きだって言わせなくっちゃね……」

流石にぼんやりし過ぎたと慌てて家に戻ると、夕食準備で既に食堂は一旦閉められていた。

工房側から入ると、父さんにいろいろ聞かれてしまった……

「で、どうなんだよ、おまえは」

「ど、どうって、何がだよっ」

「好きなのか？」

……

……

……

「……た、ぶん……」

「かぁ————っ！　はっきりしろよっ！　初恋かっ？」

「ちっ、違うよっ、違うけどっ……なんていうか、その、慣れていないというか……」

「まずは、贈り物だ。さっき、新しい菓子を持っていったのは合格だぞ」

「そ、そう？」

その後、父さんから所謂『攻略法』的なことを伝授されたが、こういうものがマニュアル通りにいった試しなどないことは知っている。しかし……参考にはさせてもらおう……うん。

さて、気を取り直して夕食の支度の手伝いをしようと思って厨房（ちゅうぼう）に入ったら、今度は母さんからメイリーンさんのことを聞かれた。

ふたり共にバレバレって、どんだけ顔に出ていたんだ俺は。

「あの子、お医者さんだよねぇ……食堂は続けられないかねぇ？」

「母さんっ、まだそんなところまで話は進んでいないから！　俺なんも言ってないし！」

「あら、まだちゃんと伝えていないのかい？　早くしないと、他の人に先を越されちまうよ？」

うっ、それは……困る。しかしっ、こういうことはなんというか、本当に苦手でっ！

そして、夕食の支度もそこそこに、俺は居たたまれなくなって部屋に戻った。

くそーっ、親にこんな風にからかわれる日が来るなんて、想像もしていなかったよ！

落ち着け。こういう時は、落ち着いて文字を書くに限る。

辞書を適当に開いて、そこにあった文字を……『ｌｏｖｅ』……だぁぁぁぁっ！　辞書までっ！

辞書にまでからかわれるのかっ！

ええいっ、神典だ！　神典ならっ！

『二柱の神の祝福を受け結ばれし絆（きずな）の乙女（おとめ）にその意を告げよ』

……告白しろと？　神様まで、煽(あお)ってくる訳ですね？

俺が無造作に神典を閉じ、コレクションに放り投げた後にふて寝をしたのは言うまでもない。

翌朝、外はもの凄く寒い。きっと雪になって、移動の厳しいシーズン突入となるのだろう。

今日も午前中は翻訳タイムで、教会の秘密部屋へ転移して来ているのである。

実を言うと、ここの本はあれから全て複製してしまったので態々(わざわざ)来る必要はないのだが、なんとなく落ち着く空間なのだ。

引きこもり大好きなインドア文字書きには、この狭い空間がとても居心地が良い。ここに来ると冷静になれる……というのもあるかもしれない。

ん？　……頭の上に……何かを感じた。これは『視られている』感じに似ているが、正確には『視ようとしている』だろうか。

今、ここにいる俺が見えているわけではなく、探っているような視線だ。あの『遠視(とおみ)の魔眼』で、上の部屋に設置されている石から視ているのだろう。

もしくは、その魔眼を持った者が上の部屋にいる。上の部屋から、ここに続く道を探しているのかもしれない。

残念ながらこちらから見ることができないので、正体を暴くことは不可能だ。ここの音も聞こえないし、こちらの存在を気取られることもないのだが、なんとなく身構えて息を殺してしまう。

ほんの二、三分でその気配は消えた。

ふと、壁に書かれた文字に目が向いた。

ただの落書きだと思ってはいるが、もしこれにも何らかの意味があるのだとしたら見つからない方がいいのではないか？　きっと、鑑定や看破の魔眼なら、薄い文字も視えてしまうかもしれない。

「安全第一、かなぁ」

俺は『鏤められし星を繋ぐはふたつ目のものの鍵にて星々の番を裁つべし』と書かれた部分の壁を文字が壊れないように刳り抜いた。消したくはなかったから。

ここに何もなかったように、付近の岩を複製して嵌め込み、均した。

うん、これならここに文字があったことは解らないな。

刳り抜いた部分は『岩』としてコレクションにしまうことができた。俺の岩石&鉱物コレクションのひとつと認定されたようだ。他にも何か書かれていないか確認すると、同じ壁面の下の方の端に一文字だけ古代文字が青く見えている。この間書き出した『意味がない』とされている文字のひとつだった。

「意味がない……んじゃなくて『今は意味が失われている』だけで、何かを表すものなのかなぁ」

念のため、その文字も刳り抜いて、そこには周りと少しだけ違う石を嵌めておいた。

なにかの目印かもしれないからね。

そーだ。なんか別のどうでもいい言葉を、それっぽく書いておけば目くらましになるかな？

俺は古代文字で、全く意味のない文字の羅列を空中文字で書いてみた。

これは読めないし、無理に読んでも意味が通らないだろう。すっごい悪戯っ子の気分だ。

本当の安全を考えるなら、多分ここの書物を闇に葬るのが一番いいのだと思う。

でも、それはしたくない。

「思っていることと、やっていることが矛盾している気がする……」

少し自己嫌悪に陥ったが、小心者の安全対策なのだと無理矢理納得することにした。

ミズナラの裏に転移すると、既に雪が降ってきている。

今回のは積もりそうだな、と思いながら家まで走って帰る。もうすぐ雪が町を閉ざすだろう。

「さて、今日も早めに店を開けなくちゃな。お菓子は全部持ち帰りにしよう」


家に帰り着くと、入口の所で中を窺(うかが)っているメイリーンさんを見つけた。

う、ちょっと気まずい……なんてことは、言っていられない。

「メイリーンさん！」

「あっ、タクトくん……ちょっと……早過ぎちゃったかな？」

「いいよ、雪が降ってきたから中に入ってて。寒いでしょ？　すぐに食べられるようにするからね！」

「……ありがとう」

くそっ、やっぱり可愛いなっ！

……あれ？　彼女、俺より年上じゃね？　しまった、いくつなんだろう……

俺なんか相手にしてもらえないくらい、お姉様だったらどうしようっ？

メイリーンさんを中に入れると、父さんがニヤニヤしながら変な目配せをしてきたが無視する。

母さんまで、側(そば)にいなくていいの？　とか言うし！　いいんですっ！　もう、放っといてよっ！

冬場は下ごしらえした状態でストックしているものが沢山あるので、すぐに昼食の準備は整う。

お菓子も今日は予め作っておいたクッキーやサブレの詰め合わせで、お持ち帰りのみにする。

ランチタイムが始まる頃には、随分雪が激しくなってきた。

雪に追われたお客さん達が、次々と入ってくる。今日は、早めの店じまいになりそうだ。

メイリーンさんが食事を終え、レトルトパックをいくつかとお菓子を買って帰ろうとする時に、やっと声をかけることができた。

「大丈夫？　雪、酷くなってきたけど……」

「うん、あたしのうち、この通り沿い、なの。タクトくんの、魔法が付与されている所の前だけを通って帰れるから、雪は心配ないの」

なるほど、それなら安心だ……と思いつつ、なんかちょっと残念なのはなぜだろう。

いや、帰れなくなっちゃってうちに泊まっていけばいいのにとか、そんなことは考えていない。

いないったら、いない。

「今の、借りている所もね、タクトくんの魔法が付与がされているから、凄く暖かいのよ」

そう言って笑顔で帰っていった彼女を見送りながら、俺はものすごーく幸せな気持ちだった。

そっか、俺の魔法で、彼女の部屋を暖めてあげられているのか……

えへへへ……そっかぁーっ！


一夜明けても雪は止まず、目の前の青通りはすっかり真っ白である。

馬車も人も通らない道の上の雪は全く溶けることなく積もっているのだが、青通り沿いの各店や家々には雪が欠片も積もっていない。

そう、この辺一帯は既に俺の『おうちまるっと魔法付与』で、雪の積もらない快適住宅ばかりなのである。外開きの玄関が動かなくならないように家の前の幅一メートルほども、同じように雪が積もらない魔法が付与されている。なので、歩道も確保できているのである。

俺が成人する前までは家全体の付与でも大した金額にならなかったのだが、成人してすぐに魔法師一等位になってしまったので、昔のように安価で受けることができなくなった。

実は魔法師組合の規定で一等位は、二等位より金額を高く設定しなくてはいけないのだ。

そりゃ、そうだよね。一等位の品質で、二等位より安いなんて価格破壊もいいところ。

二等位の方々の仕事を奪わないためにも、一等位の権威のためにもやってはいけないのだそうだ。

正直、権威なんてものはどうでもいいのだが、一等位という肩書自体に価値を持たせることが必要だと言われれば仕方がない。それでもお金を払ってでも快適にしたい人はするし、快適さよりお金を大事にする人だっているわけだ。

良い仕事を適正価格で、と言われてしまえばそれに逆らうのも違う気がする。

だから、俺はリピーターに限り割り引き価格にしているのである。

去年までに俺の魔法を付与したおうちは、現在全員リピーターになってくれているので、これ以上新規客を増やす必要もない。

今年は一等位になってしまったからか駆け込み需要も少なく、こんな風に雪の日はおうちでまったり……なのである。

母さんと父さんの部屋には蓄音器を置いてあるので、仕事にならない日はそれを聞いてのんびり過ごしているようだ。とにかく、音楽が大好きな母さんが喜んでくれているのが一番嬉しい。

それだけで、あれを作って良かったと思っている。

マリティエラさんから頼まれた剪刀(はさみ)は作り終えてしまったし、アルミパックやトートバッグのストックも充分だ。

転移の魔法で教会の秘密部屋に行ってもいいんだが、今日は自分の部屋でクッキーなどつまみながら寄せ木細工の種板作りとか、新しいケースペンダント用の台座を作ってみたりしている。

あ、そういえば最近もの凄く『空間操作』を使っているから、身分証の表示に変化があるかもしれないな。見ておこうかな。

・・・・・・・・・・・・・・・・・・・・・・

名前　タクト／文字魔法師(カリグラファー)
家名　スズヤ
年齢　25　男
在籍　シュリィイーレ　移動制限無
養父　ガイハック／鍛冶師
養母　ミアレッラ／店主
魔力　48331

【魔法師 一等位】
蒐集魔法・極位　文字魔法・極位　付与魔法・極位　加工魔法・極位
集約魔法・極位　複合魔法・極位　守護魔法・極位　耐性魔法・極位
金融魔法・最特　治癒魔法・最特
制御魔法・特位　強化魔法・特位　変成魔法・特位　混成魔法・特位
彩色魔法・特位
植物魔法・第一位　精神魔法・第一位
雷光魔法・第二位　重力魔法・第二位
次元魔法・第三位　音響魔法・第三位
予知魔法・第四位

【適性技能】
〈極位〉
鍛冶技能　金属鑑定　金属操作　貴石鑑定　鉱物操作
〈最特〉
錬金技能　成長操作　石工技能
〈特位〉
木工技能　植物鑑定　植物操作　空間操作
〈第一位〉

身体鑑定　大気調整　大気鑑定　魔眼鑑定
〈第二位〉
陶工技能　土類鑑定　土類操作　液体調整　液体鑑定　精神操作
〈第三位〉
方陣操作
〈第四位〉
予見技能

・・・・・・・・・・・・・・・・・・・・・・

ん？　なんで家名が青いんだ？　前からだっけ？

それにしてもこの短期間でまたしても、ガッツリと魔力量が増えていますね。

四ヶ月程度なのに、この増え方は異常だよね？　魔力切れ寸前までいったせいか？

それとも黄魔法とか白魔法は、毎日使うと伸び率が高いとか？

意図的に使っている魔法や技能が、レベルアップしているのはいいよ。うん。

でも絶対に出ちゃいけない系の魔法やら技能やらが、うじゃって出てるのはなんでかな？

使っていない魔法や技能のはずなのに、勝手に練度が上がっているのはなんでなのかなっ？

まぁ【重力魔法】は……やっちゃったから、これは、ごめんなさいって感じなんだけど、【次元魔法】って何？　もしかして、転移って次元とか時間軸とかにも関係するの？

あーあ『精神操作』……出ちゃったねぇ……はい。やっちゃいましたからね。

もう、反省しているので勘弁して欲しいです。

でも便利だよなーとも思っちゃっているので、俺って実は結構酷い人間なのかもしれない……

こっちの【音響魔法】ってのは、音源作製のせいだろうな。

楽譜に起こすとか録音とか音量・音質調節なんかも、今までやってこなかった魔法だからね……

あ、これ、黄魔法の説明で載ってる。はい、また使っちゃいましたね、黄属性。

もうこうなったら、黄属性も表示しちゃうか？　いやいや、やっぱまずいよ……止めておこう。

あー……【予知魔法】『予見技能』は『魔眼鑑定』してる時に『なんとなく感じる』的なものからの派生かなー。例の『嫌な予感』が当たるのはこいつのせいなのかもなー。

だけど『方陣操作』……って何？　えーと、どっかの本に載ってないかな……？

確か『方陣門』ってのが載っていた本があったはず……あ、これだ！

あれ？　載っているのは、操作じゃなくて【方陣魔法】だ。

これは全ての方陣が使える魔法だなぁ……

俺のはこの魔法とは違って、その『方陣』とやらを操作できるってことか？

つまり『方陣』の改良とか改竄とか？

ふぅん……『方陣』って【付与魔法】の図形バージョンみたいな感じだなぁ。

あっ！　あれかっ！　中二病の必須アイテム『魔方陣』ってやつか！

『魔方陣』ってあの正方形の方陣に数字を入れて、縦・横・斜めの合計が一緒ってやつ！

ユピテルの魔方陣とかに嵌ったのって、丁度中二の頃だったもんなー。

ほっほーぅ！　これはちょっと高まるねっ！

でも、今までそんなもの見たことないのに、なんでこの技能が出たんだ？

秘密部屋の本でさえ詳しい説明がないし、俺の魔法や技能は相変わらず謎だらけだ……

○

結局、雪は五日間も降り続き、家の前の道は高さ二メートルほどの壁となった。

俺は紙に『半径五メートルの雪を融解』と書き、その壁の上にぽん、と置いた。

はい、店の前の除雪完了。道の反対側の衛兵官舎から、早速食堂に来る人達を迎え入れる。

「よかった……もう、保存食がなくなっちゃって、死ぬかと思った……」

「俺も……五日は厳しかったぜ……」

殆(ほとん)どの人は、買い置きなんて五、六食あればいい方だもんね。

これからも雪が降るから、買っておいてくださいねとばかりに食堂の一角に保存食を山積みにしておいた。勿論、飛ぶように売れますよ。うはうはですよ。

今月から『しゃきしゃき甘藍(キャベツ)の千切り』と『五種類の野菜盛り合わせ』『三種の温野菜』もパッキングしてありまして、こちらは女性の方々に大好評でございますよ。

野菜はメイン料理より少し安くしているけど、普通に素材で買うよりは高い。しかしこの時期に美味(おい)しい野菜が食べられることがなかなかないので、冬場は売れるはずだと見込んで期間限定で販売することにしたのだ。ドレッシングはサービスです。

そして雪の間にケーキの保存パックも作っていたので、こちらも大喜びされた。

ここの衛兵さん達は、本当に甘いものが大好きだからね。

うーん、なんだかコンビニの食品売り場みたいになってきたぞ。まぁ、ここまでの品揃えは冬だけなんだけどね。雪に閉じ込められなければ、うちに食べに来て欲しいから。

「なぁ、タクトくん」

ひとりの衛兵さんから呼び止められた。カムラールさんだ。

衛兵官舎の一階に住んでいるご家族で、餡入焼きの実演販売の時にずーっとできあがるのを見続けていた子供ふたりのお父さんである。

「もう、あの小さい燈火は売っていないみたいなんだけど、君も作らないのかい？」

「今のところ、作るつもりはないんですけど……必要になったんですか？」

「ああ、魔法が切れたのか、点かなくなってしまっていてね」

「それなら、うちですぐに直せますよ。持って来てください」

そうか、簡易ミニ燈火は、使い捨てだと言っていたっけ。

ダメになったのを持っていくと、少しだけ安く次のものが買えるとも言ってたな。

どうやら、コデルロ商会ではまだ『電池』の開発は上手くいっていないのだろうな。

「直してもらえるなら助かるよ！　子供が寝ている時に、部屋の灯りは点けられないからどうしてもあれが必要でね」

そっか……コデルロ商会がどうなろうと構わないのだが、エンドユーザーの方々に不便を強いるのは本意ではない。

フィラメントもいくら竹製とはいえ、アルゴンガスではなく真空バージョンだからもちは良くないだろう。電球と電池の取り替えだけで済む作りに変えれば、今後はそのふたつだけを買い換えてくれればいい。

「もし他の人も困っているようなら、うちで修理すると伝えてください」

「ああ！　みんな喜ぶと思うよ！　結構高かったからなぁ、あれ」

……いくらで売っていたんだろう。ぼったくっていたんじゃないだろうな？

そのあたり、全く気にしていなかったからなぁ。

カムラールさんはすぐに燈火を持って来てくれたので、早速修理に取りかかる。

そういえば簡易燈火は電池を渡していただけだったから、製品自体をちゃんと見たことはなかったな。

……

……

おい。結構酷いな、この作り。

電球の硝子は厚さが均等じゃないし、取り付ける所の口金が曲がっているから電球も斜めになってしまっている。オンオフのスイッチ部分も、がたがたじゃないか！　なんて雑な作りなんだ！

こんなものを売っていたとは思わなかった。

でも最初の頃は、どの職人さん達もきちんとやっていたはずだ。

少なくとも俺が教えた五人は、こんなに粗い仕事をする人達じゃなかった。

庶民相手だからって手を抜いたか、未熟な職人に作らせて安くあげていたのかもしれない。

あそこの顧客の貴族達はどうでもいいが、この町でこんな粗悪品を売るなんて許し難い。

よし……電池の形とサイズ、接続方法も全部変更しよう。

コデルロ商会に流用されないように、完璧に『修理』してやる。

俺はムキになって、全部改造してしまった。

電球も形を少し変えて丸みをきちんと出した可愛い感じにし、フィラメントをキッチリ強化してからセット、アルゴンガスを注入した。歪な口金やスイッチ部分も全部綺麗に、緩みや無駄な遊びをなくして軽く動くように調整。電池は棒状だったものをボタンタイプにし、本体と電池に付与した文字が一致しなければ電気が流れないようにした。今までの物にこの電池は一切使えない。

ここまでの修理の所要時間は、十五分ほどである。

待っている間にお菓子を食べていたカムラールさんに、できあがりを持っていった。

「えっ、もうできちゃったのかい？」

「元々は俺が作ったものですからね。いろいろガタが来ていたというか、酷い作りだった所も直してますから、もっともつようになったはずです」

「あ……本当だ。曲がっていないね。灯りの部分も、形が変わって綺麗になったな……おおっ、点いた！　ありがとう！」

喜んでもらえて良かった。まさかこんな尻ぬぐいをさせられるほど、クオリティの低いものを作っていたとは！　本当に、契約終わらせて大正解だ。

食堂と工房前の壁に『簡易燈火の修理受付ます』ってお知らせを出しておこう。

それから、何人も燈火の修理を持ち込んできた。どれもこれも酷い製品ばかりで、ここまで質が低いと逆にどうやって作っているのか不思議で堪らなかったほどだ。

「いやぁ……こんなに、ちゃんと点くようになるとはねぇ……」

「今までどんな感じだったんです？」

「点いたり、消えたり……灯りの所を下に押し込まないと点かないことも多かったね」

「……酷いな。この町でよく、そんな不良品売れたものだ」

「この一年くらいだよ、酷くなったのは。昔のはちゃんとしていたのさ」

修理に来たドネスタさんは、デルフィーさんと同じで夏場は鋳山ガイド、冬場は道路整備をしている。【土類魔法】の達人で、坑道修理の時も大活躍だったおじさんだ。

「まぁ、一番最初にタクトが作った燈火の方が数段良かったが、簡易燈火も悪いできじゃあなかったんだよ」

「どんどん悪くなっていったってことなのかな？」

「工房に若いやつを多く入れたんじゃねぇかな。職人の魔法が未熟だったんだよ」

そのうち育ってくれりゃあいいんだがなぁ、とドネスタさんは苦笑いを浮かべていた。

未熟だからって、客がそれを許すのはおかしい。そういうものが出回らないように教育したり、品質をチェックするのは工房責任者の仕事だ。一定のレベルに満たないものを売ることは、商会の信用にも関わるはずだ。多分、これが王都だったら、こんなものは売らないのだろう。この町が彼らにとって、どうでもいい市場だったのは明らかだ。

だから、未熟な者達の訓練を兼ねて作ったものを売っていたのかもしれない。

その日の午後、昼食時間が終わってから、俺は散歩がてらコデルロ商会の工房の様子を見に行った。南東市場を越えた南東門に近い所にある、中規模の工房だ。

この大雪の後だから閉まっているかと思ったが、数人の人達が出て来た。

「これからどうするんだよ……」

「さぁな……まさかこんなに早く、辞めることになるなんて思わなかったぜ」

「この工房、暫く稼働しないみたいだから、殆どのやつが別の町に行かされるって」

「別の町に行くなら、辞める方がマシだ。俺は、この町で技術を磨きたくて来たんだからな」

おっと……燈火作りが全くできなくなって、退職者が出始めているようだな。

ちょっと声をかけてみようかな。

「君達、この工房の人？」

「もう違うよ。辞めてきたんだ」

「そうなのか……最近、簡易燈火が売られなくなっていたから、どうしたのかと思ったんだけど」

我ながら白々しいな。

「ああ、あんなもの作り続けていたって、すぐに売れなくなったよ。酷かったんだ、あれ」

「作り方も変なやり方だったし」

「俺はずっと、素材の仕分けばっかりしかやらせてもらえなかった」

「俺もだよ。【加工魔法】とか『錬成技術』とか全然使わせてくれなかったし、ずーっと一日中同じことしかさせてくれないんだ。嫌になって当たり前だぜ」

魔法や技能があるのに、使えない環境？

結構そういう人が活躍できるはずだったんだけどなぁ、あの燈火作り……

「どうして、そんなやり方で作っていたんだろうね……」

俺の問いかけに彼らは苦々しい顔で答える。

「技術が上がると、賃金も上げないといけなくなるからだろ」

「材料だってどんどん減らして、態と壊れやすく作っているとしか思えなくて、嫌だったんだ。辞められてスッキリしたよ」

コストカットが悪い方にいったパターンか。

「そうか、いい働き口が早く見つかるといいね」

「そうだな……」

「でも、今の時期に雇ってくれる所、あるのかなぁ……冬だと工房自体やっていないじゃないか」

「君たちは石加工？　金属？」

聞いてみると石工技能持ちと金属加工のできる人達だった。

「じゃあ、北・赤通り沿いにはそういう工房が多いから、行ってみるといいよ」

「そうなのか！　この町のことをまだよく知らなかったから助かるよ！」

「北側は雪も多めだし、階段が凍っているから気をつけてなー」

「ああ、ありがとうーっ！」

彼らがいい工房に巡り会えますように、と神様に祈っておいた。

コデルロ商会は、これでシュリィイーレからは撤退なのかもしれないな。

うーん、燈火はこの先も使いたがる人は多そうだし、錆山では必需品になっているよな……

どっかで頼めないかなぁ……

これから北・赤通りに行ってみると言った彼らを見送って、俺もそろそろ帰ろうかと思った時に工房から出て来た人に呼び止められた。

誰だよ、面倒な人だったら嫌だな……と思いつつ振り返ったら、ベルデラックさんだった。

一番最初に燈火作りを教えた五人のうちのひとりで、一番の年長のおじさんだ。

「え？　辞めたんですか？」

「うん……どうしても僕は、セントローラさんとは合わなくってね」

あれと合うって人の方が、どうかしてると思う。

一度自宅に戻るというベルデラックさんと一緒に、雪の歩道を歩きながら話を聞いた。

雪かきしてあったり魔法で雪を溶かしてくれている道は結構多くて、思いの外歩きやすい。

ベルデラックさんは最近の燈火作りの事情を少し教えてくれた。

「あの簡易燈火だって、本当はもっときちんと作っていたんだ。それなのにこの一年は材料を削られたり、技術者を貴族用燈火作製に取られてしまっていてね」

「いくつか修理しましたが……そういう理由で品質が悪かったんですね」

「そうか、君が直してくれたのか！　よかった。最近のは……本当は、売るはずじゃなかったものまで交ざっていたんだよ」

「売るはずじゃなかったもの？」

「ああ、僕が売れないと判断したものを纏めていたんだが、無駄なことはするなと会長に言われて、工房長のフィロスさんもこれくらいなら売って構わないと僕に黙って店に卸してしまってね」

うわー……でもどうして、そんなにまでして売りたかったんだ？

ベルデラックさんが、ちょっとだけ困ったように微笑む。

「君が作っていた部品が、どんなに研究しても王都の研究者達には解き明かせなかった」

あ、電池の部分か。そりゃそうだろうなぁ……俺の独自魔法だもん【文字魔法】は。

「それで似たようなものを作っているアーメルサスに、魔法師を幾人か派遣して研究させていたんだが、アーメルサスのものとは全く違う技術と魔法だということが解っただけだった」

なるほど……研究費が嵩んで利益を圧迫し出したから、安いコストで作って利益率を上げようとしたのか。

「それで、どんどん技術者が減らされたり、未熟な者を安く使って仕上げさせたりするようになってしまった。もう、僕にはついていけない……と思ったんだよ」

そうだよな。ちゃんとした職人であれば、そんな不本意なものなんて作りたくないはずだよ。

「それに、別の町にも行きたくなかったんだ。ここは……シュリィイーレは、僕の父の故郷だから」

えっ？　元々、この町の人だったのか。

「父には繊維関連の技術とか、鑑定しか出なくてね。この町より王都の方が仕事があるからって、移住したらしいんだ。僕に金属加工や石工技術が出た時は、とても喜んでね。一緒に、この町に戻ってきているんだよ」

そうか、お父さんはこの町に帰りたかったけど、仕事がないから帰れずにいたのか……

確かに繊維関連や縫製などは、この町ではあまり工房も店もない。

布自体、あまり多くの種類が入ってこないからなぁ、シュリィイーレは。

「でも、それじゃあベルデラックさん、今後のお仕事は……？」

「少しは蓄えがあるからね。小さくても、自分の工房を持とうと思っている。この町は……僕も、とても好きだからね」

この人は、信頼できる人だ。是非ともベルデラックさんには、この町で素晴らしい職人になってもらいたい！　俺に協力できることはあるだろうか……

あれれ？

腕のいい職人で、燈火作りも全部できて、お父さんも繊維関連の技術と、鑑定ができる……？

「ベルデラックさんのお父さんって……木工か植物の加工の技術はある？」

「ああ……父には『植物加工』と『繊維加工』の技術があるけど……どうしてだい？」

できるじゃないか！　燈火本体もフィラメントも、ベルデラックさん達で作ってもらえるじゃないか！　おっ、そうだ、もうひとつ確認。

「じゃあ『縫製技術』は？」

「うん、できるよ。それは母もできる」

神様、この出逢い（であ）に感謝いたしますっ！

「ベルデラックさんの工房ができあがったら、燈火とうちの商品を販売した時にお客さんに渡す袋を作って欲しいんだけど、どうかな？」

「え……？　で、でも燈火は……あ、いや、燈火の権利は君のものか、元々……」

そう。燈火は勿論、俺の権利だし、簡易燈火じゃなくて俺が今、修理しているものと同じものを『小燈火』として売ればいい。そして、布製品を作ってくれる工房が殆どない上に、伝手（つて）もなかったから自分で作っていたうちのトートバッグ。つまり、俺のマークの入ったショッパーを作ってもらえるなら、俺は魔法付与だけで済むのである！

沢山作れるようになれば、ショッパーをトリセアさんの店でも、マーレストさんの妹さんの店でも使ってもらえるようになる。

「タクトくん……いいのかい？　僕に、作らせてもらって」

「ええ！　ベルデラックさんなら絶対に、あんなおかしな製品は作らないでしょうから」

「父と母にも話してみる。もの凄く喜ぶはずだ……ありがとう！」

いえいえ、いい技術者や職人を遊ばせておくなんて、それこそ勿体（もったい）ないからね。

俺としては、いいこと尽（づ）くめだし。

ベルデラックさんの家の近くまで来たので、ついでにご両親にお会いしてその話を持ち掛けた。

ふたりともこの町で働ける、息子にだけ仕事をさせなくて済む、と喜んでくれた。

うん、まさにウィンウィンである。

そしてここはコデルロ商会が宿舎として借りている家だから、早々に出なくてはいけないというので南西の辺りをお薦めした。

あの辺はシュリィイーレでは数少ない、布製品や繊維製品を扱っているお店が数軒ある地区だ。

工房があれば、その他の注文も入るかもしれない。

うちからもそう遠くはないし、燈火や布製品を作るなら冬でも凍らない南側の方がいい。

南西地区には元々簡易燈火を売っていた店も何軒かあるから、新しい小燈火を卸すこともできるだろう。ベルデラックさんの新しい工房は、春には稼働を始めたいと言っていた。

新工房開設には、俺も協力させてもらう約束をした。

鉱石や布の仕入れ先とか、レンドルクスさんやトリセアさんに聞けば教えてもらえるかなぁ。

あ、でもベルデラックさんなら、錆山に入れるかもな。

そしたら来年の夏は、一緒に採取に入れるだろうな。

竹は竹籠を作ってくれているマーレストさんの工房に聞けば、仕入れや買い付け方法が解るか。

うん！


その後の噂(うわさ)では、コデルロ商会の燈火工房は春を待たずに閉鎖することになったようだ。

もちろん俺は、今までの販売店には新しく『小燈火』を作る予定の工房が春にはできる、という情報だけは話しておいた。


コデルロ撤退の数日後、付近の雪かきも終わり、ようやく教会までの道も除雪が終わった。

どうせまた雪は降るのだが、一時的にせよメインの道が全部通れるようになったのだ。

一度正面から入っておかしな動きをする神官がいないか見てやろうと思い、俺は転移ではなく歩いて教会へと入った。

「おはようございます―……司書室に入っても、大丈夫ですか？」

「おや、久し振りですね、タクトくん」

迎えてくれたのは、エラリエル神官だ。

「ちょっと早過ぎるかと思ったんですけど、最近忙しくて時間が取れなくって……」

「そうだったのか。本がつまらなくて飽きちゃったのかと心配したよー」

「まだ全然読めていないですから、飽きるなんてとんでもないです」

そう言いながら、ふたりで司書室へと歩いて行く。

俺はエラリエル神官の後ろをついて歩きながら『遠視の魔眼』を誤魔化すために付与していた【集約魔法】の指示書を折りたたんだ。

これで司書室に入った俺の姿は、遠視で見えるはずだ。

「そういえば、この間ドミナティア神司祭様と一緒だったよね？　何かあったの？」

「ドミナティア神司祭様が探していたものが、司書室内にあるのかもと思ったようなんですが、違ったみたいでした」

「へぇ……何を探されていたのだろう？」

「さぁ？　でも、衛兵隊の人と廊下で話していたから、その衛兵さんなら知っているかもしれませんよ」

「ふぅん……」

エラリエル神官は司書室を開けるとごゆっくり、と言って戻っていった。

さて……この司書室の神話は、まだ読んでいなかったよな。読んでみようかな。

神話は、地下へと続く道を隠している本棚に入っている。ここの棚の本は当たり前だが、全て現代の文字だ。秘密部屋の神話との相違点があったら面白いな。

あ、『視られて』いるな。

俺の手元を視ているみたいだ。構わず俺は、神話を読み続ける。

読み進めていくと『失われた大陸』のくだりで少し相違があった。現代語になっている神話では、神々は大陸が失われたことを悲しんでいるだけだ。しかし、古代文字の方では神の国が損なわれた後、その悲劇の原因となった魔法を賢神一位アールサイトスが方陣によって隠したという話も載っていた。

現代語の方では、その記述がすっぽりとなくなっている。

どうやら現代語の方では、古代語にはあるのに全く触れられていない部分がいくつかあるようだ。もしかしたら、態とそのくだりが書かれていないのだろうか？　そういう魔法や、事実があったことを隠すために。

書かれていない部分を示す共通の単語が『方陣』と『星』だ。強大な魔法は、すべて【方陣魔法】なのだろうか。そしてその魔法を行使する、または、読み解く鍵が『星』にあるのだとしたら、それを悟らせないために敢えて訳していないのかもしれない。

極大魔法の方陣……ライリクスさんも、そう言っていたよな。

存在はもう解っているが誰も使えないのは、読めないからだけではないんじゃないのか？

読めた上で『星』から導き出した『鍵』が要るのではないのか？　賢神一位アールサイトスの隠した魔法は『天と地が割れ光に消える』魔法だ。

地が割れる……っていうのは地震による地割れだと思うが、天が割れるというのは？

天を割る……光？　雷か？

うーん……憶測の域を出ないなぁ。

でも【雷光魔法】っていうのはあるし、雷じゃあないのかなぁ……


あ、一番下の棚に他の神話もあるぞ。ちょっと……取りにくいな。幅が狭い所に、無理矢理入れているのか？　俺は床にぺたりと座り込んで力を込めて本を引っ張ってみるが、なかなか取れない。これ以上無理をすると本が壊れてしまいそうで、やめようと手を離したその時、突然誰かが司書室に駆け込んできた。


「どこへ……！」

エラリエル神官……どうして急に？

あ、ああ、そうか。青い石で『視て』いたのはこの人か。

前回ここに来た時に、俺が外してライリクスさんに渡した遠視（とおみ）用の石がひとつ足りないから、今こうして床に座り込んだ俺が死角に入って視えなくなったんで慌てたのか。

「あれ？　どうしたんですか？　エラリエル神官」

俺は何事もなかったように立ち上がり、本棚の陰から姿を見せる。

「え……？　きっ、君、今……？」

「本を落としちゃって拾っていたんですけど……何かあったんですか？」

エラリエル神官の瞳に注視すると、瞳の色がグレーと青の半々になっている。

遠視(とおみ)には瞳と同じ色の石を使うって言っていたな……この人、隠蔽かなんかの魔法で色を変えているんだ。

おや、瞳がグレーだけになって、瞳の周りに黒く靄(もや)が見えるようになったぞ。なるほど『隠蔽』はこう見えるのか。でも魔眼で『視ている』時は、俺の鑑定には本当の色が見えるんだな。

靄がかかっている時は魔眼が使われていない時で、その靄が黒かったら隠蔽がされている……ということなのかな？

「いや、別になんでもないんだが……そ、そろそろ午前の礼拝が始まるから、聖堂には入れなくなるのでね。出るなら今のうちだけど……」

「あ、すみません。じゃあ、今日のところはこれで帰ります。また読みに来ますね」

俺はそう言って教会を出るとすぐ、そのまま家に向かわず南門の詰め所へと向かった。

ライリクスさんがいるはずだ。この神官のことを、話しておくべきだろうと思ったのだ。

南門の衛兵隊詰め所に着くと今日は門の外に数匹の魔獣が出たらしく、多くの衛兵が討伐に出ていたのであまり人がいなかった。ライリクスさんにも会えないかと思ったのだが、部屋に通してもらえた。

……南門警護の責任者になっていたの、知らなかったよ。

「いらっしゃい、珍しいねぇ、君がここまで来るなんて」

「お伝えしておいた方がいいと思って……あの、この部屋って……」

「大丈夫。どこからも視られないし、音は漏れない」

流石、トップのお部屋だね。

俺は教会の司書室に行き、遠視の魔眼で視られていたことを告げた。

「ふぅん……やっぱり、君を見張ろうとしたんだね……」

「ええ、でもどうやら一部に死角があったみたいで、俺がそこに入り込んで消えた時に、慌てて飛び込んできた神官がいました」

「そいつは魔眼だったかい？」

「はい。でも普段は違う色に見えるように隠蔽しているみたいです。魔眼で『視て』いる時だけ、瞳の一部が青くなってましたから」

「大したものだな……もう『魔眼鑑定』を使いこなしているのか」

「この間、第一位になりました」

「君は成長が早過ぎる。どういう使い方をすれば、半年もせずに段位が一気に上がるんだ……」

それは、俺の方が教えて欲しいです……

俺がエラリエル神官の名を告げると、ライリクスさんは、やはりな、と呟いた。

どうやら目星は付けていたのだろうが、決定打がなかったんだな。

「わかった。君は暫く教会には行かない方がいいね」

「はい……あの部屋、簡単に入れないように書棚と床を一体化させているんですけど、解いた方がいいですか？」

「いや、今はそのままにしておいて。君は結構、周到だねぇ……」

感心されているのか、呆れられているのか……まぁ、セキュリティはそれだけじゃないからね。

全部言ったら……本当に呆れられそうだ。

遠視の魔眼の持主が解った後も、教会も衛兵隊も、そして俺も、特に何事もなく過ごしていた。

何度か雪が降り、町を覆っては雪かきをする日々が続くだけで。

そして、段々と水の冷たさが緩んできて、春の気配が漂ってきている。

新しい年は、どんな一年になるのだろうか。

ずっと、言われていたの。お母さんから、何度も何度も。願いのように呪いのように。

『駄目よ。何も望んでは駄目よ。あの人達の言うように、なにひとつ望んでは駄目。そして、好きになっては駄目なの。好きになるのは……ただ苦しむだけよ』

お母さんがあの人達と言っていたのはお母さんの家族と、あたしの『お父様』って人やその家族。変な話だわ。お母さんとあたしは……どちらの家族の中にも入っていないのよ。

小さい時から、ううん、きっとあたしが生まれた時から。

お母さんの家も、お父様って人の家も『従者家系』と言われる下位貴族の家だったらしいわ。だけどふたりは結婚できなかった。そのお父様って人が既に結婚していた人で、お母さんを騙していたのですって。

お母さんからしか話を聞いていないから、どちらがどうだったのか正しいことは知らないわ。

でも、結婚をしないで子供を産むということが、どれほど大変なことかはよく解った。お母さんはあたしを産んだことで実家からも追い出されてしまって、お父様って人を頼ろうとしてもまったく相手にもされなかったのですって。

『家系魔法も持たぬ男系家門の女が、何かを望むなど図々しい』……そう、言われて。

お母さんが言っていたことは『家系魔法を持たない者』には、なんの資格もないってことなのかしら？　それとも家系が『男系』だから、母親とか娘とかは何も望むべきではないの？

何かを好きになることも……よくないことなの？


それでもお母さんは教会の方々の力を借りて、なんとかあたしを育ててくれたけど……無理をして、病気になってしまった。あまりお金もなかったから薬はなかなか買えなかったし、方陣札でもすぐには治せない病だったからあたしは一生懸命に薬のこととか、植物からとれる薬効成分のことを勉強しながら看病していた。

早く、早く大人になって、働けるようになって、お母さんに薬を買ってあげたかった。

ううん、その薬をあたしが作れるように、なりたかった。

ずっと南の方の領地で暮らしていたけど、教会からこの病気を治せる魔法を持った医師様がシュリィイーレという北側の町にいらっしゃると聞いてやってきた。でも……間に合わなかった。

シュリィイーレに着いて半年もしないうちに、お母さんは死んでしまった。

あたしがこの町に連れて来なかったら、もっと長生きできたのかしら……いいえ、あたしがいなかったら、生まれていなかったら、そもそもお母さんはあんな苦労をしないで済んだんだわ。


つらくて悲しくてどうしていいか解らなかったあたしを助けてくれたのは、お母さんの治療をしてくださった病院で働いていたマリティエラさんだった。

当時はまだご自分の病院ではなかったんだけど、自分の病院を持ったら手伝いに来てね、と言ってくださった。

「メイリーン、お母様が亡くなったのはあなたのせいではないわ。あなたが原因なのだとしたらお母様はとっくにあなたを教会に預けて、絆を断っていたでしょう。でも、そうはなさらなかったわ。あなたをちゃんと愛していらしたのよ」

そう言っていただけて……少しだけ慰められたの。でもまだ、あたしはずっとお母さんの『何も望んでは駄目。好きになっては駄目』という言葉に縛られていた。

ある日、いつも行っていた安くて美味しい食堂に、見知らぬ男の子が働いていた。

タクトくん……っていうみたい。

ちょっと可愛いなって思って見ていたら、家族を亡くしてしまって食堂のご夫婦が面倒見ているらしかった。食堂でよく会うロンバルさんが、その子に話しかけた時に十九歳だって言っててちょっと驚いた。もっと……下かと思っていたんだけど。

可愛い、なんて言ったら怒られちゃうかも。でも、笑うと……凄く可愛い。

いつも元気で、それでいてどこか落ち着いたところもあって、魔法使い過ぎって怒られていたり絡んでくる変な人もさらっとやっつけちゃったり、時々……可愛いだけじゃなくて……

なんとなく毎日その食堂でお昼を食べるようになって、タクトくんのことを見ると元気が出た。

一年近く、大雪でお店をやっていない時以外は毎日のように通ってた。

この町に来る『新人騎士』っていう『従者家系』の人達が横柄な態度取った時に、タクトくんがもの凄く上手くあしらうのを見てると……ちょっと、爽快だった。

なんだ、従者家系なんて全然強くも偉くもないいんじゃないいって思えて。

おはなししたいな。声をかけたいな……と、思う度にお母さんの声が頭の中に響く。

『何も望んでは駄目。好きになっては駄目』

あたしは……何も言えなくなる。

その時にぽん、と耳の中にタクトくんの声が飛び込んできた。


「男も女も関係ない。好きなものは好きなんだよ」


……そう、なの？　お母さんが駄目って言ってたのは、男系家門の娘だからって理由じゃないの？

え？　話の前後、ちゃんと聞いてなかったからよくわかんないけど……

『誰でもなんでも好きになっていい』……の？

店の中でそれを聞いていた他の女の子たちも、タクトくんの言っていることが当然……みたいなことを言ってる。あたし……間違えてた？


見習いで働かせてもらっていたマリティエラ先生の病院で、一緒に働いている人達にも勇気を出して聞いてみた。

『男系家門に生まれた娘でも、何かを……誰かを、自分から好きになってもいいの？』って。

みんな口々に、当たり前じゃない、好きになることが悪いなんてことはないわ！　と言う。

「どうして、そんなことを思ってしまったの？　メイリーン」

マリティエラ先生にそう聞かれて、お母さんに言われた言葉を初めて人に言った。

先生もみんなも溜息をついたり呆れたり。そして、先生がとても真面目な顔で言ってくれた。

「いいこと、メイリーン。あなた達は『家系』なんてものに縛られる必要はないのよ。それが求められているのは、貴族と従者でありたいと願うごく一部の者達だけ。普通に働いてこの町で生きているのですもの。何も気にしなくっていいのよ」

「そう、なんですか？」

マリティエラ先生は大きく頷く。

「それに多分……あなたのお母様が仰有った『望みを持ってはいけない』『好きになってはいけない』というのは、きっと『血が繋がっているだけの者達』のことだけだと思うわ。あなたが家族という理由で『期待するに値しない』と教えてくださったのよ」

あ。

かくん、と首が前に倒れて、頭の中でいろいろな言葉がカチャカチャと嵌っていく感じ。

「……勘……違い？」

「私は、そう思うけど？」

ぶわわっと、涙が瞳の中に溜まってちょっと首を動かしたら零れてしまいそう。

好きになっても、いいんだわ。あのあたし達母娘を見捨てた人達以外なら、好きになっても。

成人の儀であたしの職業が『薬師』になって、もっと早くこの職業が出ていたらって少しだけ残念だったけど……嬉しかった。これでマリティエラ先生の病院でずっと働ける。

この町に……タクトくんのいるこの町にいられる、って。


食堂にいつものように通ってタクトくんが作った素敵な身分証入れを手に入れただけでなく、『珍し物屋』って呼ばれている他国の面白い物を扱う店だけで売られることになった、タクトくんの印の入った新しい身分証入れも買えてあたしは毎日ウキウキしていた。

石の細工が本当に綺麗で、手に入れた人達はみんな見せびらかすように身分証入れを服の上に出して身に着けるようになった。

そしたら……真似した偽物がいっぱい売られ始めて『意匠印のない物は偽物』って珍し物屋の店長が言うから、一番初めに全部タクトくんが作った『本当の本物』が偽物みたいになってしまった。

悔しかったわ。だって、これこそが、一番最初の『本物』なのに！

タクトくんが全部作った物が、偽物って言われるのが凄く嫌で……嫌で……今思い出しても、なんであの時の自分にあんなことができたか解らないけど……意匠印と名前を入れてもらった身分証入れは、今でも大事な宝物だわ。大好き。あれ？　好きなのはこの身分証入れ……よね？


そしてその数日後……あたしにはお母さんも持っていなかった『家系魔法』が出た。だけど……表示された『姓』は、お父様という人の家系じゃなかった。

きっと、お母さんの方の家系だわ。

お母さんは自分の家系のことは全然教えてくれなかったから、裕福ではないということくらいしか知らないけど……


何日かして突然、役所の人から『お父様が亡くなりました』と報せが来て吃驚した。だって、どうして違う姓でお母さんと結婚もしていない人が、あたしのお父様って解ったのかしらって。

どうやら……お母さんが生前に書かされた『約状』が、コレイルの役所にあったみたいだった。

『家系魔法が出た場合は必ず父親に会わせる』と。

この町の役所の人には、これは誓約でも契約でもないから会いに行かなくてもいいんだよ、と言われたから行くつもりはなかった。なのに、翌日に迎えという馬車が来た。

今まで全く見向きもしなかったくせに、お母さんが死んだ時も何も言ってこなかったくせに！

だけど半ば無理矢理行くことに……でもお父様、という人の顔は……ちょっと見てみたかった。


そしてコレイル領のシエルという、昔住んでいた町に着いたのは昼少し前。お父様って人の家も同じ町だったのね……もっと早くこの町を出ていたらよかったのかしら……

その屋敷……といっても、あまり大きくも綺麗でもない。シュリィイーレ南東地区のおうちの方がよっぽど素敵。案内された部屋も、なんだか薄汚れている。腰掛けるのも嫌なくらい。

その家の娘と息子らしき人はふたりいたけど、明らかにあたしを見下していた。

いいもん。この家の人達なんて、だーれも好きになんかならないんだから！

お父様って人の顔を見せられ、全く知りもしない人達と食べた昼食はもの凄くまずかった。

タクトくんの食堂のお食事とは全然違う。砂を食べているみたい。食べないで帰ればよかった。

先生の結婚式までには間に合いそうだけど、もっと早くここを出ようと思っていた。

でもその時に、新しい『当主』……あたしの叔父だという人が馬鹿なことを言った。

「おまえを我が家門から嫁がせてやる。やっと役に立てるのだから感謝しろ」

……は？　何を言っているのか、意味が解らないわ。

家系魔法が出たから、貴系傍流の方と結婚させてやる……ですって。

「お断り、します」

なんとかそれだけは口にした。だけどその後、その男の家族たちがギャーギャー煩(うるさ)いので何ひとつ聞かず、取り合わずにいたら……突然、殴られそうになった。

驚いたけど咄嗟(とっさ)に身体を躱(かわ)して、まずい料理が載ったままのお皿を、あたしを捕まえようとしていた当主の娘とやらに投げつけようと思ったら……その人、自分から顔を飛び込ませてきたわ。

もうすっかり料理は冷めていたから平気よね。べたべたはすると思うけれど。

タクトくんの真似だけど、ちょっと上手くいったわ！　なんて油断していたらすぐに捕まってしまって……物置みたいな部屋に入れらた。

入口には鍵がかけられてしまったけれど、ここの家の人達ってあまり頭が良くないのかしら。

だって、窓には鍵もないし、ここは一階だし。もうあたしが興味のあった『お母さんを苦しめた男の顔』は見たから用はないわ。これ以上ここにいる方が、きっと危険。お食事まずいし。

扉に耳を当てると、外でまだあの娘が騒いでいる。

どうやら、自分がその人の婚約者になるつもりだったみたいなことを言っているけど……だったら、あたしがいなくなった方が都合がいいはずよね！　うん！　協力できてあたしも嬉しい！

窓を開けて外へ出る。外壁の表門は閉まっているだろうから裏に回ったら案の定、簡単に外に出られたわ。だけど……このままだと、すぐに追いつかれてしまうわね。

まずは……教会へ。そこで『教会方陣門』を使わせてもらうの。確か……ここだと、カタエレリエラ方面にあるイシュナという町に着くわ。

あの人達はあたしが向かうのは、乗合馬車のあるレンテだと思うはず。だって、教会の方陣門は魔力が多くいるものね。だけど、魔力は自信があるんだから！

教会で身分証を見せたら、すぐに方陣門を使わせていただけたわ。やっぱり、銅証っていちいち詮索されたりしないのね。イシュナに着いたら、今度は乗合馬車……あ、あった！

「すみません、この馬車はどちら行きですか？」

「これはローラスですよ。すぐに出発ですけれど、乗ります？」

「はいっ！」

あの人達はあたしが【収納魔法】を持っているなんて知らないわ。レンテまで行けても、お金がなくて隠れているに違いないと考えると思う。ローラスまで……ちょっと高いけど、ローラスの教会方陣門なら、エルディエラ領に接しているトロアかコフトロスに入れるはず。

「こぼれ話」の内容は、
あとがきだったり
ショートストーリーだったり、
タイトルによってさまざまです。
読んでみてのお楽しみ！

アンケートに答えて著者書き下ろし「こぼれ話」を読もう！

よりよい本作りのため、
読者の皆様のご意見を参考にさせて頂きたく、
アンケートを実施しております。

奥付掲載の二次元コード（またはURL）にお手持ちの端末でアクセス。

↓

奥付掲載のパスワードを入力すると、アンケートページが開きます。

↓

アンケートにご協力頂きますと、著者書き下ろしの「こぼれ話」がWEBで読めます。

- PC・スマートフォンに対応しております（一部対応していない機種もございます）。
- サイトにアクセスする際や、登録・メール送信時にかかる通信費はご負担ください。
- やむを得ない事情により公開を中断・終了する場合があります。

オトナのエンターテインメントノベル

MFブックス　毎月25日発売

物語を愛するすべての人たちへ

KADOKAWA運営のWeb小説サイト

「」カクヨム

イラスト：Hiten

01 - WRITING

作品を投稿する

誰でも思いのまま小説が書けます。

投稿フォームはシンプル。作者がストレスを感じることなく執筆・公開ができます。書籍化を目指すコンテストも多く開催されています。作家デビューへの近道はここ！

作品投稿で広告収入を得ることができます。

作品を投稿してプログラムに参加するだけで、広告で得た収益がユーザーに分配されます。貯まったリワードは現金振込で受け取れます。人気作品になれば高収入も実現可能！

02 - READING

おもしろい小説と出会う

アニメ化・ドラマ化された人気タイトルをはじめ、あなたにピッタリの作品が見つかります！

様々なジャンルの投稿作品から、自分の好みにあった小説を探すことができます。スマホでもPCでも、いつでも好きな時間・場所で小説が読めます。

KADOKAWAの新作タイトル・人気作品も多数掲載！

有名作家の連載や新刊の試し読み、人気作品の期間限定無料公開などが盛りだくさん！角川文庫やライトノベルなど、KADOKAWAがおくる人気コンテンツを楽しめます。

最新情報は
𝕏 @kaku_yomu
をフォロー！

または「カクヨム」で検索

カクヨム

カリグラファーの美文字異世界生活 ~コレクションと文字魔法で日常生活無双?~ 2

2024年2月25日　初版第一刷発行

著者　磯風
発行者　山下直久
発行　株式会社KADOKAWA
〒102-8177　東京都千代田区富士見2-13-3
0570-002-301（ナビダイヤル）
印刷・製本　株式会社広済堂ネクスト
ISBN 978-4-04-682667-1 C0093
©Isokaze 2024
Printed in JAPAN

●本書の無断複製（コピー、スキャン、デジタル化等）並びに無断複製物の譲渡及び配信は、著作権法上での例外を除き禁じられています。また、本書を代行業者等の第三者に依頼して複製する行為は、たとえ個人や家庭内の利用であっても一切認められておりません。
●定価はカバーに表示してあります。
●お問い合わせ
https://www.kadokawa.co.jp/（「お問い合わせ」へお進みください）
※内容によっては、お答えできない場合があります。
※サポートは日本国内のみとさせていただきます。
※ Japanese text only

担当編集　川﨑拓也
ブックデザイン　アオキテツヤ（ムシカゴグラフィクス）
デザインフォーマット　AFTERGLOW
イラスト　戸部淑

本書は、カクヨムに掲載された「カリグラファーの美文字異世界生活　~コレクションと文字魔法で日常生活無双?~」を加筆修正したものです。
この作品はフィクションです。実在の人物・団体・事件・地名・名称等とは一切関係ありません。

ファンレター、作品のご感想をお待ちしています

宛先
〒102-0071　東京都千代田区富士見2-13-12
株式会社 KADOKAWA　MFブックス編集部気付
「磯風先生」係　「戸部淑先生」係

二次元コードまたはURLをご利用の上
右記のパスワードを入力してアンケートにご協力ください。

https://kdq.jp/mfb
パスワード
6jwym

●PC・スマートフォンにも対応しております（一部対応していない機種もございます）。
●アンケートにご協力頂きますと、作者書き下ろしの「こぼれ話」がWEBで読めます。
●サイトにアクセスする際や、登録・メール送信時にかかる通信費はご負担ください。
●2024年2月時点の情報です。やむを得ない事情により公開を中断・終了する場合があります。

カリグラファーの美文字異世界生活
～コレクションと文字魔法で日常生活無双？～

外門がゆっくり閉まりそうな頃に、なんとか町の中へ戻って……なんだか、力が抜けた。

食堂、行こう！　お腹空(なかす)いちゃった！　……会える、かな。会いたい。


東門からだと東門大通りから、紫通りで行くのが早いかな？

ううん、市場はもう閉まっているから、紫通りは通り抜けできないかも。

中央まで行ってから、青通りを真っ直ぐ南が近いかな。

タクトくんと美味しいお食事のことを考えながらだと、どの道でもちっとも遠く感じないのが不思議。また少し、小走りになっているけど。

お店の前でちょっと立ち止まる。いっぱい走って汗かいちゃったから、【洗浄魔法】で綺麗にしよう。それと……髪とか乱れてないかな？　平気かな？

ガイハックさんの工房側が見える窓の硝子に映して、ささっと髪と息を調える。

そして、ゆっくりと、食堂の扉を開ける。いい香りが、ふわわっと漂ってくる。


「いらっしゃーい」

タクトくんの声だ。運ばれてきた赤シシの蕪(かぶ)煮込みはすっごく美味しかった。

涙が出そうになってしまうくらい。

好き。全部、全部、好き。タクトくんを好きになれて、凄く、嬉しい。

どうしよう、そんなもの持ってきていない。シーヴェイスで魔石を買えるほどのお金は……今は持ってない。あ、そうだ！

「あ、あの、これに魔力を入れたら、魔石として使えますか？」

珍し物屋で買った、タクトくんの意匠の入った身分証入れにはシュリィイーレで採れた貴石が沢山鏤(ちりば)められている。粒は小さいけれど、これだけ沢山あれば平気でしょう、と司祭様も魔力を分けてくださった。また、タクトくんに助けてもらっちゃった。

レーデルスに着いた時は……少し魔力不足気味だったけど、急いで馬車乗り場へ行った。もう夕方近かったから、その日のシュリィイーレ行きはなくなっていた。だけど、泊まったら馬車代がなくなっちゃう。馬車だと、一刻とちょっと……歩けば……一刻半くらいで着くかしら？

あたしは迷わず歩き始めた。だって、あたしの居場所はシュリィイーレだもの！

あの町にしか、あたしの大好きな物はないし、大好きな人達もいない。

お母さんの近くでも、お世話になったシエルの教会でも、あたしはなんとなくいつも『ここにいていいのかな？』って思っていた。だけど、マリティエラ先生にあなたが薬師で嬉しいと言っていただけた。

やっと見つけたあたしの場所。タクトくんとお話もできた。いっぱい元気と勇気を貰(もら)った。

絶対、帰る！

上り坂だったけどいつの間にか、山道を走るように登っていた。

馬車はすぐに馬車方陣をくぐって、ローラスに着いた。教会へ行くと予想通り、コフトロスの町への門があってすぐに使わせていただけた。ここまで来て……ちょっと安心した。

教会を出ると、越領門のすぐ近くだったから。

エルディエラ領に入るために越領門を通る時に、あの当主達が衛兵隊に訴えていないことを願ったわ。衛兵隊は『通信石』があるはずだから、遠くの町だとしても某(なにがし)かの連絡があったら止められてしまうかもしれない。ドキドキしながら……身分証を見せたら、にっこりと微笑(ほほえ)んだ女性隊員の方に、どうぞお気をつけて、と通らせていただけた。


越領門をくぐり、着いたのはエルディエラ領の一番南のシーヴェイスという町。

乗合馬車……は、王都行きとロンデェエスト領行きばかりだわ。教会はどうかしら？

魔力……ちょっと心配。ううん、平気っ！　タクトくんの食堂で最近売り始めた焼き菓子を【収納魔法】に入れてあったのを思い出して、何枚か口に放り込む。

美味しい。すっごく、美味しいっ！　元気、出たっ！　ありがとう、タクトくんっ！


教会で伺うと、一番北のレーデルスまでの教会方陣門があるみたいだった。

レーデルスからなら、シュリィイーレまで馬車があるわ！　帰れる！

だけど、教会の司祭様に、少し難しい顔をされてしまった。

「今のあなたは、少し魔力が少なくなっていますから……危険です。魔石はありませんか？」

「魔石、ですか……」